中山大学中央高校基本科研业务费专项资金资助项目

白银时代的迷雾：阿·米·列米佐夫新现实主义创作研究

王璐瑶　著

SPM 南方传媒｜广东人民出版社
·广州·

图书在版编目（CIP）数据

白银时代的迷雾 ：阿·米·列米佐夫新现实主义创作研究 / 王璐瑶著. -- 广州 ：广东人民出版社，2024. 9. -- ISBN 978-7-218-17798-4

Ⅰ. I516. 065

中国国家版本馆 CIP 数据核字第 2024A1B431 号

BAIYIN SHIDAI DE MIWU: A · MI · LIEMIZUOFU XIN XIANSHI ZHUYI CHUANGZUO YANJIU

白银时代的迷雾：阿·米·列米佐夫新现实主义创作研究

王璐瑶　著

出 版 人：肖风华

责任编辑：范先鋆　吴　丹
责任技编：吴彦斌

出版发行：广东人民出版社
地　　址：广州市越秀区大沙头四马路10号（邮政编码：510199）
电　　话：（020）85716809（总编室）
传　　真：（020）83289585
网　　址：http://www.gdpph.com
印　　刷：广州小明数码印刷有限公司
开　　本：890 mm × 1240 mm　1/32
印　　张：7.5　　字　　数：202千
版　　次：2024年9月第1版
印　　次：2024年9月第1次印刷
定　　价：58.00元

前　言

阿列克谢·米哈伊洛维奇·列米佐夫（Алексей Михайлович Ремизов）是俄罗斯学术界公认的“复杂的作家”“卓越的文体家”，俄国白银时代独树一帜的作家，他也是19—20世纪之交俄国新现实主义文学流派的奠基者。其作品极具个人特色和时代印记，重现了19—20世纪之交俄国生活文化的巨幅图景，是传统与创新、现实主义与现代主义相结合的产物。目前该作家在国内还鲜为人知，但在国外关于他的研究已经初具规模，他的很多作品也被译成法语、德语，吸引了世界各地许多读者和文学评论家的关注。

“新现实主义”是19世纪末20世纪初俄国白银时代的一个非主流文学流派，该文学流派是现实主义与现代主义两大思想艺术流派相融并存、相互影响的产物，具有杂糅性和综合性的特征，是世纪之交文艺学发展多值性和多变性的反映。

本书旨在“新现实主义”理论的背景下对列米佐夫作品中的主题系统、人物形象系统和语言风格系统进行梳理，分析作家作品中的“新现实”、新现实主义人物形象和口语体风格化的语言特征。书中共涉及一部童话故事集——《循着太阳运行的方向》（*Посолонь*，1907）、一部长篇小说——《钟表》（*Часы*，1908）和三部中篇小说——《不知疲倦的铃鼓》（*Неуемный бубен*，1909）、《教妹》（*Крестовые сестры*，1910）、《第五种瘟疫》（*Пятая язва*，

1912）。

全书共分为导论、第一至四章和结语三个部分。

导论部分主要包括对作家生平及主要作品、选题原因、国内外研究现状、全书结构、创新点和研究方法的阐释。

正文部分分为四章。

第一章介绍了19—20世纪之交俄国文学中的“新现实主义”流派产生的哲学背景、发展历程和主要特征，展示了该流派的意识形态和美学思想，为后文的研究和分析提供了理论支持。

第二章以列米佐夫的三部新现实主义小说《不知疲倦的铃鼓》《教妹》和《第五种瘟疫》为例证，分析并概括了列米佐夫笔下的“新现实”——宗教与性的矛盾现实和“反世界”的混乱现实，体现了20世纪初新现实主义作家对宗教哲学和矛盾现实的关注与探索。

第三章介绍了列米佐夫笔下最主要的两种人物形象——“新现实主义”女性形象和世纪之交“小人物”形象，关注世纪之交人的精神、心理和意识，揭示作家形象创作体系中的过渡性和杂糅性特点。

第四章以列米佐夫新现实主义作品为语言材料，分析了其作品中的词法手段和句法手段对形成口语体风格化效果的作用，揭示了作家语言创作的口语性特点，体现了其作为新现实主义作家的语言探索精神。

结语部分是对本书内容的总结，对列米佐夫作品中的新现实主义特征的综合述评，并指出了未来研究的大致方向。

Предисловие

В российских литературных научных кругах Алексей Михайлович Ремизов признан «сложным писателем» и «отличным стилистом», являющимся уникальным писателем русского серебряного века и основателем литературной школы русского неореализма на рубеже XIX и XX веков. Его художественные произведения, обладающие индивидуальными характеристиками и отпечатками эпохи и воссоздающие широкую картину русской жизни и культуры на рубеже XIX и XX веков, представляют собой результаты сочетания традиций и инноваций, реализма и модернизма. Писатель до сих пор мало известен в Китае, однако за рубежом существует интерес к его творчеству среди исследователей и переводчиков; многие его произведения были переведены на французский и немецкий языки, что привлекло внимание к его творчеству большого числа читателей и литературных критиков во всем мире.

Неореализм – периферическая литературная школа в русском серебряном веке в конце XIX – начале XX века. Данная литературная школа, представляющая собой продукт интеграции и взаимодействия двух основных идеологических и художественных школ – реализма и модернизма, имеет смешанные и синтетические характеристики и является отражением многозначности и переменчивости развития литературоведения на рубеже веков.

В данной монографии мы исследуем темы, образы персонажей и языковой стиль ремизовских произведений на фоне теории неореализма, анализируем «новые реалии», неореалистических персонажей и особенности стилизации разговорной речи в его произведениях. Представленное исследование выполнено на материале пяти произведений А.М. Ремизова: сборник сказок «Посолонь» (1907), роман «Часы» (1908), повести «Неуемный бубен» (1909), «Крестовые сестры» (1910) и «Пятая язва» (1912).

Данная монография состоит из введения, четырех глав и заключения.

Во введении дается творческая биография А.М. Ремизова и его литературные достижения; обосновывается актуальность исследования; описывается степень научной разработанности темы исследования в Китае и за рубежом; излагаются научная новизна и исследовательские методы; дается краткое содержание данной монографии.

В первой главе рассматриваются философские контексты, процессы развития и основные особенности неореализма в русской литературе на рубеже XIX и XX веков, представляются идеологические и эстетические мысли этого литературного направления, что обеспечивает теоретическую поддержку для данного исследования.

Во второй главе на материале трех неореалистических повестей «Неуемный бубен», «Крестовые сестры» и «Пятая язва» анализируются и обобщаются ремизовские «новые реалии» – противоречие между религией и полом и хаос «антимира», что показывает внимание неореалистических писателей начала XX века на религиозную философию и противоречивую реальность.

В третьей главе описывается два типа художественных образов в произведениях Ремизова – «неореалистический» женский образ и образ «маленького человека». Мы обращаем внимание на дух, психологию и сознание людей на рубеже веков, раскрывая переходность и сочетаемость в его творческой системе образов.

В четвертой главе проводится лингвистический анализ неореалистических произведений А.М. Ремизова, в ходе которого исследуются лексические и синтаксические особенности автора как способа создания эффекта стилизации разговорной речи и отражаются языковые инновации писателя как неореалиста.

В заключении подводятся итоги данного исследования, обобщаются основные признаки неореализма в творчестве Ремизова, а также определяется направление дальнейших исследований.

新现实主义“棱镜”下的
列米佐夫
透视现实·解构形象·雕琢语言
扫码透析
走近列米佐夫
揭秘白银时代文学大师内心
新现实主义解析
解码新现实主义的独特美学
俄国文学编年史
重走俄国文学辉煌发展历程
世界文史展播厅
尽享世界文学历史视觉盛宴

目录

导　论

一、研究对象：列米佐夫其人其作

阿列克谢·米哈伊洛维奇·列米佐夫（Алексей Михайлович Ремизов），俄国白银时代小说家、剧作家、侨民作家，1877年出生于莫斯科一个商人家庭，外祖父是有名的富商，父亲则是一位典型的莫斯科式的中等商人，他的母亲年轻时曾与民粹主义运动关系密切，后抛夫弃子出走，所以，尽管家族富裕，但因母亲的离开，受到经济限制，作家从童年起就尝到了贫穷的滋味。

他早先在莫斯科第四中学学习了7年，后转入亚历山德罗夫商业学校，在那里他对哲学产生了兴趣。中学毕业后他进入莫斯科大学数学系自然科学部做旁听生（1895—1897）。在大学时代，列米佐夫同情穷人和被压迫者，他开始对革命运动产生兴趣。1896年，列米佐夫因参与学生游行而遭逮捕被流放到奔萨。

在奔萨流放时，他又因组织工人联合会而第二次被捕（1898年2月）并被流放到沃洛格达（Вологда）的小镇乌斯季瑟索利斯克（Усть–Сысольск）。

1898—1903年，列米佐夫在公开监视下在沃洛格达生活。这段日子是列米佐夫自我意识和知识形态的转折期：他放弃了通过革命来改变俄罗斯的思想，开始翻译尼采、梅特林克（М. Метерлинк）①、普日贝谢夫斯基（Ст. Пшибышевский）②的作品（比如，翻译了尼采的名作《查拉图斯特拉如是说》），获得了初次的文学经验。在这里，列米佐夫结识了同样被流放的别尔嘉耶夫、布尔加科夫（С.

① 梅特林克（М. Метерлинк，1862—1949），比利时法语剧作家、诗人。
② 普日贝谢夫斯基（Ст. Пшибышевский，1868—1927），波兰作家。

Булгаков）、卢那察尔斯基（А. Луначарский）、波格丹诺夫（А. Богданов）、萨文科夫（Б. Савинков），并决定全身心投入文学中。此时，这位年轻的作家对民间神话表现出了浓厚的兴趣，他首次发表的作品是对泽梁人[①]婚礼送别曲《姑娘出嫁前的哭泣》（Плач девушки перед замужеством）的改编，该作于1902年9月8日刊登在《信使报》（*Курьер*）上。

1903年秋天，流放期满后，列米佐夫接受了梅耶霍德的邀请，前往赫尔松去梅耶霍德组织的“新剧社”（Товарищество новой драмы）担任文学部主任。在那里他开始创作自己的长篇小说《池塘》（*Пруд*）和《钟表》（*Часы*）。

1905年，列米佐夫携家人搬至圣彼得堡，主持《生活问题》（*Вопросы жизни*）杂志（当时俄国哲学和艺术思想中心之一）的事务。在这里他与罗赞诺夫（В.В. Розанов）、别雷、勃洛克、阿赫玛托娃、库兹明、勃留索夫、魏列萨耶夫、索洛古勃等人建立了友好关系。与他们的交往，极大地促进了列米佐夫在创作上的成长。1908年，他先后出版了第一部长篇小说《池塘》和第二部长篇小说《钟表》。

同年，列米佐夫组建了“伟大而自由的猿猴议会”（Обезьянья Великая и Вольная Палата），简称“猿猴议会”（Обезвелволпал），汇集了创作型知识分子代表——作家、画家和戏剧导演，并将议会置于游戏氛围中。该议会本质上是一种戏仿，“猿猴议会”按照等级原则建立：位于最顶端的是猿猴国王阿斯克，成员有仆役、骑士和公爵，列米佐夫给自己安排了一个小角色——议会职员。阿斯克国王颁

① 科米人旧称。

布法令、颁发猿猴勋章和证书。索洛古勃、别雷、别尔嘉耶夫、舍斯托夫、罗赞诺夫、阿赫玛托娃、什梅廖夫、扎米亚京、扎伊采夫、布宁以及许多其他20世纪上半叶的文化人士都是“猿猴议会”的成员，他们中的一些人还获得了有趣的称号，如扎伊采夫被称为“猿猴音乐家”“猿猴理发师”“蜻蜓”和“主教公爵”；布宁被称为“巴斯克人的全权代表”“大穆夫提”；扎米亚京被称为“和事佬”；等等。这是列米佐夫自己的游戏、自己的神话，也是现代主义生活创造的一种形式，与白银时代的普遍意识形态氛围相符。

十月革命后列米佐夫因为种种原因于1921年离开苏俄，开始侨民生活。起初住在雷瓦尔[①]，后转至柏林，1923年又迁往巴黎，1948年接受了苏联国籍，但始终没能回国，直至1957年在巴黎去世。

列米佐夫的作品数量庞博，在体裁方面具有多样性，包括长篇小说、中篇小说、短篇小说，以及俄罗斯童话、伪经、神话故事改写，还有自传体小说、回忆录、文学评论等。他的创作重现了19—20世纪之交俄罗斯生活与文化的巨幅图景。

我们通常将列米佐夫的作品分为两个时期：

1. 作家移民前（1902—1921）：列米佐夫于1902年开始发表作品，早期作品多为译作，从1907年开始出版自己撰写的作品，其中包括伪经故事集《柠檬园》（*Лимонарь*, 1907），童话故事集《循着太阳运行的方向》（*Посолонь*, 1907），戏剧《鬼戏》（*Бесовское действо*, 1907），长篇小说《池塘》（*Пруд*, 1908）、《钟表》（*Часы*, 1908），中篇小说《不知疲倦的铃鼓》（*Неуемный бубен*, 1909）、《教妹》（*Крестовые сестры*, 1910）、《第五种瘟疫》

① 塔林的旧称。

（*Пятая язва*, 1912）等。在这十余年间，列米佐夫在创作上取得了不小的成就，一方面，作家努力发掘民间文学遗产，使它们重放光彩，尤其是在语言创作上，致力于从陈旧的民族语言中寻找新的生命力；另一方面，作家描绘了世纪之交俄国混乱、暴力、苦难、冷漠的生活图景，其中又掺杂着幻想、梦境、潜意识等非理性元素，表达了作家对人类痛苦的认识和对国家未来的忧虑。

2．作家移民后（1921—1957）：列米佐夫流亡时期的创作，主要朝着两个方向发展。

第一个方向是写自传体作品，主要有：《被掀起的罗斯》（*Взвихренная Русь*, 1927）、《沿着墙檐》（*По карнизам*, 1929）、《用矫正过的眼睛看》（*Подстриженными глазами*, 1951）等，其中具有里程碑意义的是编年体长篇小说《被掀起的罗斯》。该小说中出现了作家其他作品中的一些形象，形成了新的文本关系。书中还穿插了荒诞的神话、俚语和俗语、诗歌、哲学思想等，综合描绘出了一部拼贴画般的个人生活编年史。第二个方向是对文学名著的改编，如在俄罗斯古代文献基础上改编的《索罗莫尼亚》（*Соломония*, 1929）和《穆罗姆的彼得和费福罗尼亚的故事》（*Повесть о Петре и Февронии Муромских*, 1951）。

本书从新现实主义理论出发，选取作家移民前的五部典型代表作品——《循着太阳运行的方向》《钟表》《不知疲倦的铃鼓》《教妹》《第五种瘟疫》为研究对象[①]，分析19—20世纪之交作家创作中的新现实主义诗学特征。

---

① 本书中除出自《教妹》的译文来自刁绍华的译本外，其余四部作品的中文译文均为本书作者自译。

童话集《循着太阳运行的方向》是列米佐夫的早期代表作之一，于1907年出版，是他第一部单独出版的作品集，也是他民间文学创作中最成功的一部。这部童话集以古代民间日历法则为基础，以神话元素——太阳为中心。文本按照季节的顺序，分为“美丽的春天”（Весна–красна）、“火红的夏天”（Лето–красное）、“黑暗的秋天”（Осень темная）、“冷酷的冬天”（Зима лютая）四个部分。28篇童话均匀地分布在四个季节内，每个季节包含7篇，“一年四季周而复始，围绕每个季节都有许多童话，时间与存在和谐一致”[①]。作家在《循着太阳运行的方向》中表达了一种渴望——渴望单纯地感受生活，像孩童一样感受世界的幸福和光明。作家以传统民间故事为基础，结合象征主义艺术手法，在同时代人中重新唤醒了被遗忘的民间文化。该童话集得到了同时代人的肯定，“安德烈·别雷、沃洛申、戈罗捷茨基等，几乎一致地赞赏这部故事作品的语言，为它的纯洁、非凡、音乐般优美的语言所倾倒”[②]，作家也在回忆录里写道，“在沙赫玛托夫院士的支持下，《循着太阳运行的方向》被提名申请科学院普希金奖金”[③]。

《钟表》是列米佐夫1908年出版的一部长篇小说，小说中包含了两个潜意识故事——小男孩科斯佳（在钟表店干活的丑孩子）的潜意识故事和成年人涅利多夫（遭受命运打击而心灵空虚的知识分子）的潜意识故事。在周围人的眼里，科斯佳是一个丑八怪，一个傻瓜、

① 俄罗斯科学院高尔基世界文学研究所著，谷羽、王亚民等译：《俄罗斯白银时代文学史（1890年代—1920年代初）Ⅲ》，兰州：敦煌文艺出版社，2006年，第324页。

② 汪介之：《现代俄罗斯文学史纲》，南京：南京出版社，1995年，第268页。

③ Ремизов А.М., *Огонь вещей*, Изд. Сов. Россия, 1989: 305.

白痴，为此他感到很痛苦，他认为自己存在的唯一意义就是每天去教堂钟楼给钟上弦。对整座城市的怨恨和病态的野心使他把自己视为世界的上帝：时间由他操纵。科斯佳决定杀死“该死的时间”——破坏大钟，以此来抗议现实。在小说的结尾，丑孩子科斯佳彻底地疯了。知识分子涅利多夫曾经在自己的内心创造了一座坚不可摧的神殿，但是随着未婚妻的死亡他陷入了绝望，他的神殿被摧毁，就像时间在科斯佳的意识里被摧毁一样，最后他选择了自杀。《钟表》反映了生活中阴暗的一面。作者试图深入人物内心，理解他们无助的极限和自我毁灭的力量，这体现了存在主义元素。同时，该小说对“时间”这一概念进行了深入思考和象征式的艺术表现，这在俄国文学中具有创新意义。

《不知疲倦的铃鼓》是列米佐夫1909年出版的中篇小说，作家塑造了一个独特的世纪之交“小人物”形象——外省小城法院刑事司抄写员斯特拉季拉托夫。小说描写了年老的抄写员斯特拉季拉托夫疯狂迷恋年轻姑娘娜杰日达，最后却被娜杰日达抛弃的故事。主人公斯特拉季拉托夫拥有两副面孔：在办公室里他是唯唯诺诺、勤俭节约的小官员，回到家后他是倒卖古董、颐指气使的贪财霸主；他既是虔诚的宗教信徒，又是经常出入风月场所的“不知疲倦的”色情狂。他是一个集“贫穷的小官员”和“贪财的霸主”、“宗教徒”和“色情狂”于一身的矛盾集合体。在世纪之交的社会背景下，列米佐夫向读者展示了一个戴着面具的具有双重人格的“小人物”形象，以期体现社会转型过程中人的矛盾心理。

《教妹》是列米佐夫1910年创作的一部中篇小说，是作家最著名的小说，是了解他的创作的关键。小说故事发生在彼得堡一个叫布尔科夫大院的居民小区里。主人公彼得·阿列克谢耶维奇·马拉库林是一位开票据的小官员，他最初看起来像一个不思考的孩子，对生活充满喜悦，对工作也恪尽职守，兢兢业业。然而，由于同事格洛托夫的诬陷，他丢了工作。窘迫的生活迫使他卖掉了自己的住宅，搬进了人口密集的布尔科夫大院。自己的不幸促使马拉库林开始观察周围人的命运：刻苦学习却因病不能参加中学毕业文凭考试的纳杰日京培训班学员薇拉·尼古拉耶芙娜·克列卡切娃，想要成为伟大演员名扬世界却最终沦为娼妓的戏剧学校女学生薇拉·伊万诺芙娜·威霍列娃，被丈夫霸占遗产并被遗弃的中学女教师安娜·斯杰潘诺芙娜·希亚诺娃，被父亲诅咒"像块石头在大千世界里滚来滚去"的厨娘阿库莫芙娜……为了改变生活在社会底层的不幸者的命运，马拉库林寄希望于幻想——到巴黎去，到了那里，一切都会变好。然而，待幻想破灭后，马拉库林便陷入了绝境，最后在半疯狂的状态中从窗台坠下而亡。在小说中作家以冷峻的笔锋揭露了社会底层"小人物"被践踏的生活，尤其是苦难女性的不幸遭遇，揭示了忍辱负重、饱受折磨的罗斯的痛苦命运。同时代评论家伊万诺夫-拉祖姆尼克（Р.В. Иванов-Разумник）认为这部作品是"对革命后时期俄罗斯生活最深刻的诠释之一"[①]。他还对小说的题名"教妹"（Крестовые сестры）作出了解释："在列米佐夫的一系列作品中出场的，都是一些背着十字架的姐妹和兄弟——他们全都自愿或不自愿地背起沉重的十字架的负担，全都是在精神上被强制的，全都被生活钉在十字架上，并且认识了生活的可怕。他们所有的人，就是列米佐夫作品里的主要出场人物，这也

① 俄罗斯科学院高尔基世界文学研究所著，谷羽、王亚民等译：《俄罗斯白银时代文学史（1890年代—1920年代初）Ⅲ》，兰州：敦煌文艺出版社，2006年，第332页。

就是为什么他最近的一部中篇小说《背着十字架的姐妹》[①]对于他的整个创作来说有着中心的意义”[②]。该小说从人物刻画的角度来说，基本上继承了现实主义传统，但是从表现手法和美学特征角度来看，具有现代主义色彩：寓喻、象征与“布尔科夫大院”的现实相结合；现实、梦境和人的想象相结合；文本具有联想、重复的特点；小说具有主观语调、节奏性和片段性的特点。因此，在艺术形式上，《教妹》是现实主义与现代主义的成功结合，体现了新现实主义的特点。

《第五种瘟疫》是作家1912年发表的一部中篇小说，小说反映了“理性”和“非理性”两种对立真理的相互碰撞。主人公——外省小城斯图杰涅茨的侦查员博布罗夫性格孤僻，他对法律绝对忠诚，执法如山，谁要是落在他手里必受惩罚，被小城人民称为“第五种瘟疫”。然而，作家笔下的斯图杰涅茨小城则是一幅暴力、可怕、卑鄙、龌龊的场面。于是，博布罗夫这位献身于绝对法律的斗士给“全体俄罗斯人民”写了一份“类似于起诉书的东西”。后来由于在一次案件中他对无辜者提起了错误起诉，又在审讯一个巫师时发现自己实际上无法反驳那种“非理性”真理，于是产生了挫败感，最后郁郁而终。列米佐夫的两种真理的搏斗实际上是一种精神上的决斗，该作品引起了同时代人的讨论，也获得了不少好评，“别雷认为这部作品是一个‘里程碑’，是一桩‘我们的文学十年可以为之自豪’的‘大事’”[③]。

---

① 这是*Крестовые сестры*的另一种译法，而本书采用的是在国内学界更广为人知的一种译法，即将其译为《教妹》。

② 汪介之：《现代俄罗斯文学史纲》，南京：南京出版社，1995年，第267页。

③ 俄罗斯科学院高尔基世界文学研究所著，谷羽、王亚民等译：《俄罗斯白银时代文学史（1890年代—1920年代初）Ⅲ》，兰州：敦煌文艺出版社，2006年，第334页。

列米佐夫的创作在风格和艺术手法上都是一种特殊的现象。他结合了现实与幻想、现实与梦境、日常生活与怪诞。列米佐夫的作品对20世纪初的俄国文学产生了巨大影响，比如影响了普里什文、皮利尼亚克（Б. Пильняк）、弗谢·伊万诺夫（Всеволод Иванов）、扎米亚京等。列米佐夫本人在1947年给Н. 科德良斯卡娅（Н. Кодрянская）的一封信中写道："在广袤的俄罗斯土地上生活着我的许多儿子。他们中有年轻的（列昂诺夫），有和我差不多大的（扎米亚京），还有比我年长的（普里什文）"[①]。爱伦堡（И. Эренбург）在《人·岁月·生活》（*Люди, годы, жизнь*）中也指出，"1921—1922年年轻的苏联作家鲍里斯·皮利尼亚克、弗谢沃洛德·伊万诺夫、左琴科等步入文坛，他们中几乎所有人都曾对安德烈·别雷或列米佐夫着迷"[②]。

需要指出的是，列米佐夫的作品分析具有一定的难度和复杂性。К. 莫丘利斯基（К. Мочульский）早在1923年就表达了这一观点："列米佐夫的艺术以其惊人的简洁性而让人难以捉摸"[③]。同时代人、哲学家И. 伊林（И. Ильин）也指出："要阅读和理解列米佐夫，必须'发疯'。不是指精神错乱，也不是指心理生病，而是指要放弃自己习惯的感知事物的方式方法。必须让你的心灵进入一种灵活的、可塑的、运动的状态；并且要顺从他的号召，每一次阅读列米佐夫的新作品时几乎都要重建自己心灵的情绪和结构"[④]。

---

① Кодрянская Н., *Алексей Ремизов*, Париж, 1959: 189.

② Эренбург И., *Люди, годы, жизнь*, Т.8, 1966: 433.

③ Мочульский К.В., *О творчестве Алексея Ремизова* // К.В. Мочульский Кризис воображения. Статьи. Эссе. Портреты, Томск: Водолей, 1999: 118.

④ Ильин И.А., Собрание сочинений: В 10 т. Т. 6. Кн. 1: *О тьме и просветлении.* Книга художественной критики. Бунин - Ремизов – Шмелев, Русская книга, 1996: 273.

二、选题原因

1. 列米佐夫是一位极具创作天赋的作家，他的创作无论是主题深度、形象体系还是语言风格都极具个人特色和时代印记，因此他的作品具有被研读和探究的学术价值。

2. “新现实主义”是19世纪末20世纪初俄国白银时代的一个非主流文学流派，该文学流派是现实主义与现代主义结合的产物，具有杂糅性和综合性的特征，是世纪之交文艺学发展多值性和多变性的反映，同时，这一流派对后世也产生了一定的影响，20—21世纪之交在俄罗斯文坛上再次出现了“新现实主义”，以谢尔盖·沙尔古诺夫（Сергей Шаргунов）、罗曼·先钦（Роман Сенчин）、扎哈尔·普里列平（Захар Прилепин）为代表，而这一“新现实主义”正是发源于19—20世纪之交的“新现实主义”。近年来，新世纪之交的“新现实主义”在当代俄罗斯文学中已成蔚然大观，它引发了国内学者的兴趣，研究成果颇多，反观上世纪之交的“新现实主义”，却被白银时代各大主流文学流派的光芒所掩盖，没有引起关注。因此，以列米佐夫作品为研究文本，分析其作品中的新现实主义诗学特征，对理解白银时代“新现实主义”的艺术特色和美学追求具有重要意义。

3. 国内外白银时代文学研究者对于列米佐夫的流派属性问题存在争议。汪介之认为他不属于任何一个派别，“他与现实主义者、象征主义者、阿克梅主义者都有交往，但在创作上则不依傍任何流派”①。余献勤也谈到“列米佐夫很难被归入某一流派，他不写诗，只写小说

① 汪介之：《远逝的光华：白银时代的俄罗斯文学与文化》，福州：福建教育出版社，2015年，第243页。

和戏剧，虽然他与俄国象征主义的知名作家梅列日科夫斯基、勃洛克、伊万诺夫等人交往甚密，但文学史中谈到象征主义时很难找到他的名字”[①]，不过他强调，“若从列米佐夫的戏剧来看，则全然属于象征主义”[②]。李明滨则称他为“现实主义与现代主义的结合”，认为他的作品“具有‘遗传’和‘变异’的双重特性……我们把这一类作家归为现实主义与现代主义相结合的一派……列米佐夫也可归入这一类型”[③]。由俄罗斯高尔基世界文学研究所编撰的《世界文学史（第八卷·上）》也把列米佐夫定位为“在现实主义和现代主义之间”的作家[④]。

由此可以看出列米佐夫流派属性的“间性”特征。这恰巧与同样具有“间性”特征、居于现实主义和现代主义之间的“新现实主义”流派相对应。T.T. 达维多娃（T.T. Давыдова）（2006）在专著《俄罗斯新现实主义：思想，诗学，创作变革》（*Русский неореализм: идеология, поэтика, творческая эволюция*）中指出列米佐夫是新现实主义的奠基人[⑤]，同时也是第一批新现实主义作家的代表人物。因此，将列米佐夫置于同样具有“异质性”的边缘文学流派——新现实主义的背景下，或许能对其做出更准确的分析和解读。

---

① 余献勤：《象征主义视野下的勃洛克戏剧研究》，广州：世界图书出版广东有限公司，2014年，第57页。

② 余献勤：《象征主义视野下的勃洛克戏剧研究》，广州：世界图书出版广东有限公司，2014年，第57页。

③ 李明滨：《俄罗斯二十世纪非主潮文学》，太原：北岳文艺出版社，1998年，第37页。

④ 俄罗斯高尔基世界文学研究所编撰：《世界文学史（第八卷·上）》，上海：上海文艺出版社，2013年，第109–111页。

⑤ Давыдова Т.Т., *Русский неореализм: идеология, поэтика, творческая эволюция*, Флинта: наука, 2006: 25.

4. 与国外对于列米佐夫的研究已初具规模相比，现阶段国内关于他的研究还远远不够，主要是对作家其人其作的简述，文学评论作品寥寥可数，而在新现实主义视域下系统地梳理列米佐夫的作品，总结其创作诗学的新现实主义特征，这在国内外都具有创新意义。

5. 本书选取列米佐夫移民前创作的五部作品为研究材料：《循着太阳运行的方向》《钟表》《不知疲倦的铃鼓》《教妹》《第五种瘟疫》，这五部作品无论主题、人物形象、语言风格，还是艺术手法方面都代表了作家移民前创作的最佳水平，属于他的典型代表作品。此外，更重要的一个原因是，这五部作品中的新现实主义特征在内容和形式上具有一定的统一性。

首先，创作背景一致。这五部作品创作于1910年前后，属于作家移民前的作品（《循着太阳运行的方向》, 1907；《钟表》, 1908；《不知疲倦的铃鼓》，1909；《教妹》，1910；《第五种瘟疫》，1912）。此时正值世纪之交，俄国经历了1905年革命，文学中出现了新的现实。无论是童话集《循着太阳运行的方向》中重新被唤醒的民间传统与文化现实，还是小说《不知疲倦的铃鼓》《教妹》中世纪之交的社会历史现实，《钟表》《第五种瘟疫》中关于人的内在的精神现实，作家用其敏锐的眼光探索着这个全新的世界。

其次，诗学特征一致。20世纪10年代，新现实主义流派诞生，新的现实开始通过新的艺术形式表现出来。列米佐夫新的艺术形式具有鲜明的现代主义色彩——象征手法、梦境手法、潜意识手法、颓废主义元素、存在主义元素、表现主义元素、语言的拟古与创新等等。这些新的艺术形式在这五部作品中得到了很好的反映。

在童话集《循着太阳运行的方向》中，作家以传统民间故事为基础，结合象征主义艺术手法，重新唤醒民间神话。该童话集的语言具有鲜明的新现实主义特色，作家结合了古老的民族词汇、个人语调、非传统句法、富有表现力的语音形象和语义修辞格。正如E.P. 奥巴特妮娜（E.P. Обатнина）所说，列米佐夫“在《循着太阳运行的方向》中给出了新现实主义形式的例子，这一形式发源于民族语言和古籍智慧的深处”①。小说《钟表》中作家对女性形象的颓废式描写，对“时间”这一概念的象征式艺术表现，体现了新现实主义文学中的颓废主义元素和存在主义元素。小说《不知疲倦的铃鼓》中戴着面具的具有双重人格的“小人物”形象，既继承了19世纪现实主义小人物描写传统，又吸收了20世纪初现代主义的美学特征。小说《教妹》在人物刻画上继承了现实主义传统，但在表现手法和美学特征上具有现代主义色彩，采用了寓喻、象征、梦境、想象等一系列现代主义艺术手法，是现实主义与现代主义的成功结合。小说《第五种瘟疫》区别于传统现实主义对社会环境的批判，从俄国民族性格特征的角度来解释当时俄国社会的种种弊端，揭示了俄国人天性中愚昧、懒惰、野蛮、自私、冷漠、麻木不仁的弱点。

因此，这五部作品同时呈现了20世纪初俄国社会生活的现实图景，体现了俄国古典文学传统与现代主义文学风格特点的结合，也展示了世纪之交集民间文学传统、现实主义特征、现代主义特征和作者个性于一身的列米佐夫对新现实主义的探索。

综上所述，本书选题《阿·米·列米佐夫新现实主义创作研究》具有一定的研究价值。本书将以列米佐夫为研究对象，以新现实主义为理论基础，结合作家移民前的五部代表作分析其创作的诗学特征。

---

① Обатнина Е.Р., *Царь Асыка и его подданные. Обезьянья Великая и Вольная Палата А.М. Ремизова в лицах и документах*, СПб.: Изд-во Ивана Лимбаха, 2001: 6.

三、国内外研究现状

1. 俄罗斯列米佐夫学发展史

在俄罗斯文学史中，阿列克谢·米哈伊洛维奇·列米佐夫这个名字在很长一段时间都是一个谜，苏联时期对侨民作家的打压使得读者无法认识这位独特作家的艺术世界。直到20世纪70年代初，研究者们才开始关注列米佐夫的个性及其艺术遗产。20世纪70年代末80年代初，人们对列米佐夫个人及其作品产生了研究兴趣，然后在接下来的20年里（普遍认为是在80年代），在文学批评中逐渐形成了“列米佐夫学”（ремизоведение）这一研究方向。

20世纪90年代末，由于列米佐夫某些作品的出版和对这些作品的研究，俄罗斯读者开始了解作家的艺术思维特点和他非凡的文学地位。

到了21世纪，从2000年至2003年，俄罗斯科学院文学研究所（普希金之家）的学者一共出版了十卷列米佐夫作品集（从第一卷到第十卷），这是俄罗斯文学进程中的一件大事。这项多年的工作不仅有利于列米佐夫作品在俄罗斯的普及，而且还使得列米佐夫作为一种艺术审美现象被读者发现。从那时起，在列米佐夫学中出现了一个真正的研究热潮：2000年至2013年间，在俄罗斯和国外的期刊中出现了一千多篇关于列米佐夫的评论文章。

2015年至2021年间，普希金之家又相继出版了列米佐夫作品集第十一卷到第十六卷，这些更新出版的作品集主要整理了作家生前发表在期刊且主要是在国外期刊上的作品，编者根据原始文本（印刷文本、校样、手稿）进行校对并完整地复制了注释，促使读者能够更全面地理解列米佐夫艺术世界这一复杂整体，对列米佐夫学的发展具有重要意义。

2016年普希金之家出版了一本关于列米佐夫的参考书目索引——《阿列克谢·米哈伊洛维奇·列米佐夫：参考文献（1902—2013）》（*Алексей Михайлович Ремизов: Библиография〈1902—2013〉*），编纂者为E.P. 奥巴特妮娜（E.P. Обатнина）和E.E. 瓦赫年科（E.E. Вахненко）。该索引涵盖了111年的时间跨度，它是对1902—1957年间列米佐夫作品出版物的汇总，也是列米佐夫作品研究史上第一部对1905—2013年间关于作家其人其作的俄文和外文评论文章的汇总。这一“科学储备”为列米佐夫艺术世界的研究提供了空间，是列米佐夫学科学探索的“信息母体”。

以上便是对俄罗斯列米佐夫学40多年发展史的简述。

2. 俄罗斯和西方研究现状

关于列米佐夫创作的研究可以分为四个阶段：

1）第一阶段——作家移民前：第一阶段主要是同时代人对他的评论。其中最早关注列米佐夫作品的是评论家A. 雷斯坚科（A. Рыстенко）和A. 扎克热夫斯基（A. Закржевский），作家第一部长篇小说《池塘》（1908）刚面世不久，两人就都发表了对该作品的评论，前者主要研究小说中的主题，后者则着重分析作家早期作品中的心理类型。1905—1913年间，正值作家创作的高产时期，因此这一时期关于作家作品的文学评论也逐渐增多，这一时期的评论包含了对作家“过度矫饰主义”、对其作品体裁的模糊性和刻意的风格复杂化的负面评价。到了1917年，作家的创作天赋和语言创新开始得到文学界的普遍认可，就连高尔基也曾在1924年承认列米佐夫对俄语所作的贡献，认为他的创作“起到了十分重要的作用，丰富了我们的语言，使我们的语言更加灵活，生动”[①]。

2）第二阶段——作家移民后：1921年列米佐夫移民后，其作品在苏联被禁。第一位试图为他恢复名誉的是他的学生兼好友普里什文，随后他的另一个学生K.A. 费定（К.А. Федин）也试图为他恢复名誉。这一时期由于苏维埃政府对侨民作家的消极态度，列米佐夫被遗忘了很长一段时间，直到20世纪70年代，当局才改变了对列米佐夫的态度，决定出版一卷列米佐夫作品集（由Ю.А.安德烈耶夫负责编写）。虽然在这一阶段列米佐夫在苏联文学界被众人遗忘，但是他却引起了西方斯拉夫学家的注意。1929年，小说《教妹》第一次被翻译成法语，作家开始被法国读者所认识。1958年，R. 杰克逊（Jackson Robert）在文章《俄罗斯文学中的陀思妥耶夫斯基地下人》（Dostoevsky's Underground Man in Russian Literature）中关注了果戈理和陀思妥耶夫斯基传统在列米佐夫作品中的延续。1970年，K. 盖布（K. Geib）在慕尼黑发表了作品《列米佐夫风格研究》（*Stilstudien A.M. Remizov*），该研究分析了列米佐夫个人风格的形式方面。1978年H. 西娜妮（H. Sinany）在巴黎出版了《阿列克谢·列米佐夫书目索引》（*Alexis Remizov Bibliographic*），书中编译了列米佐夫生前出版过的大部分作品。

3）第三阶段——20世纪80—90年代：随着苏联思想界和文艺界的解冻、列米佐夫学的形成，苏联和国外文学界对列米佐夫的研究也终于迎来了春天。1985年在美国阿默斯特举办了关于列米佐夫作品研究

① Анисимова И.И., *Горький и советские писатели. Неизданная переписка. Литературное наследство, Т. 70*, Изд. АН СССР, 1963: 182.

的学术会议，会议过后出版了两本关于列米佐夫的论文集：由S. 阿罗尼安（S. Aronian）主编的《俄罗斯文学三部曲》（*Russian Literature Triquarterly*, 1986）和由Г. 斯洛宾（Г. Слобин）主编的《阿列克谢·列米佐夫：研究一位多变的作家的方法》（*Aleksei Remizov: Approaches to a Protean Writer*, 1987）。1988年A. 格拉乔娃（A. Грачева）发表了《列米佐夫改编的古代俄罗斯小说》（Древнерусские повести в пересказках А.М. Ремизова），文章研究了作家作品和古代文献之间的关系，并归纳了其创作的类型学特征。1992年11月在圣彼得堡历史博物馆大厅举办了"阿列克谢·列米佐夫的魔幻世界"（Волшебный мир Алексея Ремизова）展览。同年在圣彼得堡普希金之家还举办了第一届"阿列克谢·列米佐夫与二十世纪艺术文化"（Алексей Ремизов и художественная культура XX века）学术研讨会，此后普希金之家将这一传统保留了下来，接连举办了三届列米佐夫学术研讨会（1997, 2001, 2015），研讨会的成果是于1994年和2003年出版了两本论文集：《阿列克谢·列米佐夫：研究与材料》（*Алексей Ремизов: Исследования и материалы*）（1994, 2003），由A. 格拉乔娃主编，其中不仅展示了关于列米佐夫的学术文章，还刊登了罕见的档案材料、同时代人的回忆录等。

除了学术活动和论文集，这一时期还出版了许多学术价值颇高的专著。1994年在波兰出版了哈丽娜·瓦什克列维奇（Халина Вашкелевич）的专著《现代主义守旧者：阿列克谢·列米佐夫作品的主要主题》（*Модернистский старовер. Главные мотивы творчества Алексея Ремизова*）。学者突出了列米佐夫作品的四个层面：自传性、历史性、普遍性和新神话主义，分析这四个层面在作家作品中的体现和演变，并建立了作家作品与古典文学传统之间的主题风格联系。

一年后，另一位波兰学者安娜·沃济尼亚克（Анна Возьняк）的专著《阿列克谢·列米佐夫的俄罗斯传统》（*Русская традиция по Алексею Ремизову*）也面世。学者在伪经故事、圣徒传记和民间文学传统的背景下分析了列米佐夫移民前的作品。然后在美国出版了美国斯拉夫学家Г. 斯洛宾的专著《列米佐夫小说1900—1921》（*Проза Ремизова* 1900—1921），该书于1997年被译成俄语。在书中，作者根据列米佐夫的"生活创造"（жизнетворчество）概念分析了作家移民前的作品，并特别关注作家在早期作品中所做的体裁探索。

4）第四阶段——21世纪初至今（最近20余年）：2000—2021年普希金之家联合"俄罗斯书籍"（Русская книга）出版社和"萌芽"（Росток）出版社共同出版了16卷列米佐夫作品集，这是这一时期的标志性事件。新世纪以来，列米佐夫学家们在前人的基础上开始对作家的艺术世界进行多角度的研究：

①研究列米佐夫作品中的民间文化和古罗斯文学元素。比如，格拉乔娃专著《阿列克谢·列米佐夫和古罗斯文化》（*Алексей Ремизов и древнерусская культура*, 2000）；Ю. 罗赞诺夫专著《列米佐夫和民间文化》（*А.М. Ремизов и народная культура*, 2011）。

②区域文学研究，即列米佐夫对北方民俗文化传统的接受。这是列米佐夫学研究思想的一个新方向，比如Ю. 罗赞诺夫在文章《阿列克谢·列米佐夫文本中的沃洛格达河流》（Вологодские реки в текстах Алексея Ремизова, 2015）中研究了列米佐夫作品中出现的河流主题，这一主题与他1900—1903年间作为流放犯在俄罗斯北方生活的记忆有关。

③研究列米佐夫的"猿猴议会"。学者Е.Р. 奥巴特妮娜的专著《阿斯克国王和他的臣民们：列米佐夫伟大而自由的猿猴议会的人物

和文件》（*Царь Асыка и его подданные. Обезьянья Великая и Вольная Палата А.М. Ремизова в лицах и документах*, 2001）便是以猿猴议会为研究对象。书中追溯了在俄罗斯和俄罗斯移民文学生活，以及作家作品背景下猿猴议会产生和发展的历史。E.P. 奥巴特妮娜展示了大量以前不为人知的与猿猴议会相关的档案材料，还提供了列米佐夫的插图、证书和猿猴勋章的图片。因此，该书成为了第一部针对猿猴议会的综合性研究作品。

④研究列米佐夫的创作诗学特征，这是目前列米佐夫学界最主流、最受欢迎的研究方向。其中包括研究列米佐夫创作诗学中的继承性，即作家创作与俄罗斯经典现实主义作家契诃夫、果戈理、谢德林、陀思妥耶夫斯基之间的联系，如E. 高内（Е. Горный）的文章《列米佐夫与契诃夫》（Ремизов и Чехов, 1998），С. 多岑科（С. Доценко）的文章《列米佐夫和陀思妥耶夫斯基作品的诗学特征》（А.М. Ремизов и Ф.М. Достоевский: Поэтика палимпсеста, 2007）。除了继承性，一些学者还研究列米佐夫创作诗学中的创新性，如列米佐夫作品中的存在主义思想：К.И. 济米列娃（К.И. Зимирева）副博士论文《列米佐夫创作中的存在主义问题》（Экзистенциальная проблематика в творчестве А.М. Ремизова, 2007）；列米佐夫的梦境诗学：Н.Л. 纳戈尔纳亚（Н.Л. Нагорная）专著《列米佐夫创作中虚拟的梦境现实》（*Виртуальная реальность сновидения в творчестве А.М. Ремизова*, 2000），О. 谢尔盖耶夫（О. Сергеев）专著《阿列克谢·列米佐夫——梦境的囚徒：列米佐夫1900—1910年小说中的梦境诗学》（*Ремизов – узник снов: Поэтика сновидений в прозе А. Ремизова 1900—1910-х гг.*, 2002），等等；还包括专门针对其某一部作品的诗学解读：如E.B. 特蕾什金娜（Е.В. Тырышкина）的专著《列米佐夫〈教

妹〉：概念与诗学》（*«Крестовые сестры» А.М. Ремизова: Концепция и поэтика*, 1997），Т.Н. 斯托亚诺娃（Т.Н. Стоянова）副博士论文《列米佐夫小说〈被掀起的罗斯〉：诗学构成》（Книга А.М. Ремизова «Взвихренная Русь»: формирование поэтики, 2003），Е.В. 古谢娃（Е.В. Гусева）专著《列米佐夫的双重世界（长篇小说〈池塘〉）》［*Двоемирие А.М. Ремизова (Роман "Пруд")*, 2005］，以及Е.В.别尔姆斯（Е.В. Бермус）副博士论文《列米佐夫中篇小说〈不知疲倦的铃鼓〉：诗学，语境，阐释》（Повесть А.М. Ремизова «Неуемный бубен»: поэтика, контекст, интерпретация, 2008）。

以上便是对关于列米佐夫的国外研究现状的梳理。

3. 国内研究现状

转观国内，我国对列米佐夫这位作家并不太熟悉，对其作品的研究也尚处初级阶段。

国内最早研究列米佐夫的学者是汪介之，1995年汪介之出版的著作《现代俄罗斯文学史纲》对作家的生平、主要作品和艺术特色进行了简述。

1998年，国内掀起了一个研究列米佐夫的小高潮。1998年杨可在《湖南文学》第四期发表了一篇文学评论《他创造了"列米佐夫的罗斯"：关于阿·米·列米佐夫》和一篇短篇小说译作《神奇的收获》；随后，在周启超编译的《俄罗斯"白银时代"精品文库：小说卷》中，赵桂莲翻译了列米佐夫的短篇小说《领结》，在吴笛编译的《对另一种存在的烦恼——俄罗斯白银时代短篇小说选》中，王永翻译了短篇小说《夜深沉》《在城市上空》，陈自新翻译了短篇小说《伊凡库巴尔》；同年，李明滨出版了著作《俄罗斯二十世纪非主潮文学》，在"现实主义与现代主义结合——扎伊采夫——列米佐夫”一节中介绍了列米佐夫的《钟表》《教妹》这两部作品的内容和艺术思想。

2001年刁绍华翻译了列米佐夫创作生涯中最重要的一部作品——《教妹》，这是国内第一部汉译的列米佐夫中长篇作品。

2013年郑体武主编的《俄罗斯文学辞典·作家与作品》对列米佐夫其人其作进行了简述，并重点介绍了小说《教妹》的故事情节。同年，谢春艳在《俄罗斯文艺》第一期上发表了《列米佐夫创作中彼得堡的现代神话意蕴》一文，她将《教妹》视为作家“彼得堡文本”的代表，认为作家对彼得堡和彼得堡人的描绘富有浓郁的现代神话色彩。

2014年余献勤出版了专著《象征主义视野下的勃洛克戏剧研究》，在“象征主义流派之外——列米佐夫和安德列耶夫”一节中涉及了列米佐夫的戏剧。

2017年张煦在《俄罗斯文艺》第三期上发表了文章《20世纪俄罗斯“文化神话”的终结之链——从列米佐夫的“猿猴议会”到“谢拉皮翁兄弟”》，文中对“猿猴议会”和脱胎于前者的“谢拉皮翁兄弟”这两个文学团体进行了对比和分析，探索了“文化神话”的内涵在20世纪初期的流变及其终结的必然性。同年，哈尔滨师范大学的两名研究生王元序、陈曦撰写了两篇关于列米佐夫的汉译实践报告（硕士论文）——《列米佐夫小说集〈永不熄灭的光〉汉译实践报告》和《列米佐夫小说集〈鬼谷〉汉译实践报告》。

2018年上海外国语大学刘冉撰写了硕士论文《列米佐夫创作中的存在主义思想》，分析了列米佐夫创作中的存在主义元素。

2019年王璐瑶在《攀枝花学院学报》第四期上发表了文章《列米佐夫小说中梦境的神话潜文本分析——以〈教妹〉为例》，文中分析了小说《教妹》中主人公马拉库林四个梦境背后的神话潜文本，展现了列米佐夫将梦境与神话这两种因素巧妙结合的艺术手法。

2020年王璐瑶、郑文东在《俄罗斯文艺》第二期上发表了文章《“小人物”长廊中的后来者——列米佐夫小说〈不知疲倦的铃鼓〉中的人物形象》，文章以列米佐夫中篇小说《不知疲倦的铃鼓》为例，探讨小说主人公的文学原型，剖析主人公矛盾的双重人格和潜意识心理特征，展现了作家对19世纪现实主义文学“小人物”描写传统的继承、对20世纪初现代主义文学表现的矛盾意识和危机意识的吸收，揭示了列米佐夫在“小人物”形象的创作手法上的过渡性特点。

2020年由杨玉波翻译的《不知疲倦的铃鼓——列米佐夫中短篇小说选》出版，其中包括《时钟》《不知疲倦的铃鼓》《第五个祸患》[①]三部中篇小说，以及名为《鬼谷》《永久的光辉》《不落的光辉》三组系列短篇小说，为国内列米佐夫学研究补充了译文资源。

2021年王璐瑶的论文《试论情节布局连续统的特征——以列米佐夫童话集〈循着太阳运行的方向〉为例》分析了作家四个童话文本情节布局中离散性元素和连续性元素的二元互动与统一。

2022年毕远洋在硕士论文《列米佐夫中短篇小说的主题意蕴与文本表征》中着重分析了作家小说中蕴含的自我精神探寻主题和病态人物形象。

2022年王璐瑶的论文《现实中的“永恒女性”——评列米佐夫小说〈钟表〉和〈教妹〉中的女性形象》分析了作家笔下的“颓废受难女性”形象和“堕落受难女性”形象，展现了列米佐夫对传统“永恒女性”形象的突破。

---

① 这是*Пятая язва*的另一种译法，本书作者将其译为《第五种瘟疫》。

2023年唐慧超的硕士论文《列米佐夫童话作品研究——以童话集〈顺着太阳的方向〉为例》研究作家童话集中的情节和象征手法，尤其是文本中游戏、梦境和颜色的象征意义。

2023年刘竞帆的硕士论文《列米佐夫创作中的“神圣罗斯”主题研究》从罗斯土地、罗斯人民和罗斯秩序三个层次对“神圣罗斯”主题展开论述，借助神话原型批评的研究方法将该主题涉及的神话原型与俄罗斯民族文化根基结合在一起，从而揭示俄罗斯民族自古以来向善、求真理、追求神性的精神追求。

通过上述对国内外研究现状的梳理，我们可以得出下列结论：

1）国外学者对列米佐夫的研究始于20世纪70年代，迄今已经产出了许多研究成果，涵盖了很多方向，其中最主流的研究方向是对作家作品诗学特征的研究（主题、形象、语言、艺术手法等）。

2）而在国内，对列米佐夫的研究起步较晚，研究成果不多，但研究兴趣逐年增加。目前国内公开发表的关于列米佐夫的评论文章有7篇，硕士论文6篇（其中2篇为翻译实践报告），对比国外一千多篇学术文章，我国对列米佐夫的研究远远不够，因此文本研究有待进一步丰富和完善。

3）以新现实主义作为贯穿特征将列米佐夫的作品统一起来进行系统研究，在国内外还暂未出现。因此，本书的研究具有一定的创新性。

四、全书结构、创新之处及研究方法

1. 全书结构

本书共分为导论、正文和结语三个部分。

导论部分主要包括对作家生平及主要作品、选题原因、国内外研究现状、全书结构、创新点和研究方法的阐释。

正文部分分为四章。

第一章为19—20世纪之交俄国文学中的“新现实主义”，介绍了该流派产生的哲学背景、发展历程和主要特征，展示了该流派的意识形态和美学思想，为后文对列米佐夫新现实主义创作的研究和分析提供了理论支持。

第二章为列米佐夫作品中的“新现实”，以列米佐夫的三部新现实主义小说《不知疲倦的铃鼓》《教妹》和《第五种瘟疫》为例证，分析并概括了列米佐夫笔下的“新现实”——宗教与性的矛盾现实和“反世界”的混乱现实，体现了20世纪初新现实主义作家对宗教哲学的探索和矛盾现实的关注。

第三章为列米佐夫作品中的人物形象，分析了列米佐夫笔下最主要的两种人物形象——“新现实主义”女性形象和世纪之交“小人物”形象，关注世纪之交人的精神、心理和意识，揭示作家形象创作体系中的过渡性和杂糅性特点。

第四章为列米佐夫作品中的口语体风格，以列米佐夫的新现实主义作品为语言材料，分析了其作品中的词法手段和句法手段对形成口语体风格化效果的作用，揭示了作家语言创作的口语性特点，体现了其作为新现实主义作家的语言探索精神。

结语部分是对本书内容的总结，对列米佐夫作品中的新现实主义特征的综合述评，并指出未来研究的大致方向。

2. 创新之处

1）研究对象新。本书的研究对象列米佐夫是俄国白银时代一位独树一帜、有鲜明个人风格的作家。目前，国外正值列米佐夫学发展高潮，其创作引起了俄罗斯学界的高度重视，而国内却少有人研究他。研究列米佐夫作品的诗学特征对在国内推广这位作家和推进学界对其的研究具有重要作用。

2）研究背景新。本书将列米佐夫的作品置于“新现实主义”背景下来进行系统的研究，在国内外是首次尝试。本书论证列米佐夫创作中的新现实主义特征，在新现实主义理论与文本分析结合方面具有一定的示范意义。

3）研究内容新。列米佐夫关注世纪之交的新现实，作家将这些新现实注入人物形象的塑造中，并通过语言材料表现出来，使文学文本的主题层、形象层和语言层紧密联系起来，形成了一个艺术整体。本书从这个角度出发，对列米佐夫作品中的主题系统、形象系统和语言风格系统进行了整体性的梳理，概括出作家创作中的整体诗学特征。

3. 研究方法

1）文本细读法。以文本为中心，大量收集、阅读和分析列米佐夫的作品以及相关研究成果。

2）分析归纳法。这一方法主要用于对列米佐夫作品的梳理与分析，运用归纳、演绎、分析等方法对作家的创作进行思维加工，采用实证分析，揭示其创作的诗学特征。

3）对比研究法。在研究时进行横向和纵向对比，将列米佐夫与同时代作家进行横向对比，分析作家艺术创作中汲取的外来养分；同时，将列米佐夫在不同时期所塑造的人物形象、描写的主题进行纵向对比，分析作家创作的历时演变过程。

4）修辞分析法。对文学文本进行词汇语义、句法结构、功能、语境、风格等方面的系统分析，从而展现作家的语言创作特点。

第一章

19—20世纪之交俄国文学中的“新现实主义”

19—20世纪之交的俄国文学是一个复杂的整体，在这个整体的框架内，现实主义和现代主义两大思想艺术流派相融并存，在诗学层面相互影响，其结果便是产生了第三流派——“新现实主义”流派。当我们把“新现实主义”当成一种艺术现象来进行分析时，首先需要了解这一流派产生的哲学背景，掌握其美学哲学渊源；然后梳理整个流派的发展史，从缘起、发展到结束；最后分析该流派的主要特征，包括主题、形象、体裁、语言等方面的特征，由此方可较为全面地掌握这一流派的意识形态和本质特征，本章便是对上述三个问题的详细论述。

第一节 “新现实主义”产生的哲学背景

白银时代“新现实主义”是对19世纪古典现实主义的继承与更新，是将现实主义与现代主义相结合的文学流派。世纪之交的新现实主义作家都有自己鲜明的独特风格，在艺术气质上不尽相同，然而，尽管作家们的世界观存在个体差异，在他们的作品中仍然能感受到共同的起源——相同的哲学背景。新现实主义出现在19世纪末20世纪初，这是众多意识形态交汇的时期，新现实主义吸收了这一时期盛行的思想，其中主要吸收了以下三种哲学思想——生命哲学、直觉主义和俄国宇宙主义思想。本节的任务是探讨这些哲学流派对白银时代新现实主义艺术世界观形成所产生的影响。

一、生命哲学思想

“生命哲学”（философия жизни）是19世纪末至20世纪上半期在欧洲流行的一种重要的唯心主义哲学思潮。它的奠基人和理论家是当时最杰出的哲学家：狄尔泰[①]、柏格森[②]、尼采[③]、李凯尔特[④]、施本格勒[⑤]、齐美尔[⑥]等。这个哲学流派的组成十分多样，意识形态范围很广。然而该流派的理论不是从某一个代表人物的作品中发展出来的，而是从许多互相补充的作品中演变而来的，其中最重要的是尼采和柏格森的哲学思想。该流派哲学家对以前寻求真理的方法表示不满，反对实证主义和唯物主义基本原理。而当哲学家们在寻求摆脱实证主义和唯物主义的方法论僵局时，他们意识到需要一个新的核心概念来表达世界和人类生存的本质，这个新的概念就是“生命”的概念，它成为具有哲学地位的核心概念。

“生命哲学”试图用生命的发生和发展来解释宇宙，不满黑格尔主张的严酷的理性，不满自然主义或唯物主义所依据的因果决定论，认为只有提高意志、情感的地位才能穷尽“生命”的本质。该流派哲学家主张的生命已不是自然界中所存在的现实的生命，而是一种神秘的精神力量：“他们把生命当作是一种只能意会不可言传的非理性的心理体验或本能冲动，一种绝对自由的、不受任何客观条件和客观规

① 狄尔泰（1833—1911），德国文化史学家和唯心主义哲学家，生命哲学的主要代表。

② 柏格森（1859—1941），法国唯心主义哲学家，直觉主义和生命哲学的代表。

③ 尼采（1844—1900），德国哲学家，非理性主义和唯意志论的代表。

④ 李凯尔特（1863—1936），德国哲学家，新康德主义巴登学派的创建人之一。

⑤ 施本格勒（1880—1936），德国唯心主义哲学家、历史学家，生命哲学的代表。

⑥ 齐美尔（1858—1918），德国唯心主义哲学家、社会学家，生命哲学的代表。

律制约的盲目的创造力量，并把它当作是最真实、最直接的实在”①。因此，在该流派哲学家的思想中，“生命”概念的内容首先是一种非理性的现实，始终包含着科学和理性无法触及的成分。这一概念具有普遍性特征，是一切存在的基础和本质。

除了非理性特征，“生命”概念还具有更加深远的含义。哲学家们扩大了关于这一概念的理解范围，指出生命作为真正的、原始的现实，是一个直接给定的、不断发展的整体。在柏格森的著作《创造进化论》（1907）中，生命被解释为一种完整性，一种宇宙规律性，即所有生命自然发展和自然消亡的进化过程。尼采也认为生命不是单方面的，而是其表现形式的总和。

除此之外，该流派哲学家还认为“生命”这一概念应该与“人”紧密联系起来。他们反对古典哲学将具体的人抽象化的思想，认为应该去感知具体的、精神的、活生生的人。狄尔泰在其主要著作《精神科学导论：历史理性批判》（1883）中表示，必须把人的概念视为认知的基础，即在完整性和充实性中去理解具体的生命。柏格森也强调了人与生命的联系，格朗让·弗兰克评论道：“柏格森主义将人置于大自然中间，置于生命中间……他与存在的一切相融合，也正因为与世界的这种交流，他不断扩展和增强，达到与世界平等”②。

“生命哲学”的主要代表人物之一是哲学家尼采。“生命”是尼采哲学的轴心概念，是其世界观的初始原则，他的最重要的一部著作——《查拉图斯特拉如是说》（1883—1885）中的主要思想就是围绕这一轴心展开的。尼采对“生命”的理解与两个概念有关：“权力

---

① 张传开等：《西方哲学通论》，合肥：安徽大学出版社，2003年，第72页。

② Гранжан Франк, *Революция в философии. Учение Анри Бергсона* / Пер. с франц. М.Д. Нагловской, 1913: 129.

意志”和“酒神精神”。

在尼采的阐释中，“生命”概念等同于“权力意志”。尼采认为，“权力意志”是生命力的体现，凡是有生命的东西，都力图统治、扩张、超越自身，它代表了世界进化的基础，因此，尼采称之为“永不枯竭的、增值着的生命意志”[①]。正如B.П. 维兹金（В.П. Визгин）所说，“尼采的生命从未受到怀疑和质疑：它在尼采眼中永远都是对的。相反，其他的一切都应该从生命那里、通过与生命的联系、通过参与生命过程来获得自己的辩词。尼采的生命——是一种内在的神，现实本身就是这样，它积极集中，难以捉摸，无条件优越于所有概念和理解。生命在斗争、扩散、成长、冒险、开花和死亡。它总是追求自我扩张和自我确认，增强力量和权力……”[②]

除此之外，尼采对生命的理解还与“酒神精神”有关。日神阿波罗和酒神狄奥尼索斯是希腊神话中两个神的名字。在尼采的哲学中，酒神精神与狂热、过度、不稳定有关，而日神原则讲求实事求是、理性和秩序。尼采高扬酒神精神，反对日神精神，他认为，酒神精神是一种肯定生命全体——即肯定生命中的苦难与快乐的艺术力量。

尼采向人们表明了他对生命的理解，认为它是坚不可摧的力量，自发地消耗不尽的能量，其发展的结果就是所有生命和精神的多样性。

“生命哲学”的另一位代表人物是柏格森。柏格森对“生命”的理解与“创造进化论”和“生命冲动”这两个概念有关。在他的主要哲学著作《创造进化论》中，生命被理解为一种具有无穷无尽的创造

---

① 韩秋红、庞立生、王艳华：《西方哲学的现代转向》，长春：吉林人民出版社，2006年，第47页。

② Визгин В.П., *Жизнь как ценность: опыт Ницше*, 2000: 22.

力的宇宙力量，它是所有精神的源头，可以无止境地自我发展，具有无限的创造力。除此之外，柏格森还将生命理解为一种冲动：生命不是物质，而是一种盲目的、非理性的、永动不息而又不知疲倦的生命冲动，是一种派生万物的普遍存在的神秘力量。这里可以看出柏格森生命哲学的一个重要特征——运动性，它是一种运动哲学，与欧洲哲学中存在的静止性相对立。

继尼采、柏格森之后，狄尔泰也开始关注这一流派的主要哲学范畴。狄尔泰从文化历史学的角度来理解“生命”概念，将生命理解为一股人类的文化历史经验之流。生命对于狄尔泰而言，首先是精神生活，个人的心理活动。狄尔泰明确地给出了“生命”的心理学解释，Т.Г. 鲁缅采娃（Т.Г. Румянцева）指出，在理解“生命”概念时，哲学家狄尔泰“指的不仅仅是个人生命的经验主义多样性，它更多的是一种精神上的统一，不仅把现代人与人之间的生活联系起来，而且还把现代人的生活与过去的人的生活联系起来”①。

19世纪末20世纪初，生命哲学思想进入了俄国社会的精神生活，人们开始对尼采、柏格森和这一流派其他哲学家的作品感兴趣。当时在俄国翻译并出版了该流派的许多哲学著作：比如1898年出版了尼采的纲领性作品《查拉图斯特拉如是说》的第一版俄译本，1899年出版了他的《悲剧的诞生：源于音乐的灵魂》俄译本，1900年出版了尼采的八卷本作品集俄译本；1909年出版了柏格森的著作《创造进化论》的俄译本，1913—1914年出版了他的五卷本作品集的第一版俄译本。

除了这些经典作品的译本，当时在俄国还出现了一批介绍生命哲学思想的概述型或阐释型学术专（译）著：В. 普列奥布拉任斯基

---

① Румянцева Т.Г., *Дильтей // Философия. XX век*, Минск, 2002: 236.

（В. Преображенский）的《弗里德里希·尼采：利他主义道德批判》（1892），С. 库利佩（С. Кульпе）的《德国现代哲学主要流派特点》（1903），穆勒（Д. Милль）的《论意志自由》（1906），俄国哲学家Н.О. 洛斯基（Н.О. Лосский）的《柏格森的直觉哲学》（1922），И. 斯洛博茨基（И. Слободский）的《基督教世界观世界里的弗里德里希·尼采》（1905），等等。这些作品推动了20世纪初俄国社会对生命哲学思想的积极理解，促进了这一哲学思想在俄国的传播。在该思想的影响下，俄国社会对实证主义的反对之声日益增强，这种反对之声遍及整个精神领域，尤其是在文学艺术领域。

实证主义反对之声对19世纪80—90年代的俄国民粹主义文学流派打击颇大。民粹主义文学流派推崇实证主义和社会决定论，它过度地强调“个人—社会环境”之间的联系，夸大了社会因素在生活中的作用，因而常常无法体现人与世界之间联系的复杂性。这类文学的弱点是困囿于社会生活问题，记录各种生活“事件”而没有对它们进行深入的哲学思考，所以这一思想艺术流派在19世纪末20世纪初的俄国文学中退居次要地位。

生命哲学思想让人们看到了民粹主义流派思想的片面性和局限性，因此，20世纪初走上文学历史舞台的新现实主义者开始通过生命哲学思想来探寻反映生命的新的艺术形式。其中，尼采的思想对新现实主义者的影响最大。

对于新现实主义者而言，尼采作品中普遍的生命热情是他哲学思想中最重要的一面。新现实主义者关注生命自身的价值，在他们的作品中反映了对生命的各种形式的精神感知——生命的自然原始性，精神力量和美感，以及充实的情感。列米佐夫在1907年出版的童话故事集《循着太阳运行的方向》便是一个充满生机元素的文本，这本书的每一页都洋溢着激情的生命力，整个童话集按照季节更替顺序分为春、夏、秋、冬四个部分，每个季节都有属于自己的童话，然而该书的最后一句话（也是冬季部分的最后一句话）——“И играло солнце над башенкой так весело, весеннее”①［译文：春日的阳光在塔楼上愉快地玩耍］（作者译）又把读者从冬天带回了春天，经历了一个四季，迎接我们的将是下一个四季，生命生机勃勃、生生不息。

除了普遍的生命热情，新现实主义作品中还体现了尼采酒神精神的精髓——生命的完整性思想。生命是一个完整的整体，肯定生命的全体，就要肯定其中所必然包含的痛苦与毁灭。20世纪初，俄国评论家伊万诺夫–拉祖姆尼克在文章《论生命的意义》中提出了新现实主义的纲领性观点：“生命的目的——不是幸福，不是快乐，而是‘存在的完整’，‘生命的完整’，……就让身体遭受痛苦吧，只要心灵能够永远向前冲去……只要在人的生命中能够实现存在的完整，它构成了人的生命的主观目的，只要人通过身体和心灵的折磨能达到其存在的广度、深度和强度。而这一存在的完整将成为他生命最好的证明”②。伊万诺夫–拉祖姆尼克还以列米佐夫早期作品为例证明了这一观点：“……他的《钟表》《池塘》，噩梦般的故事——都是接连不断痛苦的呻吟，都是关于生命的真相，关于生命价值的问题”③。

尼采生命哲学中普遍的生命热情和生命的完整性在列米佐夫、布宁、扎伊采夫、普里什文、什梅廖夫等新现实主义作家的作品中皆有

---

① Ремизов А.М., *Избранные произведения*, Изд. Панорама, 1995: 92.

② Иванов-Разумник Р.В., *О смысле жизни (Ф. Сологуб, Л. Андреев, Л. Шестов)*, СПб., 1910: 291.

③ Иванов-Разумник Р.В. *Творчество А. Ремизова // Иванов-Разумник Р.В. Творчество и критика.* П2., Т.2, 1922: 81.

体现。这些作家笔下的人物角色体验了生命中的喜悦与苦难，努力参透生与死的奥秘，理解生命的真正意义。

二、直觉主义思想

1900—1920年，法国哲学家柏格森的直觉主义（интуитивизм）也成为俄国社会关注的焦点。

柏格森关注直觉认知问题，将直觉认知与理性认知对立起来，认为在科学和理性的界限内是无法探寻真理的，只有直觉才使人有机会把握事物和现象的“生命完整性”的本质。如果说逻辑方法在科学研究中占主导地位，那么艺术则揭示了世界的主观隐藏本质。根据柏格森的观点，艺术有助于真实地看待周围世界，扩大人类的感知力。他认为，当艺术家撕毁了“荒谬的逻辑”时，他能够用语言来表达自己的感受，将他人推向自己的方向，从而达到所谓的先逻辑水平。马克斯·舍勒[①]很好地揭示了柏格森直觉主义思想的意义，他在20世纪初写道：“柏格森的伟大之处在于一种力量，借助这种力量他能够改变人对世界和心灵的态度……这种新的态度的特征是，人们希望完全依靠感觉，在感觉中发现事物的内容，满怀信心地渗入到所有‘给定’事物的简单而又鲜明的真实性中；带着爱向世界展现自己，溶解在对世界所有直接的直观性的沉思中”[②]。

除了直觉认知，柏格森还呼吁关注个人的“我”。在《论意识的直接材料》（1911）一书里，柏格森提出，每一个人都拥有两个不同

① 马克斯·舍勒（1874—1928），德国唯心主义哲学家。

② Гайденко П.П., *Владимир Соловьев и философия Серебряного века*, 2001: 247.

的“我”——个人的“我”和社会的“我”。如果一个人进入了个人的“我”，那么就可以建立一幅完整的、普遍的世界图景，掌握“生命的意图”；而社会的“我”只是个人的“我”的褪色阴影，是其外部折射。

除此之外，柏格森还提出了“绵延”的概念，这一概念被理解为心理的、主观的时间，是通过直觉体验到的时间，与线性时间不同。柏格森认为，“绵延”才是真正的时间。通过自我观察可以发现，意识生命、个人的内在生命的精神状态是连续变化的，这些状态潜移默化地从一种转向另一种，持续不断。这种持续性像河水一样奔流不息，交融汇合成一个不可分的、永远处在变化中的运动过程，“绵延”就是这样的一个运动过程，它是我们每一个人的存在，为我们的直觉经验所感知。

在20世纪的前20年中，柏格森的直觉主义思想影响了一批俄国哲学家，如Н. 洛斯基（Н. Лосский）、С. 弗兰克（С. Франк）、П.А. 弗洛连斯基（П.А. Флоренский）、С.Н. 布尔加科夫、别尔嘉耶夫、梅列日科夫斯基等，同时也影响了俄国几乎所有的主要艺术流派，如象征主义、存在主义、印象主义、抽象主义、超现实主义等，其中影响最深、最富有成果的是印象主义。这一现代主义流派的典型特征是心理主义，对人的情感状态的敏锐关注，感受到时间的流动，对转瞬即逝的生命的抒情体验。

直觉主义和印象主义对20世纪初的新现实主义产生了重要影响。

第一，新现实主义作家更加关注主人公的内心世界及其心理状态的细微差别。对于他们而言，重要的不是主人公的社会特征（社会的“我”），而是内心深处的人性（个人的“我”）。因此作家们在作品中十分重视描写人通过现实产生的感觉和思想，比如列米佐夫的长篇小说《钟表》中就有大量关于主人公的心理描写和潜意识描写。

第二，新现实主义作家对现实的处理方式发生了变化。20世纪初的新现实主义脱离了对现实的叙事性描写，而用抒情元素和主观个人世界观取而代之，通过微小和简单的方式来表达对庞大的世界的理解和感受。

第三，印象主义的片段性影响了新现实主义作品的结构布局和体裁形式。印象主义的特点是片段性，在造型艺术中表现为碎片化的布局结构。新现实主义流派的作家也常常使用碎片化的布局，这意味着在他们的作品中缺少展开的完整的情节。比如，列米佐夫童话集《循着太阳运行的方向》中的情节布局就具有片段性，作品中出现了情节混合、情节切分、情节倒置、剪辑等手法，违反了情节的线性展开原则，加剧了情节离散性的特点。在体裁方面，受印象主义的影响，新现实主义文学作品以中、小形式的体裁为主，比如中篇小说、短篇小说、随笔、心理特写、小型哲学作品、散文诗等。

三、俄国宇宙主义思想

在新现实主义者的作品中还反映了俄国宇宙主义（русский космизм）哲学思想。宇宙主义出现于19世纪中期，是俄国本土文化发展中的一个流派，主要代表人物有B.C. 索洛维约夫、П.А. 弗洛连斯基、Н.Ф. 费道罗夫、С.Л. 弗兰克、С.Н. 布尔加科夫。

俄国宇宙主义哲学家思想中固有的共同原则是对世界作为一个和谐整体的统一认识，相信存在的有机整体性，相信人类与宇宙的内在联系。研究者Л.И. 瓦西连科（Л.И. Василенко）指出，“作为一种思潮，宇宙主义将世界视为一个匀称的、和谐的、结构合理的、发光发亮的、美丽的整体，并在其中寻找赋予生命和创造性的源泉。宇宙主义提出多层面地看待世界——凭经验和理论来研究的‘可见的自然’，以及位于可见的自然某一深处的‘不可见的自然’。后者是宇宙赋予生命和创造力的焦点”①。

宇宙主义哲学的中心原则是宏观宇宙与微观宇宙（宇宙与人类）统一的观点。这首先与索洛维约夫的“大一统思想”（bсеединство）和索菲亚学说有关。索菲亚属于上帝，同时也属于被造之物，具有位于两者之间的居间性。通过索菲亚，宏观世界的规律可以在微观世界（人的意识）中实现和重复。因此，宇宙主义是一种“一”的哲学，在宇宙主义者描绘的世界图景中，精神与物质、生命与非生命、人与自然、主体与客体都融合在一起。

基于宇宙主义流派的世界观思想，弗洛连斯基发展了宏观宇宙和微观宇宙的概念，提出了人与世界等同的哲学论断：“自然和人都是无限的；根据这种无限性，这两者是等势的，可以互相成为彼此的一部分”②。根据弗洛连斯基的观点，人类和世界一样复杂，并且内部都具有无限性，所以完全可以将它们视为彼此的一部分。

人与世界等同的思想构成了C.H. 布尔加科夫的宗教哲学基础。在著作《亘古不灭的光：观察与思辨》（*Свет невечерний. Созерцания и умозрения*）和《名称哲学》（*Философия имени*）中，布尔加科夫分析了人的名字与他的精神本质之间的关系。这两者之间的关系使他对词语的宇宙起源感兴趣。根据布尔加科夫的观点，词语创造是一个纯

---

① Василенко Л.И., *Космизм и эволюционизм в русской религиозно-философской традиции // Русский космизм и современность,* 1990: 70.

② Флоренский П.А., *Макрокосм и микрокосм // Оправдание космоса*, СПб., 1994: 184.

粹的宇宙过程，因为词语在本质上包含了世界的能量，而名称是本质能量的载体。

俄国宇宙主义思想对俄国文学的影响十分深远，这一思想贯穿了整个俄国文学，从罗蒙诺索夫到杰尔查文的诗歌，从拉季舍夫的哲学论著到丘特切夫的抒情诗。到了20世纪初，宇宙主义哲学传统成为俄国象征主义的重要元密码。象征主义小说和诗歌之中出现了关于时间和空间的概念，人与宇宙统一的世界观等。象征主义理论家安德烈·别雷渴望将思想和词语宇宙化，他表达了这样一个观点：“宇宙是通过思想说出的词语”①。象征主义的另一位代表作家维亚切斯拉夫·伊万诺夫创作的许多诗歌中也突显了宏观宇宙和微观宇宙相互联系、宇宙对立面辩证统一的思想。

宇宙主义所涉及的宇宙与人的概念、它们之间密不可分的关系等问题也常常间接地出现在新现实主义作家列米佐夫、布宁、扎伊采夫、谢尔盖耶夫-岑斯基、什梅廖夫的作品中。

宇宙主义对新现实主义的影响主要体现在两个方面。

首先，新现实主义者吸收了宇宙主义将世界视为一个有机整体的原则，认为世界上的一切——人类及其文化、历史、自然都是统一的。新现实主义作家将自然理解为一种统一的创造力，自然永远是宇宙主义的，它不因某个人的意志而存在，而是因其自身内部的规律而存在。受这种世界统一观的影响，新现实主义作品中出现了贯穿的形象和主题。列米佐夫的作品中就有这种贯穿的形象和主题，比如小男孩别奇卡（Петька）和他的奶奶（Бабушка），这两个形象在列米佐夫童话集《循着太阳运行的方向》中的两篇童话《朝圣》（Богомолье）

① Белый А., *О смысле познания*, Минск, 1991: 51.

和《风筝》（Змей）中，以及短篇小说《老奶奶》（Бабушка）和《小公鸡》（Петушок）中都有出现，从一部作品转移到另一部作品，他们在列米佐夫的作品中相互联系并形成了一个统一的体系。

除此之外，受宇宙主义影响，新现实主义作品中的时间范畴具有普遍性特点。新现实主义作家认为，包含在宇宙循环中的人遵循着普遍的宇宙规律和普遍的生命节奏。不是人是世界的组织中心，而是跳动的生命的“普遍节奏”组织着人的日常生活。人类生存的完整性在封闭的个人生命时间里是不可能实现的，一个人的精神成长之路是一条依附于普遍时间的道路，因此当前的个人时间服从于既定的普遍时间，人类的生命与宇宙保持着稳定的统一。以列米佐夫长篇小说《钟表》为例，作家在小说中写道：“отдавались на волю Божью, ибо конца не видели. Не было им конца, не было силы остановить раз навсегда назначенный ход”[①]［译文：它们（时钟）服从于上帝的旨意，因为看不到结局。也没有结局，它们没有能力彻底地停止这个预先设定好的过程］（作者译），这里便体现了时间流动的普遍性和恒定性的思想。

综上，20世纪前20年俄国文学中新现实主义的主要探索方向与欧洲和俄国哲学思想的意识形态探索方向一致，同时，它与现代主义意识形态和艺术探索也有关联，尤其是象征主义和印象主义。虽然20世纪初思想流派众多，思想纷呈，但是新现实主义并没有迷失方向，反而是掌握并保留了自己的思想空间。新现实主义的世界艺术图景主要依赖于20世纪初发展的关于生命和宇宙的综合观念。“生命哲学”中

① Ремизов А.М., *Собрание сочинений. Т. 4. Плачужная канава*, Русская книга, 2001: 11.

所形成的普遍的生命热情和生命完整性思想使新现实主义者在新的价值范畴中定义“生命”的概念；柏格森直觉主义中的直觉认知让新现实主义者更加关注人的内心世界和心理状态；俄国宇宙主义阐释使新现实主义者对人与世界的关系的理解发生了变化：人类更多地被视为宇宙的一部分，与周围所有的生物相等。“生命哲学”的哲学审美传统、直觉主义哲学和俄国宇宙主义使我们更加深入地了解新现实主义这一文学现象的本质，为我们提供了更加完整的新现实主义意识形态图景。

第二节 “新现实主义”的缘起与发展

19—20世纪之交的文学是一个“复杂的整体”，这个整体的所有组成部分都是相互联系的。现实主义作为当时的艺术流派自然会受到现代主义的影响，反之，现代主义也受到了现实主义的影响，因此在现实主义创作和现代主义实践中出现了将不同的文学审美现象融合在一起的趋势。然而，现实主义和现代主义的相互影响并不总是能使现实主义或现代主义超出自身主要创作意识形态的界限，换言之，现实主义艺术中的现代主义倾向和现代主义艺术中的现实主义倾向往往只是体现在形式层面上，并没有触及艺术方法的根基。比如，现实主义作家高尔基也曾受现代主义的影响，但他仍属于现实主义作家；现代主义作家索洛古勃、勃留索夫、梅列日科夫斯基也受到了现实主义的影响，但仍然是现代主义作家。这些只能被视为现实主义和现代主义内部的不同风格倾向。但是，如果在两个不同的诗学系统相互作用的过程中，对世界的艺术认知和艺术反映的基本原理发生了变化，那么便会产生一种具有双重审美本质的艺术现象，新现实主义就是这样一种艺术现象。新现实主义的形成首先不仅是基于形式方面的扩散，而且是基于现实主义和现代主义的世界观组成部分的扩散。

一、“新现实主义”的缘起

“新现实主义”这一术语由形容词“новый”和抽象名词“реализм”两部分组成，俄文一般表述为“неореализм”。俄罗斯学者В.А. 凯尔德士（В.А. Келдыш）指出：“20世纪10年代到来前后，俄国文学步入一个新阶段……现实主义流派的声望日隆……评论界纷纷谈论‘现实主义复兴’，还称现实主义已进行了革新。这种革新首先反映在名称的更易上，它常常被称为‘新现实主义’”[①]。

该文学思潮发源于俄国新民粹主义杂志《遗训》（*Заветы*）内部列米佐夫领导的一个文学小组。1905年列米佐夫携家人搬到圣彼得堡，与罗赞诺夫、舍斯托夫结识。很快列米佐夫成为了白银时代文学发展进程中的一位组织者，在他的旗帜下集结了那些了解并热爱俄罗斯的人，他们擅长描写日常生活现实，但是也想要更新古典现实主义，并在文字艺术中开辟一条新的道路。年轻的小说家扎米亚京、希什科夫（В.Я. Шишков）、普里什文加入了这个小组。普里什文回忆道：“列米佐夫在俄国文学的困难时期为自己搭建了一个考古学和民族学的战壕，从民族深处汲取纯粹的民族词汇，并将它们像珍珠一样粘在俄罗斯灵魂的丝线上。扎米亚京、索科洛夫-米基托夫（Соколов-Микитов）和最近的年轻的尼基京（Никитин）都是他的学生”[②]。小组成员努力寻找文学语言中的“俄罗斯味儿”（русский лад，列米佐夫术语），同时对哲学、现代主义文学也产生了浓厚的兴趣。

---

① 俄罗斯科学院高尔基世界文学研究所著，谷羽、王亚民等译：《俄罗斯白银时代文学史（1890年代—1920年代初）Ⅲ》，兰州：敦煌文艺出版社，2006年，第193页。

② Пришвин М.М., *Дневники. 1914—1925. Кн.3*, 1995: 269.

事实上，早在十月革命前俄国文学批评就谈到了“新现实主义”。在文章《象征主义和当代俄国艺术》（Символизм и современное русское искусство）中别雷在现代主义文学流派中指出了新现实主义[①]。高尔基于1908年也回应道：“现实主义……走上了新道路”[②]。当时对“新现实主义”最典型的解读是评论家E.A. 科尔托诺夫斯卡娅（E.A. Колтоновская）的观点，她认为，这是旧的直截了当的自然（即古典）现实主义和现代主义的“创造性组合”，通过这一组合新流派作家们丰富了“自己的语言和手法”[③]。

然而，作为一个新兴的边缘文学流派，新现实主义的发展并不顺畅，许多作家的作品不被同时代人所理解，首当其冲的就是列米佐夫的作品。《遗训》杂志文学评论家伊万诺夫–拉祖姆尼克指出，当时，现代主义者对于列米佐夫的态度相当冷淡，就像是对待一个可疑的人物：“当然，他们认可他；但与此同时，在《天平》（***Весы***）大家勉强接受他，而现代唯美主义者组织《阿波罗》（***Аполлон***）却没有发表他的作品，我们的‘寻神派’躲避他。……他对于唯美主义者来说又太复杂了；而对于阅读刊物的普通大众来说，他太过奇怪了，像‘现代主义者’‘印象主义者’……这真的是悲惨的命运”[④]。伊万诺夫–拉祖姆尼克在这里描述了新现实主义的奠基人列米佐夫的悲剧性的

---

① Белый А., Символизм и современное русское искусство // Белый А. Символизм как миропонимание, 1994: 338.

② Горький М., Собр.соч.: в 30 Т. // Письмо к К.П. Пятницкому, 17 апр. 1908 г., Т. 29, 1955: 64.

③ Колтоновская Е.А., Сергеев-Ценский [Рец. на собр. Соч. С.Н. Сергеева-Ценского] // Рус. Мысль., 1913: 97.

④ Иванов-Разумник Р.В., Творчество А. Ремизова // Иванов-Разумник Р.В. Творчество и критика. П2., Т.2, 1922: 82.

文学命运——作家的这种写作方式，在当时，原则上不可能获得广泛的读者群体。

但是，列米佐夫的学生、追随者扎米亚京的作品却引起了象征主义者、“寻神派”、唯美主义者和古典现实主义崇拜者的兴趣。因此，扎米亚京成为了新现实主义的主要作家和理论家。这不禁让人联想到普希金和他的老师茹科夫斯基的故事——都是学生超越了自己的老师。

二、“新现实主义”的发展

在1918—1920年的《当代俄罗斯文学》（Современная русская литература）、《论综合主义》（О синтетизме）、《论文学、革命和熵》（О литературе, революции и энтропии）和《论语言》（О языке）等讲义和文章中，扎米亚京在前人探索的基础上，形成了自己对“新现实主义”的全面的理解，将“新现实主义”理解为“综合的”文学流派，即现实主义与象征主义两个对立流派相结合产生了“新现实主义”。扎米亚京认为文学的目的已经不再是反映生活，“而是要组织生活，建立生活”[①]。他的“新现实主义”所强调的正是对现实的“组织和建立”，即运用歪曲、变形等手法将社会现实构架在非理性之中，进而还原现实，引发思考。

扎米亚京还明确了一些“新现实主义的典型特征”：人物角色和事件似乎不可信，却揭示了真正的现实；鲜明夸张的色彩；追求“从

① （俄）叶·伊·扎米亚京著，闫洪波译：《明天》，北京：东方出版社，2000年，第56页。

日常生活到存在、哲学、幻想”，或者“幻想与日常生活的综合”；简洁性和形象的印象主义特点，以及语言的紧凑性；新的语言，包括“使用地方方言”和词语的音乐性；象征。[①]归结起来主要有三点——美学观念的哲理倾向、艺术手法的综合趋势和叙事策略的多样态势。

现实主义与新现实主义的主要区别在于，现实主义关注外部生活现实，强调环境对人的影响，而新现实主义则提高了人的主体性，更加关注人的精神、思想、意识方面的现实，关注人对现实的感受，即对人的生命存在本质的关注。正如Л.Я. 金兹堡（Л.Я. Гинзбург）对“新现实”的定义——“要描绘的新现实是一种精神生活的岩浆；在某种意义上说，我们谈论的是非理性的动流，关于生理感觉、印象、贯穿的形象、有意识和无意识倾向、最小的碎片式行为的混合同步”[②]。E.P. 奥巴特妮娜也对列米佐夫笔下的“新现实”作了解释：“列米佐夫创作中的主要特点不是无可挑剔的对现实的精确的模塑，而是现实的神秘内容——变化，希望和善良的内在光芒，这些是作家在生活中时刻坚信和遵守的，——超现实主义者称之为‘绝对现实’”[③]。这便是新现实主义者的“新现实”，因此，从现实主义走向新现实主义是从“可见的现实”走向“内在的隐秘的现实”。

新现实主义的发展历程可以分为三个阶段：20世纪10年代，20世纪20年代，20世纪30年代。

20世纪10年代，新现实主义作为一个文学流派诞生于《遗训》杂

① Давыдова Т.Т., *Русский неореализм: идеология, поэтика, творческая эволюци*, Флинта: наука, 2006: 26.

② Гинзбург Л.Я., *Литература в пойсках реальности*, Л., 1987: 82.

③ Обатнина Е.Р., *Царь Асыка и его подданные. Обезьянья Великая и Вольная Палата А.М. Ремизова в лицах и документах*, СПб.: Изд-во Ивана Лимбаха, 2001: 6.

志内部列米佐夫领导的文学小组中。在这一阶段，年轻的小说家们开始创作探索，他们的主题、生活材料和对日常生活的描述似乎反映了俄国现实主义的传统，但实际上，这些作家拒绝现实主义的世界图景和关于人的概念，而是积极地寻找新的现代主义的艺术手法。因此评论家们称这些作家为新现实主义者。第一批新现实主义者在列米佐夫的带领下积极地在体裁、叙事和语言领域进行尝试，并在民间文学、古罗斯艺术中，在外省语言矛盾中寻找自己的文化“土壤”。

20世纪20年代，在第一批新现实主义作家的创作基础上，新现实主义理论最终形成，扎米亚京成为了新现实主义的理论家。20世纪20年代是新现实主义者最富有成果的时期。这一时期出现了第二批新现实主义者，主要代表为扎米亚京、普里什文、阿·托尔斯泰、普拉东诺夫和布尔加科夫。在这一阶段，作家们主要关注俄国革命现象和与之相关的自由和幸福的问题、俄罗斯民族特点、文明与文化的联系。

20世纪30年代是新现实主义存在的最后阶段。在这十年中，人们能想到的白银时代艺术探索的所有成果都被有意地从俄国文学中排挤出去。1934年别雷去世，1938年曼德尔施塔姆去世，两位标杆作家的离世实际上象征着俄国现代主义的终结。随着现代主义的终结，新现实主义逐渐退出历史舞台。

在专著《俄罗斯新现实主义：思想，诗学，创作变革》中T.T. 达维多娃根据世界图景的特征（形而上学或超形而上学）在新现实主义流派中划分出了两个分支：宗教分支和无神论分支。宗教分支对形而上学和哲学问题更感兴趣，无神论分支则对尘世的、具体的世界更为热爱。宗教分支包括了列米佐夫、普里什文、谢尔盖耶夫–岑斯基、什梅廖夫、恰佩金、希什科夫、布尔加科夫，但T.T. 达维多娃指出他们的宗教信仰并不相同：什梅廖夫是正统信仰；谢尔盖耶夫–岑斯基、普里什文、恰佩金、希什科夫是泛神论；列米佐夫和布尔加科夫则是接近异教的信仰（因为在两人的作品中魔鬼的力量都过于活跃）。无神论分支包括了用讽刺的方式克服生活悲剧的扎米亚京，以及20世纪20年代的一批作家——В.А. 卡韦林（В.А. Каверин）、А.П. 普拉东诺夫、А. 托尔斯泰和А.Р. 别利亚耶夫等[1]。然而，尽管这些作家分支不同、倾向不同，但是所有的新现实主义作家都因其哲学特征和作品中存在的现代主义诗学特征而彼此相似。

三、关于"新现实主义"的争论

从新现实主义出现至今，俄罗斯文学评论界关于新现实主义的性质及其在20世纪初的文学艺术地位就一直存有争论，至少可以划分出三种观点。

第一种观点将新现实主义视为现实主义艺术意识发展的后一阶段。这一观点在Л.А. 斯米尔诺娃（Л.А. Смирнова）、С. 科甘（С. Коган）等人的作品中得到了诠释。以Л.А. 斯米尔诺娃、С. 科甘等人为代表的第一批新现实主义研究者将新现实主义视为一种借助现代主义创作手法不断丰富自身的现实主义艺术本质现象。对于这些研究者而言，新现实主义的本质仍然是现实主义，它只是传统现实主义艺术体系发展的一个转折阶段，因此所有参与了改变传统现实主义的作家都属于这一流派（新现实主义流派）。按照这种理解，新现实主义作家的圈子范围非常广泛。Л.А. 斯米尔诺娃将布宁、库普林、谢尔盖耶

① Давыдова Т.Т., *Русский неореализм: идеология, поэтика, творческая эволюция*, Флинта: наука, 2006: 28.

夫–岑斯基、什梅廖夫、安德烈耶夫等都视为新现实主义者。

第二种观点将新现实主义视为一个独立流派，位于现实主义与现代主义之间。这一观点的主要代表人物是新现实主义理论家扎米亚京和著名的“俄国世纪之交（19世纪末20世纪初）文学”研究专家B.A.凯尔德士。扎米亚京的新现实主义本质上是一种综合主义，是现实主义与现代主义的综合，但是扎米亚京很明确地捍卫了一个观点，即新现实主义位于那一时代的两个主要艺术思想流派的中间位置，并赋予了它在当时文学进程范围中独立流派的地位。除了扎米亚京自己，他还将列米佐夫、扎伊采夫、谢尔盖耶夫–岑斯基归入了新现实主义流派中。20世纪70年代，凯尔德士也在自己的著作《20世纪初俄国现实主义》（*Русский реализм начала XX века*）中表达了同样的观点。他将新现实主义评价为一种居间性质的现象，本质上是和现实主义、现代主义并列的，是世纪之交的第三大文学流派①。在属于这一流派的作家中，他首先指出了安德烈耶夫、列米佐夫和扎伊采夫。

第三种观点将新现实主义视为现代主义流派中的一个分支。这一观点的主要代表人物是T.T. 达维多娃（新现实主义最著名的研究者之一）。她将新现实主义视为完成了其历史使命的现代主义的一个典范支流，强调现代主义意识形态和诗学特征才是新现实主义的主要标志。同时，除了传统上提到的列米佐夫、扎米亚京、普里什文、谢尔盖耶夫–岑斯基、什梅廖夫之外，T.T. 达维多娃还将恰佩金、希什科夫、阿・托尔斯泰、普拉东诺夫和布尔加科夫归入了新现实主义流派之中。

---

① Келдыш В.А., *Русский реализм начала XX века*, Издательство «Наука», 1975: 24.

虽然关于新现实主义性质及其文学地位的问题出现了争论，但是从上面的三种观点可以得出一个结论——不论是现实主义的新阶段、现代主义的分支还是介于两者之间的独立流派，新现实主义都是一个不断更新的艺术体系，是一种既正视现实又不断创新的创作精神。本书对新现实主义的研究主要基于第二种和第三种观点。首先，本书肯定新现实主义独立流派的地位。在列米佐夫、扎米亚京的带领下，年轻的新现实主义者们在主题、人物、体裁、语言、风格等领域不断探索，写出了许多文学作品，这些作品对后来的俄罗斯文学创作产生了影响，比如20—21世纪之交的“新现实主义”正是发源于白银时代的“新现实主义”，因此，我们有理由将新现实主义视为一个独立的流派。但同时，需要强调的是，较之现实主义，新现实主义与现代主义的交流更为密切，受现代主义的影响更大，它更多地吸收和借鉴了现代主义的各种艺术手法，诸如戏仿、互文、游戏等。所以，本书认为，研究新现实主义的最佳方法是——在俄国现代主义的背景下来研究新现实主义，并与现实主义进行对比。

第三节 “新现实主义”的主要特征

19世纪末20世纪初，新现实主义文学流派的主题、主人公类型、体裁、语言等方面的特征都受到了当时的哲学背景和两大艺术流派——现实主义和现代主义的影响。在主题上他们关注更隐秘、更具哲学性的问题，主人公类型也极具时代特色，体裁和语言方面更是大胆探索，新现实主义者在自己的意识形态范围内不断创新。

一、主题与主人公类型

新现实主义作家在主题上不再局限于挖掘事件背后的社会意义，而是更多地从哲学层面来关注一些世界性的问题。

作家们对下列问题进行了深思：现在和过去的俄罗斯，俄罗斯的精神特征，俄罗斯的民族特性，人与自然，所有生物的生存规律，生命与死亡，喜悦与苦难，宗教与性。他们常常关注生活中鲜被关注的一面，尤其关注外省和城市社会底层人民的生活。比如列米佐夫的小说《教妹》《第五种瘟疫》《不知疲倦的铃鼓》，什梅廖夫的小说《从餐馆出来的人》（*Человек из ресторана*, 1911），扎米亚京的小说《外省小城》（*Уездное*, 1912），这些小说都是对俄国首都和外省小城社会底层生活的艺术反映。这里的生活材料与民粹主义作家所面对的生活材料相同，不过，新一代作家对现实的处理方法与民粹主义作家不同，新现实主义作家对现实的兴趣不在于其社会性方面，而在于其形而上学、自然和历史性的东西。他们关注的重点不是社会环境，而是作为个体的人。

新现实主义作家在这一时期创造了这些主人公类型：“被欺凌与被侮辱的”人，革命者和同情他们的人，受难女性，“小人物”，遵守教规者（义人），违犯教规者（罪人），以及其他社会阶层的代表。

其中，在列米佐夫的早期创作中出现了一类“兽性人”（человек–зверь）主人公——“猿猴人”（человек–обезьяна）的形象，这与果戈理的传统有关。列米佐夫的作品中保留了果戈理的传统，借用了果戈理《死魂灵》中将人比作动物的手法。这类“兽性人”的灵魂中带有动物的本能，并且准备做一些低俗的行为，甚至是犯罪。但与此同时，他的作品中又塑造了与“兽性人”相对的神圣形象，如“四处飘零的神圣的罗斯”的人物形象等，他们有着明亮的灵魂，具有鲜明的精神性。在列米佐夫的小说《教妹》中，主人公马拉库林的朋友普洛特尼科夫就是一位“兽性人”。他左边挂着涅斯捷罗夫的名画《神圣的罗斯》，右边放着两个装着猿猴的笼子。普洛特尼科夫就坐在《神圣的罗斯》和猿猴中间，“普洛特尼科夫狂饮了一个月，没有头，嘴长在脊背上，眼睛长在肩膀上，普洛特尼科夫是一个蜂房……他摇摇晃晃地走到沙发前，他那如同歌革人和玛各人一般的包着装甲的躯体沉重地倒在沙发上，在《神圣的罗斯》和猿猴中间像一窝蜂子似的嗡嗡起来了”[①]。这里隐喻了俄罗斯民族性格中的两个极

① 列米佐夫著，刁绍华译：《教妹》，沈阳：辽宁教育出版社，2001年，第104–105页。

端——神性和兽性。

列米佐夫的“兽性人”还与他对俄罗斯民间童话故事的关注有关。新现实主义者关注俄罗斯民间文学的艺术宝库，想要复兴古罗斯的“文字编织”，使民间文学的创作经验具有现实意义，尤其是童话故事创作中生动的动物形象。列米佐夫本人也承认了自己对民间童话故事的文学偏好：“从童话故事和马卡里耶夫每日读物月书①（четьи минеи）开始，经过我最喜欢的作家——陀思妥耶夫斯基、托尔斯泰、果戈理、列斯科夫、佩切尔斯基，到尼采和梅特林克，然后再回到童话故事和圣徒传②（житие），……道路就是这么曲折……”③列米佐夫的“兽性人”与童话故事中将物性与人性联系起来的拟人化的动物形象具有一定的关联。

除了列米佐夫的“兽性人”主人公，这一时期还出现了库普林笔下热爱生命、感情充沛、勤劳的“自然人”（естественный человек）主人公和扎米亚京笔下未受破坏的原始的“本性人”（органический человек）主人公。这些主人公类型体现了新现实主义者对“人与自然”“人的存在”等概念的哲学思考。

二、反体裁形式

新现实主义者也热切地对体裁进行了探索。列米佐夫开创了梦境体裁，揭示了人类潜意识的秘密，并为作家提供了一个实现其丰富

① 供东正教教徒每日阅读的书，每月一册。

② 指圣徒的生活记述。

③ *Алексей Михайлович Ремизов [Автобиографии]// Лица*, СПб., Вып.3, 1993: 441.

幻想的难得机会；普里什文创造了特写小说、自传小说、童话小说体裁；谢尔盖耶夫–岑斯基小说中的特写和诗歌的独特性也让同时代人感到惊讶。此外，新现实主义文学中还出现了反体裁（антижанр）形式的创新作品。作家们对一些具有宗教功能的体裁形式进行了重新思考，使它们具有了现实意义，其中最典型的是反圣徒传体裁。

圣徒传是古罗斯文学中的一种典型体裁，这一体裁包含了哲学和道德的概括意义。圣徒传中的现实可以分为可见的现实（下界）和不可见的现实（天界，以及地狱世界）。可见的现实即指人类世界，而不可见的现实则分为神圣的空间（天界）和魔鬼的空间（地狱世界），它们是可移动的，并且可以扩散到下界的人的身上。这些人拥有选择善恶的自由，同时受到来自神圣力量和魔鬼力量的影响。在圣徒传的中心有一个理想的义人主人公形象，这是一个坚定地为信仰而奋斗的人，一个圣贤，具有很高的道德美德并努力向天界靠拢，他生活的意义是与上帝相见。

在圣徒传中，除了外部情节，还有内部情节。外部情节在结构上是模糊的，是关于主人公的生活描写；内部情节则具有重要的道德哲学意义，是主人公积极的精神行为，主要包括以下几个阶段：从虔诚的父母那里出生，成功地掌握书本知识，在修道院或荒芜之地苦修，禁欲，与各种欲望和诱惑作斗争，严格遵守诫命，虔诚的死亡和死后的奇迹。我们以列米佐夫中篇小说《第五种瘟疫》为例，分析其中的反圣徒传体裁形式。

列米佐夫的小说《第五种瘟疫》具有鲜明的宗教色彩。首先小说的名字——“第五种瘟疫”（пятая язва）就别具宗教内涵。为什么叫“第五种瘟疫”？“第五种瘟疫”又是什么？在小说中，列米佐夫写道：

Четыре страшные язвы: пагуба, губительство, тля, запустение, а пятая язва студенецкая – бич и истребитель рода человеческого – следователь Бобров.①

［译文：有四种可怕的瘟疫：破坏、毁灭、蚜虫、荒芜，而斯图杰涅茨的第五种瘟疫是——人类种族的祸害和灭绝者——侦查员博布罗夫。］（作者译）

在小说最后的注释中，列米佐夫对作品名字《第五种瘟疫》的起源作了详细解释：小说的名字“第五种瘟疫”源自14世纪伪经《梅福季·帕塔尔斯基纪事》（*Откровение Мефодия Патарского*），该伪经的作者认为在敌基督来临前降临到大地的第五种瘟疫是上帝降给人类的最可怕的瘟疫——人与人之间的隔离，而小说主人公“侦查员博布罗夫正是处在这样一种对斯图杰涅茨其他居民的轻蔑的敌对状态中”②。

小说主人公侦查员博布罗夫，乍一看是一个圣徒传义人式的主人公：讲原则、诚实、忠于法律、担心俄国命运、有道德甚至禁欲。他写了一份类似于起诉书的东西控告俄罗斯人民，因为在他们身上看不到基督的苦难，而是充斥着犯罪的恶意。法律斗士博布罗夫“独自一人朝着全体人民举起拳头，而他的杖棍，他的武器是——法律——一面致命的旗帜，像一个竖立的十字架，悄悄地降落到地面，而动荡不安、无所事事、沉默寡言的全体俄罗斯人民和这个十字架一起陷入

---

① Ремизов А.М., *Собрание сочинений. Т. 4. Плачужная канава*, Русская книга, 2001: 217.

② Грачева А., *Судьба России в литературе 1910-х гг. (повесть А. Ремизова «Пятая язва») // Литература и история (Исторический процесс в творческом сознании русских писателей XVIII-XX вв.)*, СПб., Вып.1, 1992: 235.

了黑暗”[①]。正因为如此，斯图杰涅茨的居民们称侦查员博布罗夫为“第五种瘟疫”。当博布罗夫与沙巴耶夫老人进行关于罪与罚以及俄罗斯人民道德复兴之路的争论时，博布罗夫与斯图杰涅茨居民的敌对状态达到高潮。沙巴耶夫老人坚信只有“自由的苦难”（вольное страдание）才能拯救人民，然而这位看似道德高尚的“圣人”却通过通奸的方法来驱除那些相信他的人身上的恶魔。

在和沙巴耶夫进行争论之后，博布罗夫意识到，他的生命“白白浪费了”：“——法律对于这个民族到底有什么用！他不需要你，你也不需要他”[②]。博布罗夫决定抛下自己的事业，独自一人“从整个民族中分离出来，到一个没有人的沙漠走向世界尽头”[③]。他的这个决定让人联想到圣徒传中常见的义人去荒芜之地苦修的情节，然而，值得注意的一点是，这时的博布罗夫并没有表现出谦卑顺从，而是表现出了个人的傲慢。A. 格拉乔娃指出，早在《第五种瘟疫》的第一章中，作者就通过斯图杰涅茨居民们的口透露出了博布罗夫的一个主要特征——傲慢。[④]比如小说中写道：“他会朝你吐痰，我想，你骗不过他，你也用脚踩不到这样的人——他带刺，能说会道，谁也不怕”[⑤]，

---

① Ремизов А.М., *Собрание сочинений. Т. 4. Плачужная канава*, Русская книга, 2001: 239.

② Ремизов А.М., *Собрание сочинений. Т. 4. Плачужная канава*, Русская книга, 2001: 267.

③ Ремизов А.М., *Собрание сочинений. Т. 4. Плачужная канава*, Русская книга, 2001: 267.

④ Грачева А., *Судьба России в литературе 1910-х гг. (повесть А. Ремизова «Пятая язва») // Литература и история (Исторический процесс в творческом сознании русских писателей XVIII-XX вв.)*, СПб., Вып.1, 1992.

⑤ Ремизов А.М., *Собрание сочинений. Т. 4. Плачужная канава*, Русская книга, 2001: 216.

而在基督教道德体系中，傲慢这一特征被认为是负面的，不是上帝赋予的，而是魔鬼给的。也就是说，小说的基础是博布罗夫与罪恶的斯图杰涅茨居民之间的对立，而这一对立并不能只对对立双方进行单一的评价。小说的最后，博布罗夫郁郁寡欢，而他死后也并没有出现圣徒传中常见的复活奇迹。因此，博布罗夫并不能算得上是一个合格的圣徒传义人，他是神性与魔性的结合，一方面他是与民众罪恶作斗争、维护法律正义的斗士，另一方面他又是一个孤傲、铁石心肠、与群众隔离的人。如此一来，列米佐夫在创作中为圣徒传的传统形式添加了非传统的、反体裁的内容。

除了列米佐夫，在其他新现实主义作家的作品中也出现了反体裁形式，比如扎米亚京小说《外省小城》中的反福音书寓言体裁。该小说讲述了一个根深蒂固的罪人的生活故事，扎米亚京对福音书的浪子寓言进行了倒置。小说主人公安菲姆·巴雷巴（Анфим Барыба）的父亲要赶他出门，他因为害怕父亲的怒火，就真的背井离乡，但是却一路作恶，主人公的下一件罪行总是要比上一件罪行更为严重，最终浪子并没有回头。作家借助反体裁形式强调了魔鬼的力量对主人公心灵的影响。

三、故事体

如果说圣徒传中作者是通过直接评价（常常是对圣徒的赞美）来进行道德说教，那么新现实主义小说（如《教妹》《第五种瘟疫》《从餐馆出来的人》《外省小城》等）与之不同之处就在于借助故事体来间接地表达作者的立场。

故事体（сказ），又译为“自述体”“讲述体”，是带有鲜明俄罗斯民族特色的文体样式，通常，在俄罗斯语文学研究领域认为这一概念是由艾亨鲍姆在20世纪初最先提出的。他在文章《故事体幻想》（Иллюзия сказа, 1918）和《列斯科夫与当代小说》（Лесков и современная проза, 1925）中提出用"故事体"来指称从口语风格出发写作的作品，认为故事体是指一种在词法、句法和语调选择方面基于叙述者口语模式之上的叙述模式，并把普希金、果戈理、列斯科夫、列米佐夫、别雷都归为此类小说家。[①]故事体的目的是使读者熟悉对于他来说并不熟悉的社会、生活或民族环境，并向读者传达这一环境"异域"的语言特征，主要是口语。正如巴赫金所说："在大多数情况下，故事体首先是对他者言语（чужая речь）的设定，因此，结果就是——对口头言语的设定"[②]。有时在故事体中会塑造一个生动独特的叙述者形象，这个形象在大多数情况下"不是文化人；属于较低的社会阶层，属于大众"[③]。作者借助这个叙述者的话语向读者展示了另一个社会阶层的世界，同时也表达了作者自己的思想。关注社会底层生活并渴望更新和丰富文学语言的新现实主义作家对故事体青睐有加，其中以列米佐夫的抒情故事体最为典型。蒂尼亚诺夫在文章《文学的今天》（Литературное сегодня, 1924）中提出将故事体划分为幽默故事体（юмористический сказ）（更广泛一点，包括滑稽故事体和讽刺故事体）和抒情故事体（лирический сказ）。其中，他将故事体叙述的第一类别（幽默故事体）与列斯科夫、左琴科的创作联系起来，将第二类别（抒情故事体）与列米佐夫和列昂诺夫的小说联系

① Эйхенбаум Б.М., *Сквозь литературу. Сборник статей*, Изд: Academia, Л., 1924: 152-156.

② Бахтин М.М., *Проблемы творчества Достоевского*, Изд. Алконост, 1994: 406.

③ Бахтин М.М., *Проблемы творчества Достоевского*, Изд. Алконост, 1994: 406.

起来。[①]

列米佐夫的故事体是民间口语体风格与现代主义主观抒情风格相结合的一种形式。以小说《教妹》为例，在小说中口语体风格占主导地位，叙述者采用谚语、俗语、民间词汇生动而充满感情地讲述，这能够保持读者和听众的兴趣，并且使他们一直处于紧张的氛围之中。但同时，小说中也存在着另一种舒缓的抒情风格，这种抒情氛围主要通过重复手法来营造，包括主题、语言等方面的重复。比如：

1）在《教妹》中反复出现了在意识形态上很重要的主题，如“雌猫穆尔卡喵喵叫”这一主题，这一主题象征着苦难。在主人公马拉库林搬家的前一天，院子里发生了一件不幸的事——雌猫摔死了。“这只猫受着折磨，很痛苦：忽而仰卧着在石头上扭来扭去，忽而翻转过来，肚子朝下，向前伸出两只爪子，抽搐着脸，喵喵叫着”[②]。然后，“雌猫喵喵叫”的主题便在文中反复出现，同时，猫的形象不断扩大，发展为所有受苦受难的人都在喵喵叫，包括向马拉库林乞讨的老头——“老头把那张纸递过来，一直是满脸堆笑，他的嘴唇上的笑容仿佛是那只名叫穆尔卡的雌猫躲在什么地方喵喵叫出来的”[③]，以及马拉库林的朋友普洛特尼科夫——“于是我像一只癞猫似的喵喵叫一声，你就让我又成为人了”[④]。

2）同时，在文中还重复出现了一些在意识形态上十分重要并产

---

① Тынянов Ю.Н., *Поэтика. История литературы. Кино*, 1977: 160-161.

② 列米佐夫著，刁绍华译：《教妹》，沈阳：辽宁教育出版社，2001年，第11页。

③ 列米佐夫著，刁绍华译：《教妹》，沈阳：辽宁教育出版社，2001年，第12页。

④ 列米佐夫著，刁绍华译：《教妹》，沈阳：辽宁教育出版社，2001年，第107页。

生了强烈情感影响的句子。比如文中多次强调人从一出生就被判了死刑——“上帝赋予人以生命的时候就判处了他死刑，但对他隐瞒了死亡的日期”[①]，这句话在全文中一共重复了3次；并且多次强调了人的孤独感和人与人之间的冷漠——“人与人是木头橛子”，这句话在全文中一共重复了4次。此外，文中还重复了一些独特的具有民间文学色彩的修饰语：“虔诚的”阿库莫芙娜、“不要脸的”薇罗奇卡、“出了奇迹的”薇鲁什卡。

所有这些类型的重复使得列米佐夫的这部作品具有特殊的叙事节奏和抒情性，增添了诗歌韵律。列米佐夫和其他新现实主义作家对故事体的关注扩大了新现实主义小说的叙事可能性和民族特性。

四、语言特点

在故事体中叙述者言语的作用发生了变化：叙述者的言语成为了叙事描写的对象。新现实主义者列米佐夫、扎米亚京、普里什文、什梅廖夫等人通过故事体体裁在自己的作品中广泛地引入了不同地区的方言词、行话、古词和新词，形成了一种独特的装饰故事体风格（сказово-орнаментальный стиль），创造了他们作品的语言丰富性。

扎米亚京在文章《当代俄罗斯文学》和《论语言》中阐述了他对方言词的思考：“如果您写的是关于外省小城的生活——那么您本人此刻应该过着外省小城的生活，位于小城居民之中，用小城的方式来思考”，作家强调，为了实现这一目标，“必须倾听民间方言：在这

① 列米佐夫著，刁绍华译：《教妹》，沈阳：辽宁教育出版社，2001年，第126页。

里你可以听到那些意想不到的形象，……那些城市居民、知识分子、读书看报长大却被报纸毁坏了自己语言的人永远也想象不到的生动的词语。所有这些珍珠不是从大城市挖掘出来的，而是从历来的、古老的罗斯——从外省中挖掘出来的”[①]。

与此同时，扎米亚京还支持作者拥有创造新词的权利。他宣称，“新词之路是语言自然发展和丰富的道路”[②]。这一观点扎米亚京是从《遗训》杂志内部列米佐夫文学小组中发展而来的。

在小说《教妹》中出现了阿尔汉格尔斯克的方言词，如“**удробило** сердце”［译文：心**跳**得特别厉害］[③]；古斯拉夫语词，如关于恶魔的描写——“хвосты долгие **волокутся**…”［译文：**拖着**长长的尾巴］[④]；还有作者自创的新词，如“волна **относливая**”［译文：巨浪**迎面扑来**］[⑤]。К. 莫丘利斯基（К. Мочульский）赞赏了列米佐夫丰富的词汇手段：“多少词汇啊——有高贵的、‘低下的’、学术的、民间的、庄重的、‘口语的’，还有各种斯拉夫语词、古词、方言词等等”[⑥]。

除了列米佐夫，其他新现实主义作家也努力地丰富作品的艺术语言，如什梅廖夫小说《从餐馆出来的人》中就有很多餐饮行话，扎米

---

① Замятин Е.И., *Сочинения. Т.4*, Мюнхен: Найманис, 1988: 375-378.

② Замятин Е.И., *Сочинения. Т.4*, Мюнхен: Найманис, 1988: 382.

③ 列米佐夫著，刁绍华译：《教妹》，沈阳：辽宁教育出版社，2001年，第16页。

④ 列米佐夫著，刁绍华译：《教妹》，沈阳：辽宁教育出版社，2001年，第35页。

⑤ 列米佐夫著，刁绍华译：《教妹》，沈阳：辽宁教育出版社，2001年，第120页。

⑥ Мочульский К.В., *О творчестве Алексея Ремизова // К.В. Мочульский Кризис воображения. Статьи. Эссе. Портреты*, Томск: Водолей, 1999: 119.

亚京在自己早期的小说中也使用了南俄方言词和东俄方言词（比如库尔斯克方言词“рындик”，表示“身体强壮的人”“棒小伙子”），旨在唤起读者的语言直觉和想象力，从而将读者引入一种共同创作中。

综上所述，在列米佐夫、扎米亚京、什梅廖夫等新现实主义作家的作品中，出现了20世纪初期俄国小说诗学的四个重要趋势——主题叙事，反体裁形式，故事体，20世纪10年代文学语言借助方言词、俗语、行话、古词和个别作者自创新词展现出的丰富性。当然，新现实主义的“新”特征并不止这些，还包括情节弱化、寓言叙事等等，以上只是对新现实主义作品中最主要的典型特征进行了描述。

本章小结

本章对19—20世纪之交俄国文学新现实主义产生的哲学背景、发展历程和主要特征作了详细阐述，展示了该流派的意识形态和美学思想，为下文对列米佐夫新现实主义创作的研究和分析提供了理论支持。

新现实主义作家拥有共同的哲学背景——生命哲学、直觉主义和俄国宇宙主义思想。本章的第一节探讨了这三种哲学思想对新现实主义的影响。“生命哲学”中所形成的普遍的生命热情和生命完整性思想使新现实主义者关注生命，肯定生命中的喜悦与苦难；柏格森的直觉主义思想让新现实主义者更加关注人的内心世界和心理状态，同时也通过印象主义间接影响了新现实主义作品的情节布局，使其情节布局具有片段性特点；俄国宇宙主义阐释使新现实主义者关注人与世界的关系，世界统一观促使新现实主义作品中出现了许多统一的、贯穿的主题和形象，宏观宇宙的规律性也使作品中的时间具有普遍性特点。

本章第二节介绍了新现实主义流派的缘起与发展。20世纪10年代，新现实主义作为一个文学流派诞生于《遗训》杂志内部列米佐夫领导的文学小组中。小组成员虽擅长描写日常生活现实，但对哲学和现代主义很感兴趣，他们想要更新古典现实主义，因此被评论家们称为新现实主义者。20世纪20年代，在第一批新现实主义作家的创作基础上，新现实主义理论最终形成，列米佐夫的学生、追随者扎米亚京成为了新现实主义的主要作家和理论家，他将“新现实主义”理解为一种“综合主义”，即现实主义与象征主义两个对立流派的综合。到了20世纪30年代，新现实主义逐渐退出历史舞台。从新现实主义出现至今，关于该流派的性质及其在20世纪初的文学艺术地位就一直存有争论，主要有三种不同的观点：第一种观点将新现实主义视为现实主义的一个新阶段；第二种观点将新现实主义视为位于现实主义与现代主义之间的一个独立流派；第三种观点将新现实主义视为现代主义流派中的一个分支。然而不论是现实主义的新阶段、现代主义的分支还是介于两者之间的独立流派，新现实主义都是一个不断更新的艺术体系，是一种既正视现实又不断创新的创作精神。

本章第三节介绍了新现实主义流派在主题、主人公类型、体裁、语言等方面的主要特征。新现实主义作家在主题上不再局限于挖掘事件背后的社会意义，而是更多地从哲学层面来关注一些世界性的问题，尤其关注外省和城市社会底层人民的生活问题。在这一时期新现实主义作家们也创造了一些独特的主人公类型，比如“义人”主人公，列米佐夫的“兽性人”主人公等。在体裁方面，出现了反体裁形式的创新，其中最典型的是反圣徒传体裁。文中以列米佐夫的中篇小说《第五种瘟疫》为例分析了其中的反圣徒传体裁形式。除此之外，新现实主义者还喜欢采用故事体这一体裁来扩大小说的叙事可能性和民族特性。在语言方面，新现实主义者在作品中广泛地引入了方言词、行话、古词和自创新词，形成了一种独特的装饰故事体风格，创造了作品的语言丰富性。

第二章

列米佐夫作品中的“新现实”

主题（тема）是从作品的题材结构中抽象出来的带有作者主观情感色彩的观点、倾向。在文学文本中，“文本的内容是作者对某一客观存在或由作者虚构的事实的部分的反映。……文本的主题是文本内容的一个抽象化程度，在这一程度下划分出与一位或多位作者的一系列具体文本内容相关的本质思想”[①]。因此，主题与内容相比更具有抽象性和概括性。主题来源于内容，内容是主题的展开。

本章关注列米佐夫作品的内容——他笔下的“新现实”，这是一种精神现实。新现实主义作家的作品更加重视人的精神生活。列米佐夫关注人类的精神救赎，关注人类内心精神与肉欲的斗争以及在世间发生的荒诞的、颠倒的、混乱的事实。列米佐夫认为，要想获得精神胜利，唯有坚定信仰，经历苦难，忏悔罪恶，宽恕一切。因此，灵魂救赎、苦难、忏悔和宽恕是列米佐夫作品中的主题。这些主题主要体现在列米佐夫笔下的两大“新现实”中——宗教与性的矛盾现实和“反世界”的混乱现实。

---

① Чернухина И.Я., *Общие особенности поэтического текста*, Воронеж, 1987: 6.

第一节　宗教与性的矛盾现实

一、19—20世纪之交的宗教哲学探索

19—20世纪之交，俄国兴起了一场宗教哲学复兴运动，寻神论取代了19世纪的无神论、唯物主义和实证主义，俄国知识分子们开始积极地探讨新宗教意识、教会复兴、精神与肉体的关系等问题。

1901年，在德·谢·梅列日科夫斯基及其妻子吉皮乌斯的倡议下，于圣彼得堡组织举办了宗教哲学聚会（Религиозно-философское собрание），后来（1902）这个聚会发展成为宗教哲学协会（Религиозно-философское общество），它的成立是宗教哲学复兴运动的标志。

当时许多创作型知识分子代表参加了彼得堡宗教哲学协会的会议活动，如В. 罗赞诺夫、А. 勃洛克、Н. 别尔嘉耶夫、Л. 舍斯托夫等。列米佐夫和夫人С.П. 列米佐娃-多甫格尔洛（С.П. Ремизова-Довгелло）也是宗教哲学协会会议的常客。

宗教哲学协会的思想领导者是梅列日科夫斯基和吉皮乌斯。他们努力使知识分子阶层和教会建立联系，宣称必须更新现有的教会，创建新宗教意识（новое религиозное сознание）。梅列日科夫斯基在文集《未来的卑鄙小人》（*Грядущий хам*, 1906）中提及了自己创建新

宗教意识的动机，他明确指出，历史上的基督教，无论是西方的天主教、新教，还是俄罗斯的东正教，都已经不能够满足俄国知识分子的需求，不能够解除他们心中的疑虑。在欧洲的当代生活中，账本取代了圣经，商埠替代了祭坛，而俄国正在步欧洲的后尘。因此，梅列日科夫斯基认为，要走出这一困境，摆脱“卑鄙小人”，就必须创建新宗教意识。这一意识能够把知识分子、教会和普通人联系起来，一起抵御“卑鄙化”和“庸俗化”，寻求社会的精神出路[①]。

梅列日科夫斯基新宗教意识的主要观点是反对将“精神”和“肉体”绝对分离，主张把传统基督教强调的“精神”与多神教注重的“肉体”结合起来。这里“肉体”的概念是宽泛的，包括性、婚姻、家庭、尘世等所有物质生活。然而，虽然梅列日科夫斯基主张精神与肉体融合，但在他看来，精神肯定比肉体更重要。

另一位俄国著名宗教思想家B. 罗赞诺夫也对性的问题特别感兴趣。他将神秘的宗教世界与现实生活紧密联系起来，突破了基督教的禁区，把性与宗教结合起来。他认为生命的原动力和内驱力是性及其表现形式——爱情、家庭和生育，“只有把宗教与性融合在一起，才会诞生最大的幸福”[②]。

这一时期的宗教哲学思想也在文学作品中得到了反映。比如，З.Г. 明茨（З.Г. Минц）得出结论，认为梅列日科夫斯基《基督与敌基督》（Христос и Антихрист）三部曲“应该揭示了历史作为两种因素永恒对抗的本质：‘尘世的’多神教的，和‘天堂的’基督教的”[③]，“世

---

① Мережковский Д.С., *Грядущий хам // Мережковский Д.С. Больная Россия*, Изд. ЛГУ, 1991: 29-30.

② Розанов В.В., *Люди лунного света Т. 2.*, Изд. Правда, 1990: 54.

③ Минц З.Г., *Поэтика русского символизма*, Изд. Искусство-СПБ, 2004: 78.

界致力于精神与肉体、基督教因素和多神教因素的‘综合’”[①]。

列米佐夫的创作也受到了这一时期宗教哲学思想的影响，他于1909年创作了中篇小说《不知疲倦的铃鼓》，讲述了年老的抄写员斯特拉季拉托夫对年轻姑娘娜杰日达的“不知疲倦的”激情。这部小说一方面体现了20世纪初宗教哲学探索给人的世界观带来的变化，另一方面，也表达了作家本人的宗教哲学观点：深受植根于基督教教义的古罗斯文化影响的列米佐夫，关注宗教与性的矛盾现实，关注人类内心灵魂救赎与肉体欲望的斗争以及人类在肉欲罪恶中的忏悔，他认为放弃肉欲，拯救灵魂，才是真正的精神出路。

二、神圣与亵渎的矛盾

在小说《不知疲倦的铃鼓》中，作者引用了大量基督教典故，包括基督教教义、祷文、圣像、修道院等。这些元素出现在小说文本的各个层面，参与了作品的主题和形象创作。然而，值得注意的是，在作家讽刺的笔法下，这些基督教元素的神圣性被打破，它们失去了传统的神圣意义，被赋予了亵渎的色彩，如小说主人公伪善的教徒行为、亵渎祷文、买卖圣物、修道院修女荒淫纵欲等。神圣与亵渎这一对矛盾体在小说文本中相互作用，共同构成了一个特殊的语义场。

小说主人公伊万·谢苗诺维奇·斯特拉季拉托夫（Иван Семенович Стратилатов）乍一看是一个非常虔诚的基督教教徒。小说中特别提到了他严格遵守四大斋戒[②]：

---

① Минц З.Г., *Поэтика русского символизма*, Изд. Искусство-СПБ, 2004: 82.

② 东正教的斋戒有多日的（大斋）和一日的（小斋）。多日的斋戒有大斋戒（复活节前40天）、彼得斋（彼得保罗节前）、圣母升天节斋戒（从旧历8月1日—15日）、圣诞节斋戒（始于基督圣诞前40天）。小斋主要是每个星期三和星期五。

...строгий он постник, все четыре поста соблюдает: и Великий пост, и Петров, и Госпожинки, и Филипповки, все двенадцать пятниц, и в среду, и в пятницу, и даже понедельничает.[①]

［译文：……他是个严格的守斋者，四大斋戒所有他都遵守：大斋戒，彼得斋，圣母升天节斋戒，圣诞节斋戒，还有所有的12个星期五，在星期三，星期五，甚至星期一他都遵行斋戒。］（作者译）

他的行为也看似符合基督教教义中的道德标准，比如他乐善好施，经常祈祷。但是，值得怀疑的是，他的这些行为是否真诚。通过对比圣经中的基督教教义和小说中的相关文本，我们找到了答案。

圣经中关于施恩的教义：

“所以，你施舍的时候，不可在你前面吹号，像那假冒为善的人在会堂里和街道上所行的，故意要得人的荣耀。我实在告诉你们：他们已经得了他们的赏赐。你施舍的时候，不要叫左手知道右手所做的；要叫你施舍的事行在暗中，你父在暗中察看，必然报答你。”（参见马太福音书[②]，第6章，第2–4节）

而在《不知疲倦的铃鼓》中，主人公做好事施舍，却不忘记录施舍的数目：

На шкапу приходно–расходная книга, куда Иван Семенович записывает и еженедельно подсчитывает расход свой на милостыню нищим...[③]

［译文：在柜子上有一本收支簿，伊万·谢苗诺维奇每天在上面

① Ремизов А.М., *Избранные произведения*, Изд. Панорама, 1995: 259.

② 本书中引用的圣经文本均出自网页http://www.godcom.net/（基督教圣经在线阅读搜索），采用的译本为和合本。

③ Ремизов А.М., *Избранные произведения*, Изд. Панорама, 1995: 262.

记录并结算他用于施舍穷人的开支……］（作者译）

关于祷告，圣经中写道：

“你们祷告的时候，不可像那假冒为善的人，爱站在会堂里和十字路口上祷告，故意叫人看见。我实在告诉你们，他们已经得了他们的赏赐。你祷告的时候，要进你的内屋，关上门，祷告你在暗中的父，你父在暗中察看，必然报答你。”（参见马太福音书，第6章，第5–6节）

而小说主人公总是站在教堂门口作秀式地祈祷：

По дороге домой обыкновенно он оканчивал спутникам начатый ещё в суде рассказ, по тонкости своей, как всегда, требующий большой выразительности, прерывая свою кудрявую речь, и совсем не в ущерб ей, лишь у церквей, так как считал своим долгом, поравнявшись с церковью, обязательно помолиться, а молился Иван Семенович долго и усердно.①

［译文：在回家的路上，他通常会跟同伴讲完在法院里已经开始讲的故事，讲到细微之处总是需要出色的表现力，而只有当他走到教堂附近时，他才会毫不吝啬地中断他辞藻华丽的言语，因为他认为这是他的义务，路过教堂时，必须祷告，伊万·谢苗诺维奇虔诚地祈祷了很久。］（作者译）

关于财宝，圣经中写道：

“不要为自己积攒财宝在地上，地上有虫子咬，能锈坏，也有贼挖窟窿来偷；只要积攒财宝在天上，天上没有虫子咬，不能锈坏，也没有贼挖窟窿来偷。”（参见马太福音书，第6章，第19–20节）

---

① Ремизов А.М., *Избранные произведения*, Изд. Панорама, 1995: 253.

而在小说中，主人公酷爱攒钱，通过倒卖旧货攒了不少钱：

Толкучка для Стратилатова не праздное развлечение праздного человека, толкучка для него – существование дело, как для врача эпидемия, для адвоката разбой, для газетчика несчастное происшествие; и не из тридцатирублёвого чиновничьего жалованья, а через эту толкучку лежало у Стратилатова в государственном банке неприкосновенно целых десять тысяч.①

［译文：旧货市场对于斯特拉季拉托夫来说不是无所事事的人闲来无事的娱乐，旧货市场对于他而言——是一种生存大计，就像流行病于医生而言，抢劫案于律师而言，事故新闻于记者而言；不是从他那三十卢布的官职薪水，而是通过这个旧货市场，斯特拉季拉托夫在国家银行原封不动地存下了整整一万卢布。］（作者译）

因此，通过上列对比，可以得知，圣经诫命在列米佐夫小说中失去了传统意义上的神圣含义。作者给读者制造了一种印象，即主人公只是表面虔诚。对他而言，机械地遵守宗教礼仪是一个正派人的外表的一部分，而他想向外人呈现的便是一个正派人的形象。

伪善的主人公还喜欢诵读祷文。列米佐夫在文本中引用了圣叶夫列姆·西林（Ефрем Сирин）②的祈祷文。叶夫列姆·西林的祈祷文由十个请愿组成：

“啊，我生命的主宰！请别让颓唐懒散和空话连篇的习气，以及贪权的欲望，这暗藏的毒蛇，爬缠到我的心上。可是上帝啊，请让我认清自己的罪孽，而我的兄弟从没听到来自我的苛责，还请在我的内

① Ремизов А.М., *Избранные произведения*, Изд. Панорама, 1995: 249-250.

② 叶夫列姆·西林，4世纪的神父，教会著作家，著有大斋期祈祷文和圣歌。

心深处唤醒谦恭、容忍、博爱和纯贞的精神。”[①]

在大斋戒期间，当教会呼吁教徒们更新自己的灵魂，达到自我考验的壮举，悔改自己的罪孽时，通常会诵读叶夫列姆·西林的祈祷文。其中祷文的最后一个请愿是“纯贞”。斯特拉季拉托夫也在大斋戒期间诵读了祷文：

“Господи, владыко живота моего, дух праздности, уныния, любоначалия и празднословия не даждь ми!...” – шептал Иван Семенович молитву преподобного Ефрема Сирина. (Ремизов, 1995: 278)

［译文：“啊，我生命的主宰，请别让颓唐懒散和空话连篇的习气，以及贪权的欲望，这暗藏的毒蛇，爬缠到我的心上！……”——伊万·谢苗诺维奇小声地念着圣叶夫列姆·西林的祷文。］（作者译）

然而，诵读完祷文之后，他马上就向同事鲍里斯·谢尔盖耶维奇·济马廖夫（Борис Сергеевич Зимарев）坦白了他将与年轻情妇娜杰日达同居的秘密，并且希望能够得到他的支持。因此，在这里，请求“唤醒纯贞的精神”的祈祷与下文——主人公和同事谈论自己情妇的对话相矛盾，这是对祷文的亵渎。

在坦白之前，主人公送给了济马廖夫一个罕见的尼古拉·莫扎伊斯基（Никола Можайский）[②]红铜折叠神像：

① 本书中叶夫列姆·西林祈祷文的中文译文摘自黎华编译的《普希金诗画集》中的《“隐居的神父和贞洁的修女”》一诗，该诗的第二部分正是转述叶夫列姆·西林在大斋戒期的祷文，详见《普希金诗画集》（四川人民出版社，2006）第358页。

② 指显灵者圣尼古拉，米拉城主教，俄罗斯的主保圣人之一，他乐善好施，是圣诞老人的原型。

...наш русский Никола, простоволосый, с церковкой и мечом в руках Никола Можайский.[①]

［译文：……我们的俄罗斯尼古拉，短头发，一手拿着小教堂一手拿着剑的尼古拉·莫扎伊斯基。］（作者译）

送这个神像让斯特拉季拉托夫更有勇气向济马廖夫坦白他对年轻情妇的迷恋，古老的圣像在这里成为贿赂、交易之物：

В середу – в памятный для всех день – Иван Семенович признался Зимареву и закрепил тогда признанье свое подарком редкого складня Николы Можайского···[②]

［译文：在星期三——每个人都值得纪念的一天——伊万·谢苗诺维奇向济马廖夫坦白，并用罕见的尼古拉·莫扎伊斯基折叠神像作为礼物来支撑自己的坦白……］（作者译）

在列米佐夫的作品中多次出现了显灵者圣尼古拉的形象，关于这一形象在列米佐夫艺术体系中的作用，Н.А. 雷若娃（Н.А. Рыжова）指出：“……尼古拉是绝对善良的体现。这一圣像形象结合了人（尘世）与神（天堂）；关注永恒的苦难以及为世界罪恶做出的永恒的赎罪；唤起人们的善良和对真理的探寻”[③]。因此，在《不知疲倦的铃鼓》中主人公用圣尼古拉的神像来贿赂同事——这是亵渎神灵的体现。

神圣与亵渎的矛盾还体现在主人公的个人空间结构——他的房间里。在斯特拉季拉托夫的客厅的角落里挂着两个古老的圣像：左

① Ремизов А.М., *Избранные произведения*, Изд. Панорама, 1995: 278.

② Ремизов А.М., *Избранные произведения*, Изд. Панорама, 1995: 283.

③ Рыжова Н.А., *Цикл произведений А.М. Ремизова о святом Николае Угоднике («Николины притчи», «Три серпа»): вопросы истории текста*, Вологда, 2005: 16-17.

边是救世主圣像，右边是圣母圣像。正如A.A. 丹尼列夫斯基（A.A. Данилевский）所说，“在客厅中同时有两个‘前角’（每个前角都有灯）——这是东正教传统完全不可接受的现象”①。而且，值得注意的是，这两个角落的两个圣像分别是一男（救世主）一女（圣母）。因此，斯特拉季拉托夫的房间也就变成了一座“阴阳庙”，圣像失去了神圣意义，具有了情色性。

除了主人公之外，小说中的其他角色也对神圣进行了亵渎。小说开头提到一座古老的修道院——扎恰季耶夫斯基修道院（Зачатьевский монастырь）。根据B.B. 兹韦林斯基（B.B. Зверинский）的记载，扎恰季耶夫斯基修道院是真实存在过的，它位于莫斯科，在科斯特罗马和梁赞两省之地，于16世纪由沙皇费奥多尔·约翰诺维奇（Федор Иоаннович）建立。修道院的主教堂是为了纪念圣安娜和殉道者圣伊琳娜。1612年8月在扎恰季耶夫斯基修道院城墙附近，德米特里·波扎尔斯基（Дмитрий Пожарский）大公的民兵对波兰人发起了攻击，并袭击了他们的设防，以抵制波兰军队闯入克里姆林宫。然而，当时修道院也遭到了严重破坏。后来，在19世纪末20世纪初，修道院变成了一所中学②。

上面所引用的史实与列米佐夫小说《不知疲倦的铃鼓》中描写的扎恰季耶夫斯基修道院非常接近：

В его прошлом числилось немало заслуг и много прелюбопытных

① Данилевский А.А., *Mutato nomine de te fabula narrator // А. Блок и основные тенденции развития литературы начала XX века*, Изд. Уч. Зап. Тарт. гос. ун-та, 1986: 146.

② Зверинский В.В., *Преобразования старых учреждения новых монастырей с 1764 - 95 по 1 июня 1890 год*, СПб., 1890.

историй: он и от врагов спасал и просвещение насаждал, за его высокими стенами умирали в заточении узницы и простые смертные и такие, при имени которых Стратилатов непременно бы привстал, одно время хлыстовство процветало в нем, но все эти доблести давным–давно поросли быльем, монастырь пришел в запустение и шла жизнь хозяйственная, сварливая – монастырская.[①]

［译文：在它的过去，有不少的功绩和许多奇特的故事：它击退过敌人，也传播过教育，在它的高墙之内囚禁至死的有女囚犯以及一般的死人，还有那些人，在听到他们的名字后斯特拉季拉托夫一定会起身，同时鞭笞派在这里盛行过，但所有这些英勇事迹早已不复存在，修道院变成了荒地，而经济生活仍在继续，这生活如此喧闹——就像修道院的生活一样。］（作者译）

然而，在小说文本中，在这样一个神圣、圣洁的地方却发生了淫乱之事——扎恰季耶夫斯基修道院的修女受到了“火的诱惑”，她们在修道小室里接待男客。根据圣经文本，修女是基督的未婚妻，是侍奉上帝的，而在这里她们却深陷于肉体的罪恶之中。因此，列米佐夫对修道院的引喻并没有在小说中形成神圣的空间，相反，它成为了“巴比伦”[②]，成为了精神堕落的象征和恶习的中心。

通过上述分析，我们揭开了列米佐夫小说《不知疲倦的铃鼓》主人公伪善的面具，解释了小说中对引用的祷文、圣像和修道院典故的亵渎。列米佐夫一方面引用了基督教元素，一方面又将这些元素置于与它们传统神圣含义相矛盾的语境中，使它们获得了亵渎性色彩。

---

① Ремизов А.М., *Избранные произведения*, Изд. Панорама, 1995: 293.

② 《启示录》中写道：“奥秘哉！大巴比伦，作世上的淫妇和一切可憎之物的母。”（参见《启示录》，第17章，第5节）。

三、精神与肉体的斗争

在基督教教义中，灵魂救赎思想具有重要意义。人们普遍认为，如果一个信徒遵守礼节，遵守基督教诫命，那么他就可以在另一个世界里获得永生。主人公斯特拉季拉托夫渴望得到灵魂救赎，所以他刻意模仿虔诚教徒遵守宗教礼仪，并且每个星期六他都强塞给门卫戈尔布诺夫（Горбунов）一张灵魂救赎的画，他认为这是自己的职责。但是同时，他的内心又充满了肉体欲望，晚祷过后他总是要去妓院，他的房间里悬挂着裸女画，以及后来他迷恋年轻漂亮的娜杰日达。因此，在斯特拉季拉托夫的思想中，拯救灵魂的欲望与肉体欲望抗争起来。

作者戏仿圣徒传体裁形式，以宗教节日为时间背景，以十字架苦难为主题，结合基督教典故和主人公的情感故事，展示主人公形象体系中精神与肉体的矛盾斗争。

主人公伊万·谢苗诺维奇·斯特拉季拉托夫（Иван Семенович Стратилатов）的姓氏“斯特拉季拉托夫”让人联想到了苦难圣徒——战胜蛇妖的勇士费奥多尔·斯特拉季拉特（Феодор Стратилат）。传说，一条巨蛇袭击了斯特拉季拉特的城市，他向上帝祈祷，然后用剑杀死了蛇。他的虔诚感染了其他公民，越来越多人愿意追随他接受基督教。这传到了多神教教徒利基尼亚皇帝的耳朵里，他劝说斯特拉季拉特去崇拜多神教偶像，但斯特拉季拉特不屈不挠。皇帝大怒，他下令对斯特拉季拉特使用酷刑。仆人们把斯特拉季拉特压在地上，用火焚烧他的身体，用木棍殴打他，然后把他钉在十字架上并挖出了他的眼睛。到了晚上，一个天使来到斯特拉季拉特身边，把他从十字架上救了下来，并治愈了他的伤口。第二天，利基尼亚的仆人准备把斯特拉季拉特的尸体扔进海里，此时，当他们看到奇迹般康复的斯特拉季拉特后，这些多神教教徒们开始相信基督了。

在斯特拉季拉特圣徒传中可以看到基督教与多神教的斗争——费奥多尔·斯特拉季拉特作为一名基督徒，与巨蛇和信仰多神教的皇帝斗争。而在《不知疲倦的铃鼓》中，作家将这种外部的斗争转化为内部的、心理的斗争——人与自己的本能、天性之间的斗争。因此，在这里，基督教与多神教的对立就转变成了精神与肉体的哲学对立。

除此之外，费奥多尔·斯特拉季拉特的圣徒传还让人联想到圣经新约中关于耶稣尘世生活的传说——圣徒斯特拉季拉特和耶稣都是被钉死在十字架上，并都奇迹般复活了。列米佐夫在自传体作品《用矫正过的眼睛看》（*Подстриженными глазами*, 1951）中提到，他小时候就听到哥哥读费奥多尔·斯特拉季拉特的圣徒传故事：“在我的记忆中什么都没保存下来——或者所有东西对我来说非常陌生，还是书写得令人难以理解？——只有来自费奥多尔·斯特拉季拉特圣徒传的‘苦难’仍然存在，而且至今都能听到……”[①]圣徒传中对斯特拉季拉特苦难的描写给列米佐夫留下了深刻的印象。

因此，在主人公的姓氏中，列米佐夫吸收了斯特拉季拉特圣徒传故事和圣经新约故事中的十字架元素，而十字架和被钉十字架的苦难也成为了贯穿小说的一大主题。

斯特拉季拉托夫与娜杰日达的恋情发展阶段与耶稣在尘世受苦的阶段有关，因此作家特别注意文本的时间结构。小说以宗教节日为时间背景，在这一背景内，作家一边引喻着与宗教节日相对应的典故和

---

① Ремизов А.М., *Собрание сочинений. Т. 8. Подстрижёнными глазами*, Русская книга, 2000: 33.

宗教活动，一边描写着主人公与情妇的感情冲突。

小说中最重要的事件发生在大斋戒[①]期间：

И уж в начале **крестопоклонной недели** все было устроено самым благополучным образом и без всяких, словно по щучьему велению.

В середу – в памятный для всех день – Иван Семенович признался Зимареву и закрепил тогда признанье свое подарком редкого складня Николы Можайского, а **в пятницу**, показывая какую-то старинную вещицу с толкучки и, по обыкновению, наклонившись к самому уху, сказал, придавая голосу особенную деловитость:

– Надежда согласилась, сегодня переедет![②]

［译文：在**十字架崇拜周**[③]开始时，一切都安排得很顺利，没有任何问题，自然而然地进行着。

在星期三——每个人都值得纪念的一天——伊万·谢苗诺维奇向济马廖夫坦白，并用罕见的尼古拉·莫扎伊斯基折叠神像作为礼物来支撑自己的坦白，而在**星期五**，他像往常一样向济马廖夫展示了从旧货市场淘来的一个旧东西，并且附在他的耳边，认真地说道：

——娜杰日达答应了，今天将搬过来！］（作者译）

这里值得注意的是，“星期三”之所以是“每个人都值得纪念的

---

① 大斋戒为期40天，以纪念救世主在旷野中禁食祈祷了40天，这是最严格的斋戒，在这期间信徒们为复活节做准备。

② Ремизов А.М., *Избранные произведения*, Изд. Панорама, 1995: 283.

③ 十字架崇拜周（Крестопоклонная неделя）是大斋戒的第三周，东正教认为只有通过十字架才能走向复活，在这周六的晚祷上，教堂中间会悬挂一个十字架，教徒们要对十字架进行膜拜。

一天”，是因为在大斋戒最后一周——圣周（Страстная неделя）[①]的星期三犹大背叛了耶稣，而在星期五耶稣被捕并被处决。

接下来出现了主人公死亡的预兆。星期五当斯特拉季拉托夫正在等待着娜杰日达的到来时：

...а два луча от лампадок – от Спасителя и Богородицы – скрестившись на его голове, горели **багряною звездою**.

Погас синий вечер на воле, потемнел снег, почернели кресты, чёрный ворон верный перескакивал с креста на крест...[②]

［译文：而两束来自救世主和圣母圣像前的台灯的光线在他的头顶交叉相汇，燃起了**朱红色的星星**般的光芒。

蓝色的夜晚逐渐消散无光，积雪变暗，十字架变黑，一只黑色的乌鸦忠诚地从一个十字架跳到另一个十字架……］（作者译）

黑暗、黑色、十字架上的乌鸦——这些都是主人公死亡预示的象征符号，除此之外，还有一个象征符号——“朱红色的星星”。A.A.丹尼列夫斯基（A.A. Данилевский）谈到了小说《不知疲倦的铃鼓》中“朱红色的星星”的象征意义：“笼罩着他[③]的情欲获得了圣化的

① 圣周（Страстная неделя）是大斋戒的最后一周，这一周的每一天都被称为“圣”，是为了纪念耶稣在尘世生活的最后几日。其中，圣周三（Великая Среда）主要是为了纪念耶稣被犹大出卖，圣周四（Великий Четверг）是为了纪念耶稣建立圣体圣血之圣餐礼，圣周五（Великая Пятница）是耶稣受难日，圣周六（Великая Суббота）是复活节的前一天，当天半夜时分，神父们高喊：“耶稣复活了！”（Христос воскрес!），教堂里的人们则高声回复：“真的复活了！”（Воистину воскрес!），与此同时，庄严的教堂钟声响起，这样，大斋戒过后的复活节就来临了。

② Ремизов А.М., *Избранные произведения*, Изд. Панорама, 1995: 286.

③ 指斯特拉季拉托夫。

外表”[①]。在这里作家引用了耶稣的荆冠和朱红袍的典故，在这个典故中耶稣接受了死亡。耶稣被犹大出卖（星期三）后，被判处钉十字架酷刑（星期五），行刑前，士兵们给他穿上朱红袍，戴上荆冠，然后用荆条抽打他，还戏称他为“犹太人的王”，让耶稣受尽了讥讽和凌辱：

“他们给他脱了衣服，穿上一件朱红色袍子；用荆棘编作冠冕，戴在他头上；拿一根苇子放在他右手里，跪在他面前，戏弄他说：‘恭喜，犹太人的王啊！’”（参见马太福音书，第27章，第28–29节）。

因此，荆冠和朱红袍的结合在小说中产生了一种复杂的象征意义。随后，斯特拉季拉托夫另一位同事阿德里安·尼古拉耶维奇（Адриан Николаевич）的惊呼也证实了这一点：

– Голгофа! – крикнул вдруг Адриан Николаевич, указывая на него волосатым перстом.[②]

［译文：——加略山[③]！——阿德里安·尼古拉耶维奇突然大喊，用毛茸茸的手指指着他[④]。］（作者译）

大斋戒过后就是复活节。在基督教文化中，在复活节期间耶稣向人们揭示了伟大的复活奇迹，同样，在小说中，在复活节期间关于主人公的“新生活”秘密也被公之于众：

Дождались Святой недели, разговелись, и уж на разговинах

---

① Данилевский А.А., *Mutato nomine de te fabula narrator // А. Блок и основные тенденции развития литературы начала XX века*, Изд. Уч. Зап. Тарт. гос. ун-та, 1986: 146.

② Ремизов А.М., *Избранные произведения*, Изд. Панорама, 1995: 279.

③ 耶稣的殉难地，耶稣被钉死在这里，这里表示蒙受苦难。

④ 指斯特拉季拉托夫。

все знали, что живет у Стратилатова Надежда – Артемия, старого покровского дьякона, племянница, и что живут они, как в самом настоящем, только незаконном браке...[①]

［译文：等到了复活节后的一周，开斋了，并且在交谈中所有人都知道斯特拉季拉托夫和娜杰日达——圣母帡幪教堂老执事阿尔捷米的侄女住在了一起，知道他们的关系实际上是婚姻关系，只不过是非法的婚姻关系……］（作者译）

事件的进一步发展伴随着不安的预兆。在伊万库帕拉节[②]（俄历6月24日）这一天，斯特拉季拉托夫和执事普罗科皮发生了冲突：

Случай же, происшедший на Ивана Купала в день ангела Ивана Семеновича – столкновение его с всехсвятским дьяконом Прокопием...[③]

［译文：事情发生在伊万库帕拉节，即伊万·谢苗诺夫的命名日那一天——他和万圣教堂执事普罗科皮发生了冲突...］（作者译）

这一天在基督教教历和民间观念中都非常重要：一方面，这一天是耶稣的施洗者——约翰降生的日子，另一方面，按照民间的说法，在伊万库帕拉节前夜，魔鬼会来到人间。的确，在斯特拉季拉托夫和执事普罗科皮争吵期间，仿佛有魔鬼在活动：

Взрыв хохота заглушил слова, во всю мочь гоготал дьякон, пищала дьяконица...

---

① Ремизов А.М., *Избранные произведения*, Изд. Панорама, 1995: 287.

② 伊万库帕拉节是东正教俄历6月24日的夏至节，伊万·库帕拉是施洗者约翰的绰号，教会把他的故事与民间农作风习结合起来，作为祈求丰收、健康和幸福的节日。有趣的是，列米佐夫本人生于1877年7月7日（俄历6月24日），恰巧是伊万库帕拉节当天，而小说主人公斯特拉季拉托夫的命名日也是这一天，这里体现了作家创作中的自传性特征。

③ Ремизов А.М., *Избранные произведения*, Изд. Панорама, 1995: 288.

– А твоя Надерка **шлюха гулящая**! – пустил дьякон, гогоча вслед, уж так разыгрался.

– А вот я тебя, дьякон, застрелю, – обернулся Иван Семенович и быстро–быстро зашмыгал по грядкам к дому.

Гогот между тем не унимался: дурочкин сон и стратилатовская угроза довели его до неистовства, **какая-то кликуша залаяла**.

...Он шел прямо к дьякону и в шагах пяти остановился, поднял пистолет и стал целиться.

И тотчас все притихло, одна лишь кликуша лаяла.

– Помяни, Господи, царя Давида и всю кротость его! – **зашептали старухи, расползаясь, как слепые щенята от матери**.

А Иван Семенович упорно целился, и казалось, вот сию минуту спустит курок, раздастся выстрел и конец дьякону. **Дьякон вдруг задрожал весь и, высунув язык, как-то приседая, словно на перебитых ногах, с высунутым языком пошел прочь.**

Так пропал дьякон за крестами...

– Мерзавец, **долгогривый пес**! – очнулся Иван Семенович и пошел к дому, тяжело передвигая свои огромные калоши.①

［译文：话语被突然爆发的笑声淹没，执事用尽全力地哈哈大笑，执事的妻子尖声叫喊……

——你的娜杰尔卡②就是个**放荡的婊子**！——执事说道，然后哈哈大笑起来，笑得越发剧烈。

① Ремизов А.М., *Избранные произведения*, Изд. Панорама, 1995: 290-291.

② 娜杰日达的爱称。

——执事，我要开枪杀了你，——伊万·谢苗诺维奇转过身，迅速地沿着菜畦跑进了屋里。

与此同时，执事哈哈的笑声并没有停止：愚蠢的梦和斯特拉季拉托夫的威胁使他发狂，**像一个患癔病的女人在狂吠**。

……他径直走向执事，在离他五步远的地方停了下来，举起枪，开始瞄准。

一切立刻安静了下来，只有一个患癔病的女人在狂吠。

——主啊，大卫王和他所有的慈爱，祈祷安息！——**老太婆们低声说道，像瞎了的离开了母狗的幼犬一样，朝外爬着散去**。

而伊万·谢苗诺维奇一直在瞄准，仿佛在这一刻他会扣动扳机，然后听到一声枪响，**执事的生命将结束。执事突然全身颤抖起来，伸出舌头，不知怎么地蹲了下来，像是断了腿，然后伸着舌头就离开了**。

执事就这样消失在了十字架后面……

——混蛋，**长毛狗**！——伊万·谢苗诺维奇清醒过来，走进屋子，用力地搬走了自己那双巨大的橡胶套鞋。]（作者译）

通过描写刺耳、轰鸣、尖锐的声音来塑造地狱空间是列米佐夫典型的诗学手法之一，尤其常见于作家移民前的作品中。

在伊万库帕拉节当天，斯特拉季拉托夫和执事发生了争吵，原因是执事辱骂主人公的情妇娜杰日达是“放荡的婊子”。争吵的高潮是伊万·谢苗诺维奇威胁要射杀执事。在这一情节中，狗的形象具有特殊意义：“像一个患癔病的女人在狂吠”，“老太婆们低声说道，像瞎了的离开了母狗的幼犬一样，朝外爬着散去”，当读者在紧张地等待着主人公开枪时，“执事突然全身颤抖起来，伸出舌头，不知怎么地蹲了下来，像是断了腿，然后伸着舌头就离开了”，最后斯特拉季拉托夫骂执事是“长毛狗”。在列米佐夫的作品中，狗常常被视为魔鬼的仆人或魔鬼的化身。Ф.А. 梁赞诺夫斯基（Ф.А. Рязановский）证实了这一观点："魔鬼化身为其他爬行动物的形象：狗、狮子、熊……"①

在纪念找到耶稣被钉的十字架的举荣圣架节（Воздвижение креста Господня）②，娜杰日达离开了斯特拉季拉托夫——这里再次出现了十字架的苦难主题，也预示了斯特拉季拉托夫的死亡。年轻貌美的娜杰日达为了警卫队员普罗库金而抛弃了斯特拉季拉托夫，普罗库金不仅抢走了主人公的情妇，还抢走了他的财物，主人公为此与普罗库金厮打。在厮打过程中主人公被打伤，遭受了巨大的痛苦，被送进了医院，最后死在了医院里。

作家准确地指出了主人公死亡的日子——斯特拉季拉托夫死于"德奥道罗日"。列米佐夫写道：

Скрутило Ивана Семеновича, пришло время, и не дождался первого снега, не обновил енотку – не снёс головы: на Фёдора Студита, как прилетать от железных гор зимним ветрам, приобщившись и пособоровавшись маслом, помер.③

［译文：疾病把伊万·谢苗诺维奇折磨垮了，到时候了，他没有等到第一场雪，没有穿上新的熊皮大衣——难以幸免：在（斯图底的）德奥道罗日，他如同冬天的风一样从铁山上飞来，在领完圣餐涂完圣油④之后，就死了。］（作者译）

---

① Рязановский Ф.А., *Демонология в древнерусской литературе*, Москва: Печатня А.И. Снегиревой, 1915: 48.

② 俄历9月14日。

③ Ремизов А.М., *Избранные произведения*, Изд. Панорама, 1995: 298.

④ 领圣餐，涂圣油，这是病重者或垂死者接受的仪式。

在基督教教历中，1月24日是纪念（斯图底的）德奥道罗的日子。列米佐夫在这里引用了圣（斯图底的）德奥道罗的典故。圣（斯图底的）德奥道罗（759—826）出生于君士坦丁堡的贵族之家，父母都是虔诚的基督徒，他接受了良好的教育，过着禁欲的生活方式，781年进入君士坦丁堡斯图底隐修院，约788年升任神父，789年出任隐修院院长。他是基督教婚姻神圣制度的守护者，795年（斯图底的）德奥道罗反对东罗马皇帝君士坦丁六世与皇后离婚，并将君士坦丁六世逐出了教会，因为他破坏了基督教婚姻的神圣制度。鉴于此便可解释作家将抛弃发妻与情妇同居的主人公的死亡安排在德奥道罗日的用意。

如此一来，作家以斯特拉季拉托夫之死结束了《不知疲倦的铃鼓》中精神与肉体的斗争。本节在宗教节日的背景下对小说本事进行了分析，结果表明：十字架作为耶稣受难的象征成为了小说的主题；圣经文本成为了小说的重要引用来源。在宗教节日的背景下，救世主苦难的圣经故事与带有低俗文学体裁气息的爱情故事叠加，精神与肉体互相斗争。通过下列表格可以更直观地呈现这一斗争过程：

<table>
<tr><th colspan="3">时间（宗教节日）</th><th>精神（宗教活动与典故）</th><th>肉体（主人公与娜杰日达的故事）</th></tr>
<tr><td rowspan="3">大斋戒</td><td colspan="2">十字架崇拜周</td><td>教徒们膜拜十字架</td><td>一切安排顺利</td></tr>
<tr><td rowspan="2">圣周</td><td>圣周三</td><td>犹大背叛耶稣</td><td>主人公向济马廖夫坦白</td></tr>
<tr><td>圣周五</td><td>耶稣受难</td><td>娜杰日达搬来与主人公同居</td></tr>
<tr><td colspan="3">复活节</td><td>耶稣复活</td><td>众人知晓主人公“新生活”的秘密</td></tr>
<tr><td colspan="3">伊万库帕拉节（俄历6月24日）</td><td>魔鬼出没</td><td>主人公与执事争吵</td></tr>
</table>

（续表）

时间（宗教节日）	精神（宗教活动与典故）	肉体（主人公与娜杰日达的故事）
举荣圣架节（俄历9月14日）	找到耶稣被钉的十字架	娜杰日达离开主人公
德奥道罗日（俄历1月24日）	德奥道罗将破坏基督教婚姻神圣制度的皇帝逐出教会	主人公死亡

最后，耶稣受难被爱情的激情亵渎了，常见的基督教价值观也失去了神圣的意义。

在20世纪初，作家们对多义的矛盾的事件和人物很感兴趣。根据Л. 卡齐斯（Л. Кацис）的观察，“圣人–撒旦形象”或者“罪恶的修道院”是白银时代文学中相当普遍的现象[①]。列米佐夫小说《不知疲倦的铃鼓》中“被亵渎的神圣”和“充满肉欲的精神”也是类似的矛盾现象。小说中基督教引喻的传统神圣含义被扭曲，因为这些神圣含义与上下文是相互矛盾的。对基督教现实的引用在小说中获得了亵渎性色彩，基督教象征符号被重新编码，“旧的”世界被颠倒。作家借助对“旧的”世界的引喻构建了“新的”世界，即传统价值观念被扭曲、神圣被亵渎、精神被肉体取代的世界。

---

① Кацис Л., *Русская эсхатология и русская литература*, Изд. ОГИ, 2000: 16.

第二节　“反世界”的混乱现实

列米佐夫的创作是在对文化的双重态度的背景下展开的，在作家眼里，真实与不真实之间几乎没有界限。舍斯托夫认为：“……人类文化从根本上说是双重的，但是这种双重性从未像在我们这个时代那样尖锐、悲剧和令人恐惧。在现代文化的表面……正在进行健康的、充满生命力的斗争和进步。但是地下的暗流却开始冲破并带出了那些在地下沸腾的东西……不是我们发明了正常的生活。也不是我们发明了不正常的生活。那为什么只有第一种被认为是真实的现实呢？”[①] 列米佐夫非常认可舍斯托夫的这一观点，他在评论舍斯托夫的《无根据颂》（*Апофеоз беспочвенности*）时，写道：“要知道在地下，在黑暗和潮湿中奇迹突然发出亮光，鬼魂幽灵成行地漫游，做着疯狂的梦，所有范畴像树枝一样被折断……”[②]

象征主义者将混乱（хаос）视为一种现代性的形式，他们认为“非和谐的混沌更是美”[③]。这一思想进一步增强了这种存在的双重

① Шестов Л.И., *Творчество из ничего (А.П. Чехов) // Вопросы жизни*, 1905 (3): 155.

② Ремизов А.М., *По поводу книги Л. Шестова «Апофеоз беспочвенности» // Вопросы жизни*, 1905 (7): 204.

③ 周启超：《俄国象征派文学研究》，北京：社会科学文献出版社，1993年，第62页。

性。З.Г. 明茨（З.Г. Минц）在分析索洛古勃《卑劣的小鬼》（*Мелкий бес*）时写道："《卑劣的小鬼》中生活的……'颠倒'——是物质日常现实的一种属性，与现实对立的不是其他更好的日常生活形式，而是物质的根本转变"[①]。

和《卑劣的小鬼》一样，新现实主义作家列米佐夫的作品中也出现了生活的"颠倒"（перевернутость）。在小说《教妹》（1910）和《第五种瘟疫》（1912）中，列米佐夫构建了一个混乱的"反世界"（антимир），在这个"反世界"中出现了颠倒的混乱、活人中的死人、天堂与地狱的位移。

一、颠倒的混乱

混乱的"反世界"定义了作家对现实的理解——这不是正常的生活，这是变形的生活。列米佐夫尤其关注混乱在真实现实中的体现，他喜欢在读书看报时收集那些不可思议的事件和新闻，作家将这一点映射到了小说《教妹》主人公马拉库林（Маракулин）的身上：

И по утрам, читая газеты, с каким-то нетерпением искал он и, находя, радовался – злорадствовал всяким убийствам, пожарам, катастрофам, наводнениям, ливням, землетрясениям...[②]

［译文：每天早晨读报的时候，他[③]急不可耐地寻找各种各样的凶

---

① Минц З.Г., *О некоторых «неомифологических» текстах в творчестве русских символистов*, Уч. Зап. Тартус. гос. ун-та, 1979: 108.

② Ремизов А.М., *Собрание сочинений. Т. 4. Плачужная канава*, Русская книга, 2001: 152.

③ 指主人公马拉库林。

杀、火灾、车祸、水灾、暴雨、地震的消息……］[①]

作家将这些收集起来的奇闻怪事嵌入小说文本中，构建叙事。在小说《教妹》的开头，作家罗列了在彼得堡布尔科夫大院发生的各种混乱：

Свадьбы, покойники, случаи, происшествия, скандалы, драки, мордобой, караул и участок, и не то человек кричит, не то кошка мяучит, не то душат кого–то, – так всякий день.[②]

［译文：婚丧嫁娶、大事小情、打架斗殴、扇耳光、呼喊救命、派出所、人喊猫叫、掐死什么人，——没有一天不发生其中某一种。］[③]

接下来读者还会遇到更多荒谬的、离奇的事件。在这些事件中，一切都在努力地颠倒过来，有时甚至是真的颠倒，即上与下，头与脚的颠倒。

普洛特尼科夫（Плотников）的父亲瓦西里·帕甫洛维奇（Василий Павлович）为了消磨时间而戏弄警察：

В последние свои годы на старости лет, когда уж нового ничего Василий Павлович изобрести не мог и сам хорошо сознавал свою поконченность, вздумал он для препровождения времени заняться спаиванием околодочных пришла ему сумасбродная затея поставить всю полицию не на ноги, как говорится, а **вверх ногами**...И

① 列米佐夫著，刁绍华译：《教妹》，沈阳：辽宁教育出版社，2001年，第69页。

② Ремизов А.М., *Собрание сочинений. Т. 4. Плачужная канава*, Русская книга, 2001: 115.

③ 列米佐夫著，刁绍华译：《教妹》，沈阳：辽宁教育出版社，2001年，第24页。

польщенный околодочный следовал за ним в сарай, а в сарае уж все требуемое было готово, и выпускался околодочный из сарая не иначе, как без задних ног – **вверх ногами**.①

［译文：瓦西里·帕甫洛维奇晚年已经琢磨不出任何新的花样了，他完全意识到自己完结了。为了消磨时间，他决定把派出所的警察灌醉——他产生一个荒唐的想法——让所有的警察不是按照他们自己的说法立正，而是让他们**东倒西歪**。……警察怀着好奇心跟着他进了车棚，而车棚里面事先已经准备好了所需要的一切，等到警察从车棚里出来的时候便**东倒西歪**了。］②

在中学里，校长列德涅娃（Леднева）创造了“模范的混乱”（сумбур образцовый）：

Образцовый сумбур завершался образцовой теснотой и холодом в образцовой гимназии. Холод был самый настоящий крещенский: печей никогда не топили и не только в классах, что требовалось последним словом гигиены, но и в учительской. Правда, кажется, дети особенного лишения не чувствовали: дети прыгали, бегали, танцевали – сущий содом стоял в гимназии...③

［译文：模范中学里模范的混乱是由于模范的拥挤和寒冷而造成的。那是主显节前后的严寒：不仅教室里，而且教师休息室里也不生炉子，尽管现代卫生要求生炉子。诚然，学生们似乎并没有感觉到特

① Ремизов А.М., *Собрание сочинений. Т. 4. Плачужная канава*, Русская книга, 2001: 174-175.

② 列米佐夫著，刁绍华译：《教妹》，沈阳：辽宁教育出版社，2001年，第97-98页。

③ Ремизов А.М., *Собрание сочинений. Т. 4. Плачужная канава*, Русская книга, 2001: 184.

别窘迫：又跑又跳，还跳舞——学校里总是吵吵嚷嚷……］[①]

关于该学校的“模范的混乱”作者还补充了一个教学案例——列德涅娃校长免费授课，授课时她说法国大革命时期的活动家不是罗伯斯庇尔[②]和马拉[③]，而是休·卡佩：

...так в Великую французскую революцию действовали вовсе не Робеспьер и Марат, как учить принято, – что Робеспьер и Марат! – действовал Гуго Капет и погибал за свои злодеяния с королем Людовиком.[④]

［译文：……法国大革命时代的活动家根本不是罗伯斯庇尔和马拉，尽管通常在课堂上教授学生的，则是罗伯斯庇尔和马拉！——而是休·卡佩[⑤]，他由于其罪行而跟路易国王一起被处死。］[⑥]

在这里列德涅娃混淆了罗伯斯庇尔、马拉和休·卡佩，因为根据史实，罗伯斯庇尔和马拉是法国大革命时代的活动家，而休·卡佩不是。这种对历史人物和史实的混淆也是一种“颠倒”。

---

① 列米佐夫著，刁绍华译：《教妹》，沈阳：辽宁教育出版社，2001年，第110页。

② 罗伯斯庇尔（1758—1794），法国大革命时期重要领袖人物，是雅各宾派政府的实际首脑之一。1794年7月27日在“热月政变”中被捕，28日晚被送上断头台。

③ 让·保尔·马拉（1743—1793），法国大革命时期民主派革命家，在1792年8月10日巴黎人民起义中，他成为起义的领导人之一，1793年7月13日马拉在巴黎寓所被刺杀。

④ Ремизов А.М., *Собрание сочинений. Т. 4. Плачужная канава*, Русская книга, 2001: 184.

⑤ 休·卡佩（约940—996），法国国王，卡佩王朝的开创者。法国大革命中被处死的路易十五（1754—1793）被某些史学家称为“卡佩公民”，此处故意把休·卡佩与路易十五联系在一起，产生混淆。

⑥ 列米佐夫著，刁绍华译：《教妹》，沈阳：辽宁教育出版社，2001年，第109-110页。

在小说结尾，混乱的气氛愈演愈烈：

...случаи, происшествия, скандалы, драки, мордобой, караул и участок, но всё **в высшей степени** и громче будничного.[①]

［译文：……肇事，惹是生非，打架斗殴，扇耳光，喊救命和派出所，一切都比平常日子**更加激烈**，闹得天翻地覆。］[②]

紧接着，布尔科夫面包房的面包师雅雷根（Ярыгин）倒插进面团里窒息而亡：

Пекарь Ярыгин из бурковской булочной, нахристосовавшись в первый день, залег вечером на доску спать над квашнею да во сне, знать, перевернулся неловко и упал в тесто, да за ночь–то его и засосало, хватились наутро, а уж только одни ноги из квашни торчат...[③]

［译文：布尔科夫面包房的面包师傅雅雷根复活节的第一天喝多了，晚上睡在发面槽上的木板上，睡梦中翻身不灵便，一下子掉进面团里，他一夜都陷在里面，第二天早晨一看，只有两条腿露在发面槽外面……］[④]

喝酒喝得发疯的登记员叶尔金（Еркин）把斯塔尼斯拉夫（Станислав）的鼻子咬了下来，然后这个鼻子被布尔科夫省长家的红毛狗“钦差大臣”（Ревизор）给吃了。布尔科夫大院里玩军事审

① Ремизов А.М., *Собрание сочинений. Т. 4. Плачужная канава*, Русская книга, 2001: 186.

② 列米佐夫著，刁绍华译：《教妹》，沈阳：辽宁教育出版社，2001年，第111页。

③ Ремизов А.М., *Собрание сочинений. Т. 4. Плачужная канава*, Русская книга, 2001: 186.

④ 列米佐夫著，刁绍华译：《教妹》，沈阳：辽宁教育出版社，2001年，第111页。

判游戏的孩子们差点把看门人尼康诺尔（Никанор）的儿子瓦纽什卡（Ванюшка）吊死。最后，还有一件完全出人意料的事——富有的奥舒尔科夫夫妇（Ошурковы）自杀了。

这些出乎意料的、荒诞的事件的本质是“颠倒”——上下颠倒、头脚倒立、偷梁换柱。于是，整个布尔科夫大院，整个彼得堡都陷入了一种颠倒的混乱中。

和《教妹》中的彼得堡一样，小说《第五种瘟疫》中的外省小城斯图杰涅茨也陷入了颠倒的混乱。

在这里，制服暴力的警察变成了暴力的代表：

Александр Ильич Антонов, Студенецкий исправник, на что уж, кажется, крут, а ничего.

– Барин ничего, только коготком бьется! – говорит про своего барина Филипп кучер.

...а становой Лагутин – крепкорук, если в сердцах, так тарарахнет, через стенку пролетишь.[①]

［译文：亚历山大·伊里奇·安东诺夫，斯图杰涅茨警长，看上去很严厉，但没什么。

——老爷还不错，就是用爪子打人！——车夫菲利普谈论起自己的主人。

……而区警察局局长拉古京——双手力大无比，如果他在气头上，啪的一下用力打，那么你会被打得从墙里飞穿出去。］（作者译）

① Ремизов А.М., *Собрание сочинений. Т. 4. Плачужная канава*, Русская книга, 2001: 211.

神甫酗酒贪财，神父买卖圣物，圣人变成了罪人：

А кладбищенский поп Спасовходский – Сокрушенный, впав во искушение от пьянственного беса, до того допился, что голос у него однажды остановился, и три недели молчал поп, не могши ни слова сказать, ...когда попадья, испробовав все средства к оголошению батюшки, решилась на крайнюю меру и последнюю: вынула матушка из шифоньерки двадцатипятирублевую бумажку, зажгла свечку и на глазах у попа стала жечь бумажку, – поп и заговорил.①

［译文：而墓地的神甫，伤心的斯帕索夫霍茨基——陷入了醉酒魔鬼的诱惑，他喝酒喝到有一天嗓子突然失声了，然后神甫沉默了三个星期，一句话也说不出，……当神甫的妻子尝试了所有的办法来治疗神甫的失声后，她决定采取最后的措施：妻子从衣橱里拿出一张25卢布的纸币，点燃蜡烛，在神甫面前燃烧这张纸币，——然后神甫就开口说话了。］（作者译）

А Воздвиженский батюшка о. Амвросий антиминс староверам продал:

– Куда, – говорит, – мне такую святыню! – и продал.②

［译文：沃兹德维任斯基神父阿姆夫罗西将教堂的供桌桌布卖给了旧教派信徒：

——我哪里需要这样的圣物？——他说完就卖了。］（作者译）

教书育人的老师变成了色情的传播者：神学中学的老师什韦多夫

① Ремизов А.М., *Собрание сочинений. Т. 4. Плачужная канава*, Русская книга, 2001: 212.

② Ремизов А.М., *Собрание сочинений. Т. 4. Плачужная канава*, Русская книга, 2001: 214.

（Шведов）娱乐性地重新编写了波利瓦诺夫[1]的教科书，把此书变成了成人读物，使其以有伤风化的形式到处流传。

斯图杰涅茨的领导人——市长奥帕林（Опарин）变成了瞌睡虫：奥帕林有一个这样的坏毛病——怎么都睡不醒，即使听到铃声巨响，即使你朝他泼冷水，甚至用开水烫，他的眼睛也不会睁开。

在这里，非真理取代真理横行于世，踏遍了整座小城，踏遍了神圣罗斯的大地：

...у татар есть правда, во одной России нет ее, во всем мире ты встретишь милосердие, а в России нет сострадания даже к невинным и правым![2]

［译文：……连鞑靼人都有真理，但仅在俄罗斯没有，在整个世界你都会发现同情心，但在俄罗斯即使是对无辜者和正义者也没有同情心！］（作者译）

因此，外省小城斯图杰涅茨和《教妹》中的布尔科夫大院一样，象征着处于混乱状态的整个俄罗斯和整个世界，这是一个颠倒的“反世界”，荒诞离奇的事件都自然而然地发生在这个“反世界”里。

二、活人中的死人

活人中的死人是“反世界”的标志。他们或者没有灵魂，行尸走

① 列夫·伊万诺维奇·波利瓦诺夫（Лев Иванович Поливанов, 1891—1899）俄国教育家，文艺学家，社会活动家。波利瓦诺夫的教科书是19世纪针对中学前两个年级的教材，曾多次出版。

② Ремизов А.М., *Собрание сочинений. Т. 4. Плачужная канава*, Русская книга, 2001: 238.

肉般穿梭在城市里，过着“虱子般的生活”；或者鬼气缠身，宛如地狱居民。

小说《教妹》的主人公马拉库林在生理死亡之前经历了精神上的死亡：圣诞节前夕，马拉库林的十字架坏了。安娜·斯捷潘诺芙娜帮他拿去修理，但是从学校出来后她的钱包被偷了，而马拉库林的十字架也放在钱包里。这是马拉库林当年洗礼时用的金十字架。

十字架丢失是具有象征意义的：丢失了洗礼十字架意味着丢失了与母亲的联系、与世界的血缘联系，从而象征着他与人类的最终分离。马拉库林在普洛特尼科夫的邀请下回了一趟莫斯科，可是当他来到莫斯科时，他没有去母亲的墓地，而且不是有意识地，仿佛是被某种引诱他的力量所控制：

...и то, что таскался он зачем–то на Ильинку в амбары и даже к приставу в Тверскую часть, к Аркадию Павловичу, а на Калитниково, на кладбище, не прошел.

А ведь ему непременно надо было пройти на Калитниково, постоять у могилы, ну, хоть только постоять, только взглянуть, взглянуть и проститься.

И какая–то тоска хлынула на него.[①]

［译文：不知为什么拖着他去了伊林卡仓库，甚至到特威尔斯卡亚区去看望巡警阿尔卡迪·帕甫洛维奇，而没有到卡利特尼科沃墓地去。

他本来应该到卡利特尼科沃去，在坟前站一会儿，哪怕只站一小

① Ремизов А.М., *Собрание сочинений. Т. 4. Плачужная канава*, Русская книга, 2001: 183.

会儿，只看上一眼，看一眼就走。一种苦楚涌上他的心头。］[①]

在莫斯科发生了一系列莫名其妙的事情，莫斯科给他留下的印象更像是一场梦境，而不是现实：

Уже в вагоне ночью за Клином Маракулин вдруг спросил себя, не снилась ли ему Москва?[②]

［译文：夜间，马拉库林乘火车已经过了克林，突然问自己，在莫斯科是不是做了一场梦？］[③]

这种对存在的不真实感在主人公的意识中不断发展，直到他变成一个活死人，在活人之中的死人：

Да, давно похоронили, и он, как мертвец, как покойник, как нездешний, может легко и просто и беспристрастно за здешними, за живыми следить.[④]

［译文：是的，早就埋葬了，他如同一个死人，一个亡灵，一个非人世的人，倒是可以轻松地、简单地和无动于衷地观察这里的活人。］[⑤]

在小说的最后，马拉库林做了一个死亡之梦，他梦见了死神——“长着翘鼻子和龇着牙的裸体女人”，死神告诉他——“他的死期是

---

① 列米佐夫著，刁绍华译：《教妹》，沈阳：辽宁教育出版社，2001年，第108页。

② Ремизов А.М., *Собрание сочинений. Т. 4. Плачужная канава*, Русская книга, 2001: 183.

③ 列米佐夫著，刁绍华译：《教妹》，沈阳：辽宁教育出版社，2001年，第107页。

④ Ремизов А.М., *Собрание сочинений. Т. 4. Плачужная канава*, Русская книга, 2001: 194.

⑤ 列米佐夫著，刁绍华译：《教妹》，沈阳：辽宁教育出版社，2001年，第120页。

星期六”：

...приснилось Маракулину, будто сидит он у стола за самоваром... А по соседству с ним, и это он с отвращением заметил, курносая, зубатая, голая...

А она, курносая, зубатая, голая, поднялась да к двери:

«В субботу,» – стучит зубами, смеется...

В отчаянии и тоске смертельной проснулся Маракулин.

Была пятница.

И пораженный внезапной сумрачной мыслью, что срок ему – суббота, один день остался, он поледенел весь.[①]

［译文：……梦见自己坐在桌子旁喝茶……他怀着厌恶之情发现，挨着他的是一个长着翘鼻子和龇着牙的裸体女人……

那个长着翘鼻子和龇着牙的裸体女人站起来，朝着门口走去：

“星期六，”她扣着牙齿，笑着……

马拉库林在绝望和死亡一般的痛苦中醒了过来。

是星期五。

他的死期是星期六，还剩下一天，——他被这个突如其来的阴郁的想法所震惊，脸色刷的一下子变白了。］[②]

这个“梦魇”使马拉库林进入了濒死的状态，他像一个失魂落魄的幽灵，穿梭于虚幻与真实之间，漫无目的地在彼得堡的大街上游荡：

---

① Ремизов А.М., *Собрание сочинений. Т. 4. Плачужная канава*, Русская книга, 2001: 196—198.

② 列米佐夫著，刁绍华译：《教妹》，沈阳：辽宁教育出版社，2001年，第123-126页。

Это беда его водила, беда метала с улицы на улицу, из переулка в переулок, отводила ему глаза, путала, – это судьба его, которой не поперечишь и от которой не уйти.

Тоска своей смертельностью и отчаяние своей тяжестью наконец утомили его, срок и час забылись, голова опустилась, и еще крепкие ноги вывели его на дорогу: он шел по Инженерной, переходил улицу к Михайловскому дворцу.①

［译文：灾难引导着他，灾难使他从一条马路窜到另一条马路，从一条胡同窜到另一条胡同，引导着他的视线，让他分辨不清道路，——这是他的命运，无法逾越，也无法躲避。

他感到死亡一般的痛苦和深深地觉得绝望，终于疲惫了，忘记了死亡的日期和时刻，垂着头，两条腿还很有力气，把他引上了大路：他沿着工程师大街朝着米哈伊洛夫宫走去。］②

最终马拉库林鬼使神差地躺到了窗台上，从窗台上一跃而下，从一个活死人变成了一个真正的死人。

除了主人公马拉库林外，小说《教妹》中还有另外一位活死人——霍尔莫戈罗娃（Холмогорова）将军夫人，布尔科夫大院里的人给她取了个“雅号”——虱子。虱子的生活意味着毫无意义的动物的生活。霍尔莫戈罗娃将军夫人过着虱子般的生活，她所有的时间都耗在进餐、散步、去澡堂洗蒸汽浴以及逛教堂，她成为行尸走肉的象征：

---

① Ремизов А.М., *Собрание сочинений. Т. 4. Плачужная канава*, Русская книга, 2001: 199.

② 列米佐夫著，刁绍华译：《教妹》，沈阳：辽宁教育出版社，2001年，第127页。

...и знали также про генеральшу, что ходит она по вторникам в баню париться и так закалилась, что и не стареет, а все в одном положении, и еще знали, и бог весть откуда, что на духу ей будто совсем не в чем и каяться: не убила и не украла и не убьет и не украдет, потому что только питается – пьет и ест, – переваривает и закаляется, и, наконец, знали, что выходит она из дому не иначе, как со складным стульчиком, а берет она его на случай, если нападут, и так со стульчиком можно ее ежедневно встретить прогуливающуюся по Фонтанке для моциона, а по субботам и в воскресенье, под праздники и в праздники на Загородном в церкви и из церкви.①

［译文：……人人也都了解，将军夫人每个星期二都去澡堂洗蒸汽浴，如此锻炼身体，完全不衰老，永葆青春。人人也都了解，天晓得从何处了解到的，她在精神上似乎用不着忏悔：从前没有杀过人，没有盗窃过，现在也不杀人，不盗窃，因为她只是摄取营养——吃与喝——消化和锻炼。最后，人人也都了解，她不出门则已，凡是出门总要带着小折叠椅，她带上小折叠椅是为了以防万一，一旦遭到袭击，可以用来自卫，所以每天都能看见她带着椅子在封丹卡河岸上散步，而星期六和星期天，过节前一天和过节那一天，她必定到扎戈罗德内伊去走遍每一个教堂。］②

和陀思妥耶夫斯基《罪与罚》中拉斯柯尔尼科夫决心杀死放高利贷的老太婆一样，《教妹》中的主人公马拉库林也曾想为了人类福祉

---

① Ремизов А.М., *Собрание сочинений. Т. 4. Плачужная канава*, Русская книга, 2001: 112.

② 列米佐夫著，刁绍华译：《教妹》，沈阳：辽宁教育出版社，2001年，第21页。

而铲除将军夫人。不过，将军夫人不同于《罪与罚》中放高利贷的老太婆，她没有通过别人的不幸来获利，她的罪在于她没有受过苦难，而周围所有人都在遭受苦难，她在别人的不幸中享福。

“活死人”的现象同样也出现在小说《第五种瘟疫》中。在这部小说中，作者构建了一个地狱空间，描写了一群鬼气缠身的人物，他们宛如地狱居民——酗酒、谩骂、杀人、放火：

Да чего там, все попивают; и дома, и в гостях, и в клубе первое удовольствие выпить...①

［译文：这算不了什么，所有人都喝酒；在家里，在聚会上，在俱乐部里，喝酒是他们的第一乐趣……］（作者译）

А в Студенце за таким словом в карман не лазали, умели словцо заколодить: и так и этак самыми неудачными словами бранились, оскорбляя память родителей...②

［译文：而在斯图杰涅茨他们并没有为这些话而掏腰包，他们知道如何用话语来伤人：他们用各种方法，用最难听的话来骂人，甚至侮辱父母的忌日……］（作者译）

Как водится, и в городе и кругом в деревнях много было пожаров и ночью и среди бела дня. Убийства совершаются по праздникам, а пожары предвидеть невозможно.③

［译文：像往常一样，在城市和村庄周围，晚上和白天都有很多

---

① Ремизов А.М., *Собрание сочинений. Т. 4. Плачужная канава*, Русская книга, 2001: 212.

② Ремизов А.М., *Собрание сочинений. Т. 4. Плачужная канава*, Русская книга, 2001: 212.

③ Ремизов А.М., *Собрание сочинений. Т. 4. Плачужная канава*, Русская книга, 2001: 255.

火灾。每到节假日就会发生谋杀，火灾也无法预知。］（作者译）

他们的鬼气还通过名字-绰号的语义体现出来——小说中出现了许多以动物作为名字或绰号的人物形象，而这些动物都是魔鬼的暗喻，比如：电报员Вася **Кабанчик**（野猪）；议会议员Семен Михеич **Рогаткин**（рогатый，有角的）；兽医Петрушка Грохотов，绰号为Райская **птица**（天堂鸟）；农学家Семён Федорович Пряткин，绰号为**Свинья**（猪）；写手Исцов，绰号为**Пеликан**（鹈鹕），等等，甚至连主人公博布罗夫也有一个绰号——**Рогач**（有角的公兽）。

小说主人公博布罗夫是一个多义性的人物，他看似不与这一群地狱居民为伍，控诉他们的罪恶，维护法律正义。但实际上，他也是这地狱中的一员，他的孤傲冷漠、铁石心肠、与众隔离正是他鬼气缠身的表现。

在小说中，列米佐夫还直接指出，博布罗夫的“正义”“神圣”只是伪善，他不是“义人”，而是“敌基督”：

Праведен, только что нет осияния – венца славы вокруг его головы... да кто же он? Богоненавистник, христопродавец, враг Божий, враг проклятый, пятая страшная язва – бич и истребитель рода человеческого? И этот Рогач, этот Оглодок, этот обезьянский гогот, это хихиканье, эти недобрые взгляды? ①

［译文：他是虔诚的，只是没有光辉——他的头顶上没有神圣的光环……那他是谁？憎恨上帝的人，基督的出卖者，上帝的敌人，该死的敌人，可怕的第五种瘟疫——人类种族的祸害和灭绝者？这个有角的公兽，啃剩的骨头，这个像猿猴的咯咯笑，这些嘻嘻笑声，这些

① Ремизов А.М., *Собрание сочинений. Т. 4. Плачужная канава*, Русская книга, 2001: 219.

不友善的眼神？］（作者译）

在这一段中，作者通过一系列的近义词组揭示了博布罗夫的真实面目，这些词组在语义上不仅可以体现出“义人”与“敌基督”的对立，还可以看出，这里的敌基督已经被作者低级化至魔鬼。

在第三章的结尾处，博布罗夫站在镜子前对着自己说：

...не русский, я немец, все русские предатели и воры! ①

［译文：……我不是俄国人，我是德国人，所有俄国人都是叛徒和小偷！］（作者译）

博布罗夫的这一呐喊与古罗斯魔鬼学有关。因为在魔鬼学中，魔鬼常常戴上外国人的面具。

所以，博布罗夫是斯图杰涅茨地狱世界不可或缺的一部分，他是被魔鬼附身的敌基督。

综上，在彼得堡布尔科夫大院和斯图杰涅茨外省小城都出现了“活死人”的现象，不管是失魂落魄的马拉库林、行尸走肉的霍尔莫戈罗娃将军夫人，还是魔鬼附身的博布罗夫、鬼里鬼气的地狱居民，他们成为了与规范性道德世界相对立的“反世界”的标志，同时，他们也为这个“反世界”添加了可怕怪诞的气氛。

三、天堂与地狱的位移

列米佐夫所面对的是一个颠倒的混乱的世界，是一个死人与活人混杂在一起的世界。在这个世界里还发生了天堂和地狱的位移，即

---

① Ремизов А.М., *Собрание сочинений. Т. 4. Плачужная канава*, Русская книга, 2001: 239.

天堂降临人间，地狱浮出人间——出现了“人间天堂”和“人间地狱”。“人间天堂”和“人间地狱”成为了作家笔下荒诞现实最鲜明的体现。

1. 人间天堂

小说《教妹》的主人公马拉库林在脑海中建立了一个“人间天堂”：

«И вот теперь подумать надо и как еще подумать, – рассуждал Маракулин, доходя, как ему казалось, до точки, – и решить себе твердо и раз навсегда: как бы поступило человечество, если бы, ну скажем так, великие державы, союз держав мира во главе с Англией, предложили бы особыми манифестами через палаты и думы подданным своим – всему человечеству эту вошью, беспечальную, безгрешную и бессмертную жизнь генеральши. Уж такая бы возможность выдалась действительным ли открытием, ну какой-нибудь ученый немец, Виттенштаубе наукою дошел бы с помощью своих рентгеновских лучей, или обманом, ...ну какой-нибудь светносный святолепный старец Кабаков, завалив свое подполье с граммофоном, изрека-ющим глас с небеси, объявил бы себя миру, как вождь и судия – искупитель изначального Муркина греха, и сотворил бы нерукотворный **Новый Сион** с миром и милостью, скоро, просто и дешево, как отнеслось бы, что ответило бы на это человечество? А думаю я так, – продолжал Маракулин рассуждения свои, с маракулинским упорством доходя до своей точки, – что и без всяких даже излишних слов и церемоний, забыв должное и недолжное и всякое спасение, тихонечко, не снимая шляп и других соответствующих сану головных уборов, спустили бы подданные с себя штаны да, осенив себя крестным знамением... Стульчиком складным обзавестись всегда успеется, да, может, в таких всеобщих, а потому и обязательных, добровольно принятых условиях, когда у каждого на шее забренчит коровий колокольчик, чтобы, питаясь, не затеряться...»[1]

［译文：“如今应该思考一下，正经八百地思考一下，”马拉库林如他所觉得的那样，走到了极限，议论道，“果断地做出决定，一劳永逸：譬如说，假如某些大国，以英国为首的世界强国联盟，通过议会或杜马向本国国民——全人类发表特别宣言，号召过将军夫人这种虱子般的无忧无虑的、没有罪恶的和不死的生活，那么人类该怎么办呢？这种可能性也许会被当成真实的发现，那位学识渊博的德国人维腾什陶贝借助于自己的伦琴射线通过科学或者欺骗就能做到这一点，……光芒四射的神圣的卡巴科夫长老在地下室里秘密安放了一个留声机，让它发出来自天上的声音，于是庄严地，或者胆大包天地向世界宣布自己是领袖和审判者——穆尔卡的原罪的赎罪者，并且很快就能轻而易举地创造一个非人工的安宁而又仁爱的**新西云山**[2]，可是人类对此会做出什么样的回答呢？我是这样想的，”马拉库林继续自己的议论，以马拉库林式的固执走到了极限，“国民们甚至无须说任何多余的话，也不必遵循礼节，忘掉应该的和不应该的各种拯救灵魂的方法，不必摘下与其地位相适应的帽子，悄悄地脱下裤子，不断地

---

① Ремизов А.М., *Собрание сочинений. Т. 4. Плачужная канава*, Русская книга, 2001: 136-137.

② 西云山，又译作“锡安山”，圣经中大卫王的宫殿建在西云山上，此处指未来的理想社会。

在自己身上画十字，……随时都来得及做一把小折叠椅，在这种普遍的，因而也是必不可少的，自愿接受的条件下，每个人的脖子上都响着给牛佩戴的铃铛，以便吃喝的时候不至于忘乎所以……”］[①]

从这个片段的最开始便可得知，政治改革是一种可能的建立“人间天堂”的方式，但是作者认为，通过政治改革获得的是动物般的、不道德的生活——“虱子般的无忧无虑的、没有罪恶的和不死的生活”。也可以借助科学过渡到这一生活，但在文中作者将德国人维腾什陶贝的发明等同于欺骗——“德国人维腾什陶贝借助于自己的伦琴射线通过科学或者欺骗就能做到这一点”。这种对待科学，尤其是来源于国外的科学的态度，可以有两种解释：1）世纪之交新现实主义者对实证主义科学的消极态度；2）维腾什陶贝这个德国人的姓氏是外来西方影响入侵俄国文化的标志[②]。

在主人公臆想的这个“人间天堂”里，有一个胆大包天的人物——卡巴科夫长老（старец Кабаков），他是“敌基督”的化身。“Кабаков”（卡巴科夫）这个姓氏来源于“кабак”（酒馆）一词，而在狂欢文化传统里，酒馆是与教堂相对立的象征形象。

“光芒四射的神圣的卡巴科夫长老**在地下室里秘密安放了一个留声机**，让它发出来自天上的声音，于是庄严地，或者胆大包天地向世界宣布自己是领袖和审判者——**穆尔卡的原罪的赎罪者**，并且**很快**

---

① 列米佐夫著，刁绍华译：《教妹》，沈阳：辽宁教育出版社，2001年，第50-51页。

② “外来危险”也是造成混乱的原因，在小说文本中，这一危险的标志是两个外国姓氏——“Амстердамский”（阿姆斯特丹斯基）和“Виттенштаубе”（维腾什陶贝）。阿姆斯特丹斯基是一名律师，维腾什陶贝是一名德国医生，都住在布尔科夫大院对面的大楼里。

就能轻而易举地创造一个**非人工的**安宁而又仁爱的**新西云山**”——在这一段中，“地下室里放留声机”揭示了“敌基督”卡巴科夫的真实意图：发出来自天上的声音，向世界宣布自己是领袖和审判者。“非人工的新西云山”是宗教术语，表示“天堂中的圣徒王国”。敌基督卡巴科夫意图在人间建立一座新的天堂，这个思想本身就是异教的、亵渎神灵的，并且在文本中作者还通过词组“很快就能轻而易举地”（скоро, просто и дешево）加重了这一亵渎性。

但文段中“穆尔卡[①]的原罪的赎罪者”是什么意思呢？为什么卡巴科夫要宣称自己是“穆尔卡的原罪的赎罪者”？列米佐夫认为尘世中的苦难是上帝的旨意，是不可避免的，而受难的动物就是这不可避免性的有力论据之一。作者从原罪的角度来看待整个人类历史，将受折磨的雌猫穆尔卡引入叙事中，表达了一个观点，即每个人都是有罪的，赎罪是上帝的旨意，苦难可以成为通往救赎之路的阶梯。然而，卡巴科夫长老改变了上帝定下的世界秩序，他充当了“原罪的赎罪者”，代替所有人赎罪，从而使所有生命免于苦难，但与此同时，他也剥夺了每个人获得精神救赎的机会。

于是，臣民们忘记了救赎，做出了令人费解的行为——“悄悄地脱下裤子，不断地在自己身上画十字”。裸露是地狱世界狂欢的标志，是违反规则的标志。“人间天堂”就是列米佐夫的“反世界”。

最后，列米佐夫将人间的“新天堂”与全民饱足的思想联系起来——“每个人的脖子上都响着给牛佩戴的铃铛，以便吃喝的时候不至于忘乎所以”。在这里，建立一个幸福“饱足”的社会的想法陷入

① 在主人公马拉库林搬家的前一天，院子里发生了一件不幸的事——雌猫穆尔卡摔死了，“穆尔卡喵喵叫”象征着受难主题。

了逻辑上的僵局：建立这样一个饱足的繁荣的王国的想法是徒劳的，因为没有涉及精神生活问题。一群一直被监管着的牛群——这就是失去基督教信仰、相信敌基督的人类的未来。

因此，从上述对“人间天堂”片段的分析可以看出，列米佐夫从本质上推翻了所有可能的改善人类生存的方案：科学、发明、政治改革这些现实的方案，以及欺骗、奇迹这些不现实的方案。列米佐夫认为，任何在人间建立“天堂”的尝试，首先都是违反了上帝规定的世界秩序，因此，所有这些意图的本质都是魔鬼的阴谋。从苦难中脱离出来并且被喂饱的人类陷入了一种动物的状态，不再是出自上帝之手的精神创造。人类干预生活体制本身的任何尝试都注定要失败，并且会导致丧失人类生存的深层含义——丧失精神壮举，在精神壮举的概念中，痛苦和磨难是通往精神王国的道路。1947年8月29日列米佐夫在日记里写道：“苦难是恢复干枯力量的源泉。并且苦难是一条道路，不是田间和林间小路，而是天堂之路。……一个没有苦难的人——是一个可怕的生物……”[①]列米佐夫借助马拉库林的“大脑游戏”阐述了关于建立“人间天堂”的可能性思考，揭示了历经苦难、坚定信仰才是真正的精神出路的主要思想。

2. 人间地狱

在小说《第五种瘟疫》中，列米佐夫构建了一个“人间地狱”，记录了在这个地狱里发生的荒诞离奇的故事。

在20世纪10年代，列米佐夫曾构思了一部名为《群魔》（*Бесы*）的小说，它的草稿真迹目前保存在圣彼得堡的俄罗斯国家图书馆里。

---

① Кодрянская Н., *Алексей Ремизов*, Париж, 1959: 197.

列米佐夫学家卡塔林·肖克（Каталин Сёке）认为，这份草稿是针对《第五种瘟疫》文本的初步准备：“这份草稿中包含了所使用的文献列表、个别作品的摘录，但其中最有趣的部分是作家仿佛是在按序罗列出地狱的属性，绘制出地狱的地图，创建一份关于地狱的指南手册，将魔鬼官级分类并且在古罗斯文学、西欧典籍和民间文学传统的基础上用语言和插图体现出它们的外部特点”[①]。

故事的发生地是新现实主义俄国文学中的典型代表——外省小城，小城名字为“Студенец”（斯图杰涅茨）。“Студенец”来源于“студа”一词，表示“寒冷、严寒、发冷”，还有一个与它相似的宗教斯拉夫语词“студень”，意为“寒冷、严寒”，而在基督教对地狱的描写中常常会出现“寒冷”“寒冰”的主题，因此，“Студенец”（斯图杰涅茨）暗指“地狱”。

斯图杰涅茨的地狱空间是在伪经《圣母历难记》[②]（*Хождение Богородицы по мукам*）的基础上塑造的。小说中多次引用了12世纪伪经文学文本《圣母历难记》中的片段。首先在第一章里引用了：

...в загробном видении писано о то–светном месте, где томятся блудники и прелюбодеи грешники, о блудном царстве, сколь необозримо оно...[③]

［译文：……在来世的幻想中写到了那个明亮的地方，在那里妓

---

① Сёке Каталин, *Судьба без судьбы: Проблемы поэтики Алексея Ремизова*, Budapest, 2006: 88.

② 《圣母历难记》讲述圣母来到地狱，看到了各种各样的罪人在经受各种各样的折磨。

③ Ремизов А.М., *Собрание сочинений. Т. 4. Плачужная канава*, Русская книга, 2001: 215.

女和奸夫罪人受到折磨，还写到了一个淫乱的王国，一望无际……］（作者译）

在小说的注释中提到，这一段是“对《圣母历难记》的隐藏的不准确的引用”[①]。

然后，小说中反复出现了“火湖”（огненное озеро）、“火河”（огненная река）、“地狱之火”（огонь преисподний）的主题：

Нет, кого другого, а уж следователя на том свете не погонят в задние муки, не сидеть ему в озере огненном.[②]

［译文：不，还有谁呢，就算到了阴间侦查员[③]也不会被折磨，他不会坐在火湖中。］（作者译）

Нет, и в реке огненной среди татей и разбойников, там не место следователю.[④]

［译文：不，在叛徒和强盗的火河中不会有侦查员的位置。］（作者译）

Тот пламень, что обжег и покорил его навсегда, огонь преисподний–гроза, огонь – пучина – опустошение, кровь с той же силой ножом врезался ему в сердце.[⑤]

---

① Ремизов А.М., *Собрание сочинений. Т. 4. Плачужная канава*, Русская книга, 2001: 516.

② Ремизов А.М., *Собрание сочинений. Т. 4. Плачужная канава*, Русская книга, 2001: 213.

③ 指主人公博布罗夫。

④ Ремизов А.М., *Собрание сочинений. Т. 4. Плачужная канава*, Русская книга, 2001: 214.

⑤ Ремизов А.М., *Собрание сочинений. Т. 4. Плачужная канава*, Русская книга, 2001: 229.

［译文：那团燃烧并永远征服他[1]的火焰，是地狱之火——是雷暴，这团火焰是深渊——毁灭一切，鲜血带着这样的力量像刀一样刺入了他的心脏。］（作者译）

最后，在小说的第五章中出现了这部伪经的名字：

Пресвятая Богородица наша сама по мукам ходила...[2]

［译文：我们最神圣的圣母正在经历苦难……］（作者译）

但是，需要说明的是，尽管小说中存在着这些引用，但小说并没有完全遵循《圣母历难记》的情节逻辑，作家只是从这一文本中借用了一些元素和主题来营造地狱的气氛。相反，小说地狱空间的本质并不在于作家从《圣母历难记》中借用的那些情节，而在于他没有从《圣母历难记》中借用的情节。

在《圣母历难记》中，圣母找到了天使长米哈伊尔，希望他能祈求上帝宽恕罪人。结果，由于圣母、天使长和义人的祈祷，地狱里受折磨的罪人们获得了安宁。而在《第五种瘟疫》中正是缺少了为罪人祈祷的情节。在这部小说中几乎没有出现同情、怜悯的主题，而这些主题在列米佐夫的早期作品（如《池塘》《钟表》《教妹》）中是非常典型的。因此，在某种意义上，《第五种瘟疫》被认为是作家创作道路上的分界标志。

在《第五种瘟疫》中缺少了“同情”“宽恕一切”的情节，在小说作者的话语中已经很难发现关于世界的人类中心论思想。在这里，世界的中心不是受难的人，而是被揭露的世界本质的混乱状态，作者通过戏仿和怪诞的手法揭露了这一混乱状态的荒诞性。

① 指主人公博布罗夫。

② Ремизов А.М., *Собрание сочинений. Т. 4. Плачужная канава*, Русская книга, 2001: 264.

古典现实主义文本以人类为中心，而新现实主义文本以宇宙为中心。古典现实主义文本的中心是思考的、行动的、构建世界秩序原则的人；而新现实主义文本给人的印象是世界的中心在人的外部，在他的思考、行动和组织能力之外，人不能影响事物的本质，因此，在这里，人失去了自己的个性，等同于物质。在《第五种瘟疫》中，作家描绘的就是这样一幅以宇宙为中心的、没有个性的、冷漠的世界图景——这就是作家所构建的“人间地狱”的图景。

综上所述，列米佐夫遵循“颠倒”原则，在小说《教妹》和《第五种瘟疫》中构建了一个“反世界”。在这个“反世界”语境中，人与世界的自然关系被破坏，活人与死人混杂在一起，神圣的受难者与行走的木头人一起生存，“天堂”与“地狱”都出现在了人间，基督教道德符号与“地狱世界”符号的结合代表了一种不祥的亵渎、末世的预兆。

本章小结

本章以列米佐夫的三部新现实主义小说《不知疲倦的铃鼓》《教妹》和《第五种瘟疫》为例证，分析并概括了列米佐夫笔下的“新现实”——宗教与性的矛盾现实和“反世界”的混乱现实，揭示了作家创作中灵魂救赎、十字架苦难、忏悔赎罪的主题思想。

19—20世纪之交，在俄国兴起了一场宗教哲学复兴运动，知识分子们开始探讨新宗教意识、教会复兴、精神与肉体的关系等问题。列米佐夫的创作也受到了这一时期宗教哲学思想的影响，他于1909年创作的中篇小说《不知疲倦的铃鼓》就关注了宗教与性的矛盾现实。

本章第一节从神圣与亵渎的矛盾和精神与肉体的斗争这两个方面

分析了这一矛盾现实。

首先，通过对比圣经中的基督教教义和小说中的相关文本，揭开了主人公伪善的面具，解释了小说中对引用的祷文、圣像和修道院典故的亵渎。作家将这些典故置于与它们传统神圣含义相矛盾的语境中，使它们获得了亵渎性色彩。神圣与亵渎这一对矛盾体在小说文本中相互作用，共同构成了一个特殊的语义场。然后，在宗教节日的背景下对小说本事进行了分析，得出结论：十字架作为耶稣受难的象征成为小说的主题；圣经文本成为小说的重要引用来源。在宗教节日的背景下，救世主苦难的圣经故事与带有低俗文学体裁气息的爱情故事叠加，精神与肉体互相斗争。最后，耶稣受难被爱情的激情亵渎了，常见的基督教价值观也失去了神圣的意义。

本章的第二节通过对小说《教妹》和《第五种瘟疫》中颠倒的混乱、活人中的死人、天堂与地狱的位移的分析，解读了列米佐夫笔下荒诞的、混乱的“反世界”现实。

首先展示了两部作品中出现的生活的“颠倒”，如上下颠倒、头脚倒立、偷梁换柱、圣人变罪人、真理变非真理等。这样的颠倒使两部小说的叙事空间陷入了一种混乱的状态。然后分析了两部作品中的“活死人”：失魂落魄的马拉库林、行尸走肉的霍尔莫戈罗娃将军夫人、魔鬼附身的博布罗夫、鬼里鬼气的地狱居民。他们成为了与规范性道德世界相对立的“反世界”的标志。最后解读了列米佐夫的“反世界”在两部作品中的直接体现——《教妹》中的“人间天堂”和《第五种瘟疫》中的“人间地狱”。在小说《教妹》中，作者借助马拉库林的“大脑游戏”，阐述了关于建立“人间天堂”的可能性思考。而在小说《第五种瘟疫》中，作者在伪经《圣母历难记》的基础上构建了一个“人间地狱”，在这个地狱中没有同情，没有宽恕。作家描绘了一幅以宇宙为中心的、没有个性的、荒诞的“人间地狱”图景。然而，不管是“人间天堂”还是“人间地狱”，这都是魔鬼的阴谋，都违背了上帝的意志。作家认为，不应憧憬于不切实际的“人间天堂”，也不应把人间变成冷漠无情的“地狱”。唯有经历苦难，忏悔罪恶，才能获得精神胜利。

因此，列米佐夫遵循“矛盾”与“颠倒”原则，在小说《不知疲倦的铃鼓》《教妹》和《第五种瘟疫》中构建了新的现实。在这个“新现实”语境中，传统价值观念被扭曲，基督教象征符号被重新编码，神圣被亵渎，精神被肉体取代，“旧的”世界被颠倒，人与世界的自然关系被破坏，活人与死人混杂在一起，神圣的受难者与行走的木头人一起生存，“天堂”与“地狱”都出现在了人间。这体现了20世纪初新现实主义作家对宗教哲学的探索和矛盾现实的关注。

第三章

列米佐夫作品中的人物形象

列米佐夫新现实主义作品中最典型的两类人物形象是新现实主义“永恒女性”形象和世纪之交的“小人物”形象。列米佐夫突破了传统的“永恒女性”概念，将“永恒女性”引入尘世现实之中。他的“永恒女性”是坠入尘世与人类一同受罪的圣母，是有血有肉的女性，是处于绝望之中注定受难的“颓废受难女性”，是肉体被玷污但灵魂依然纯贞的“堕落受难女性”。

除了女性形象，列米佐夫还特别关注19—20世纪之交矛盾的、敏感的、多变的“小人物”形象，包括生活在社会底层被嘲笑的、被误解的、自卑到心理扭曲而发疯的去人格化“小人物”形象，以及戴着面具的具有双重人格的“小人物”形象。作家在形象塑造方面不仅继承了19世纪现实主义文学的描写传统，还吸收了20世纪初现代主义的美学思想。

第一节　“新现实主义”女性形象——现实中的“永恒女性”[①]

在列米佐夫的每一个女主人公身上都可以发现上帝挑选的印记，“永恒女性”（вечная женственность）的光芒。“永恒女性”自我牺牲、长久忍耐的精神是列米佐夫创作的典型特征之一。在他所塑造的充满爱的、智慧的、美丽的“颓废女性”“受难女性”“堕落女性”身上体现了“永恒女性”的神圣本性。

关于“永恒女性”这一概念的本质，在宗教哲学方面，它接近于世界的灵魂、索菲亚、天堂与尘世之间的中介。根据索洛维约夫的解释，“永恒女性”是献身于上帝而又从上帝那里获得自己形式的一种被动本原。对“永恒女性”的崇拜就是对理想人类的崇拜。

“永恒女性”崇拜可以与中世纪圣母崇拜联系起来。在俄国精神文化史上，圣母扮演了人类和世界的庇护者的角色。列米佐夫作品中的许多女性形象都与圣母形象有关。作家尤其关注伪经故事《圣母历难记》。根据伪经故事研究者B. 萨哈罗夫（B. Сахаров）的观点，“该伪经的主要主题是描写圣母为罪恶的人类向上帝祈祷。……在古罗斯，类似《圣母历难记》的伪经故事广泛传播，并吸引了许多读

---

① 本节部分内容发表于《重庆交通大学学报（社会科学版）》2022年第3期。

者……《圣母历难记》的故事文本内容篇幅微小；但是这个故事为古罗斯崇高的民族诗学提供了丰富的素材”[①]。列米佐夫借鉴了这一古代文本的中心思想——圣母在地狱为受难者祈祷时说的一句话：“我想和罪人们一起受折磨！”在源文本中，圣母最后离开了地狱回到天堂。而列米佐夫笔下的圣母采取了很多行动，做出了很多努力，但由于上帝没有原谅那些被他遗忘的或遗忘了他的人，列米佐夫的圣母拒绝回到天堂，而是留在了地狱般的人间——“和罪人们一起受折磨”。在列米佐夫的神学理论中，圣母是第一股神力，她积极地干预人类的命运，成为在上帝面前的人类的庇护者。如若她无力挽救人类免受苦难，她就把这些苦难扛在自己的肩上。

在19—20世纪之交俄国象征主义诗学中，“永恒女性”是永恒的、神秘的、充满爱的形象，她不等同于任何一个尘世面孔，只存在于预感和希望之中，如勃洛克《美妇人诗集》（*Стихи о прекрасной даме*）中的“永恒女性”形象。而新现实主义作家列米佐夫突破了传统的“永恒女性”概念，将“永恒女性”引入尘世现实之中。这不是神秘的爱人，不是勃洛克的陌生女郎，她不存在于幻想、希望之中，而存在于现实之中。这是坠入尘世与人类一同受罪的圣母，是有血有肉的女性，而正是在她们身上，作家看到了世界所有的智慧、纯洁、思想美和心灵美。

一、《钟表》中的颓废受难女性

19世纪末20世纪初，颓废主义（декаденство）思潮盛行于社会转型中的俄国，对文学，特别是象征主义诗歌产生了重要影响。受其影

① Сахаров В., *Апокрифические и легендарные сказания о Пресвятой Деве Марии, особенно распространенные в древней Руси*, СПб., 1888: 109-110.

响，部分象征主义诗歌中弥漫着一种悲观绝望的情绪。它反映了19世纪末知识分子不满于现状，想从社会纷争中抽身而退，向虚无彼岸寻求精神寄托的心理状态。

列米佐夫的早期作品《池塘》《钟表》都带有颓废主义色彩。在小说中，作家多次强调了宇宙中人的孤独、迷失、无望的逃离。“在列米佐夫早期的作品中存在着生命的两种自然力的对立。第一种是邪恶、死气沉沉、毫无意义的俄罗斯日常生活的力量，以及它‘令人无法忍受的痛苦’。它在小说《钟表》和《池塘》中以非凡而震撼的力量被记录。……《钟表》就像《池塘》一样，充满了灰暗的色彩，以至于开始觉得，世界似乎正在获得某种可怕的、‘最后的’特征，超越这一特征，要么是死亡，要么是神秘内涵和出路。……列米佐夫传达的第二种生命自然力[①]是多神教的、芬芳而神秘的、狂野而梦幻的——‘魔幻的罗斯’”[②]。

在小说《钟表》中列米佐夫试图引起读者和公众对人类悲剧性生存问题的关注，解释造成这种情况的原因，并试图找到解决的途径。小说中的所有人物角色都在受苦，尤其是女性角色。她们承受了世间的各种苦难，生活在绝望之中，体现了忍耐、屈服的永恒价值观。

列米佐夫创作小说《钟表》最初是为了献给自己的朋友、俄国社会革命党员、诗人、作家[③]鲍里斯·维克多洛维奇·萨温科夫（Борис Викторович Савинков）。萨温科夫是一位受过教育的上流社会人士，

---

① 这里的“第二种生命自然力”存在于他早期的童话故事集《循着太阳运行的方向》中。

② Муратова К.Д., *История русской литературы. Литература конца XIX – начала XX в. (1881–1917)*. Т. 4., Ленинград: Наука, 1983: 266.

③ 他曾用笔名В. 罗普申（В. Ропшин）发表了自己的颓废主义作品。

同时也是社会革命党战斗组织的领导人，该组织筹备了几次针对沙俄著名官员的暗杀行动，列米佐夫在被流放到沃洛格达时与萨温科夫结识。在沃洛格达，列米佐夫还遇到了自己未来的妻子——谢拉菲玛·巴甫洛夫娜·多甫格尔洛（Серафима Павловна Довгелло），而当时她也是社会革命党的一员。1903年，当列米佐夫即将流放期满时，他和萨温科夫吵了一架，原因是萨温科夫不同意谢拉菲玛·巴甫洛夫娜退出战斗组织。流放结束后，他们和好了。作家后来承认，正是当时的那段争吵经历成了他撰写小说《钟表》的“心理冲动”之一。

小说的女主人公名叫赫里斯京娜（Христина），这个名字可以和基督（Христос）的名字联系起来。在小说中，她的形象被十字架、救赎和仁爱的象征意义所包围。小说介绍了赫里斯京娜和涅利多夫的故事，其中爱情、同情的主题与万物终结、死亡的主题交织在一起。

赫里斯京娜的丈夫谢尔盖破产后逃走，抛下她和小女儿叶莲娜相依为命。她独自一人苦苦支撑，努力不让丈夫家族的钟表店倒闭，努力照顾小女儿和生病的公公以及丈夫生病的小妹妹卡佳，并努力驯服丈夫发疯的弟弟科斯佳。的确，她遭受了很多苦难，但她并没有从苦难中找到出路。丈夫出走后，丈夫的朋友涅利多夫出现了，他成为赫里斯京娜唯一的指望。她希望通过新的恋情来挽救一切，但同样被失望笼罩着的涅利多夫已经无力再去支撑起另一个人。小说第四章中赫里斯京娜关于火车和穿白色连衣裙的女孩们的梦境具有象征意义：

Снилось ей, она на вокзале. Дожидается поезда. Полный вокзал. Кто–то говорит: это молодых провожают. Вдруг раскрывается дверь, и толпа маленьких девочек в белых платьицах, друг с дружкой за руки, кольцом окружают ее.

В это время звонок: первый, второй, третий. И какое–то предчувствие, – она опоздала и поезд уйдет, – подбрасывает ее. Она прорывает живое кольцо, расталкивает, но, ступив на перрон, не видит уж поезда, видит: в свете каких–то невиданных рефлекторов движется по полотну, словно видение, процессия, – все те же девочки в белых платьицах, а посреди них невеста, только лица нельзя разглядеть, лицо закрыто фатой. И опять звонок: первый, второй, третий. И кто–то ясно и отчетливо называет ее по имени.[①]

［译文：她梦到自己在火车站。等待火车到来。火车站全是人。有人说：这是送年轻人的火车。突然，门开了，一群穿着白色连衣裙的小女孩手拉着手，环成一个圈围着她。

这时铃声响了：第一声，第二声，第三声。她有一种不祥的预感——她来晚了，火车就要开走了，——会将她抛下。她冲破人圈，推开她们，但是，当她踩上站台后，已经看不到火车了，只看到：在一些看不见的反光镜的光线中有一支队伍，像幻境一样，沿着路面移动，——还是那群穿白色连衣裙的小女孩，中间有一位新娘，只不过看不见脸，她的脸被面纱遮住了。然后再一次响起了铃声：第一声，第二声，第三声。有人清晰准确地喊着她的名字。］（作者译）

离开的火车象征着不被接受的感情和无法圆满的爱情结局。在列米佐夫的梦境体系中，这个梦可以理解为预言梦，预示着涅利多夫的死亡[②]。E. 戈尔内（E. Горный）在文章《列米佐夫诗学简评：〈钟表〉》（Заметки о поэтике Ремизова: «Часы»）中谈到了赫里斯京娜和

---

① Ремизов А.М., *Собрание сочинений. Т. 4. Плачужная канава*, Русская книга, 2001: 61.

② 在小说结尾涅利多夫卧轨自杀。

涅利多夫的命运："涅利多夫思想中爱情的形而上学通过一些警句体现出来：'爱一个人然后不想占有爱人是不可能的。而占有他和毁灭他——是一回事'；'如果你爱上了别人，而别人不爱你，你将会死亡'"[①]。在这里列米佐夫提出了关于爱的存在主义悖论问题，爱情变成了厄运，不管是相恋还是单恋，它都会导致恋爱的一方死亡。涅利多夫试图让自己相信自己对赫里斯京娜的爱，但同时，他又害怕这份爱和责任：

– У меня тоже нет денег, не могу ей помочь.

– Помочь?! Разве тут в деньгах дело? Этот дом и эти долги дают ей сорвать сердце...[②]

［译文：——我也没有钱，我帮不了她。

——帮忙？！难道真的是钱的事吗？这间房子和这些债务让她伤心欲绝……］（作者译）

最后，涅利多夫选择了自杀，他无法用自己脆弱的肩膀承受生存的重担，他的生命在卧轨的那一刻得到了解脱。爱情是致命的，书中高尚的感情要么以恐怖、扭曲的形式存在，要么变成了死亡。

得知涅利多夫自杀后，十字架的苦难象征意义在赫里斯京娜身上达到了顶峰：

За холодным самоваром на своем обычном месте, как с креста снятая, сидит Христина Федоровна, ...И какая-то упорно-гнетущая

① Горный Е., *Заметки о поэтике Ремизова: «Часы» // В честь 70-летия профессора Ю.М. Лотмана*, Тарту, 1992: 203.

② Ремизов А.М., *Собрание сочинений. Т. 4. Плачужная канава*, Русская книга, 2001: 64.

мысль стягивает ее лоб в глубокую, старушечью морщину.[①]

［译文：赫里斯京娜·费多罗芙娜在冷茶炊后面的一个老地方坐着，像是从十字架上解脱下来一样，……一些持续压抑的思想在她的额头上压出了深深的老妇般的皱纹。］（作者译）

在小说中作者还描写了一只“电车下的狗”的形象，这一形象具有隐喻意义：

Пересекавший дорогу трамвай затормозили. И вот из–под колес выползла искалеченная собачонка.

Визжа, с высунутым кровавым языком, болтающимся на раздробленной челюсти, и размахивая переломленной висящей ногой, как хвостом, пустилась собачонка навстречу опьяненной уверенной толпе...

И, когда все разошлись по домам – кончились празднества, а собачонка где–то под забором подохла, визг ее не прекращался.[②]

［译文：一辆电车过马路后刹车了。一只残废的小狗从车轮下爬了出来。

伴随着一声尖叫，一条流血的舌头伸了出来，悬在破裂的下巴上，晃动着一条折断的腿，像一条尾巴一样悬着，小狗朝着陶醉自信的人群走去……

而当所有人都散开回家时——庆祝活动结束了，而小狗在栅栏下面死了，它的尖叫声没有停止。］（作者译）

① Ремизов А.М., *Собрание сочинений. Т. 4. Плачужная канава*, Русская книга, 2001: 93.

② Ремизов А.М., *Собрание сочинений. Т. 4. Плачужная канава*, Русская книга, 2001: 34.

这只小狗和《教妹》中的雌猫穆尔卡一样，表达了人类灵魂被压迫的、垂死的状态。赫里斯京娜就像这只小狗，处于被挤压的、令人窒息的苦难之中。

因此，赫里斯京娜属于受难女性形象，并且带有颓废主义色彩。女主人公到最后都没有解决任何问题，而是陷入了无意义的灰色生活。她经历了许多苦难，但并没有被苦难洗净。她努力为幸福而奋斗，但最后她的所有幻想都化为了泡影，她的奋斗以失败告终。

小说中还有另一个颓废受难女性（декадентская мученица）形象——谢尔盖和科斯佳的小妹妹卡佳。卡佳一生下来就注定要遭受苦难。她是个患病的小女孩，小说中列米佐夫没有直接指明她患的病，但在注释中提到了："年轻的时候她的父亲因为轻浮，大概是不小心染上了梅毒，而梅毒应该是遗传给了小女孩"[①]。

她一直被一个黑色手表所困扰，这个黑色手表象征着即将到来的死亡：

И маленькие черные часики на тумбочке у кровати ти–тикали...

Катя прислушивалась к часикам, ей все казалось, она могла бы по этим чуть внятным звукам, по этим чуть брезжущим голоскам, она могла бы пробраться в какую–то такую глубь и там все увидеть.

Они ее примут.

Они возьмут.

Они поведут ее.[②]

---

① Ремизов А.М., *Собрание сочинений. Т. 4. Плачужная канава*, Русская книга, 2001: 479.

② Ремизов А.М., *Собрание сочинений. Т. 4. Плачужная канава*, Русская книга, 2001: 25.

［译文：床头柜上的黑色小手表在滴答作响……

卡佳倾听着小手表，她觉得，仿佛可以通过这些清晰的声音，通过这些尖锐的声音进入某一深处，在那里她可以看到一切。

他们会接受她。

他们会带领她。

他们会指引她。］（作者译）

小女孩期待死神的到来，希望死神把她从恐怖和悲伤的世界中解救出来，而死神正在向她靠近。

卡佳梦见了一个包着头巾的陌生女人，这就是死神。死神向卡佳保证在“那里”不会有时间，并且摔碎了卡佳的黑色手表，夺走了一个还未长大的沮丧的生命：

И вот тихонько приотворилась дверь. Озираясь, вошла в детскую покрытая платком незнакомая женщина...

Женщина, не торопясь, уселась напротив.

– Пора, барышня, – сказала она, – в дорогу пора, там тепло, хорошо, так хорошо, трудно и представить себе. Тут ничего этого нет, тут и дышать нечем...

– Там весна, там всегда весна, а когда, даст Бог, вернешься, будешь другая, ты будешь такая светленькая, – голос сиделки пресекся, – там нет этого! – и она протянула руку к тумбочке, метко схватила часики, зажала в кулаке, поднялась высокая, гордая, размахнулась и бросила часики об пол...[1]

［译文：然后门静悄悄地开了。一个包着头巾的陌生女人环顾四

① Ремизов А.М., *Собрание сочинений. Т. 4. Плачужная канава*, Русская книга, 2001: 67.

周后，走进了托儿所……

这个女人不慌不忙地坐在了对面。

——到时候了，小姐，——她说，——该上路了，那里很暖和很好，你难以想象的好。这里什么都没有，这里连呼吸都困难……

——那里有春天，那里永远是春天，当上帝愿意你回来时，你将会有所不同，你会变得那样明亮，——护士的声音停了下来，——那里没有这东西！——她朝床头柜伸出手，精准地抓住了她的手表，握紧拳头，高高举起，骄傲地挥了挥手，将手表摔在了地板上……］（作者译）

作家发自内心地表达了对小女孩卡佳的怜悯和遗憾：

Бедная милая Катя.

Несчастная девушка, не сказавшая своих тайных горячих слов, не излившая сердце...①

［译文：可怜的亲爱的卡佳。

不幸的小女孩，没有说出自己秘密的炙热的话语，没有倾吐她的内心……］（作者译）

在卡佳生命的尽头，她失去了对过去的回忆和依恋，在这个世界上再也没有任何东西能把她留住了：

Она ничего не хотела, ее ничто не влекло, ее ничто не приковывало, словно ровно ничего у ней и не было, ровно ничего, о чем бы вспомнить, потужить, помечтать можно. Не помнила вчерашних дней.②

① Ремизов А.М., *Собрание сочинений. Т. 4. Плачужная канава*, Русская книга, 2001: 66.

② Ремизов А.М., *Собрание сочинений. Т. 4. Плачужная канава*, Русская книга, 2001: 66-67.

［译文：她什么都不想要，什么都吸引不了她，什么都无法使她着迷，仿佛她一无所有，好像没有什么可以去回忆、想念和幻想。她不记得过去的日子了。］（作者译）

卡佳的手表象征着她的屈服、忍耐和她的厄运。当手表停下来时，那一刻成为卡佳生命的临界点：小女孩虽然还活着，但是已经放弃了这个世界，处于时间和存在的另一端了。

按照库普林（А.И. Куприн）的说法，“只有赫里斯京娜·费多罗夫娜，她不安的内心和最后的爱情，以及濒死的小女孩卡佳是列米佐夫长篇小说黑暗肮脏的背景下两个温柔而干净的小点”①。

如此一来，在早期的长篇小说《钟表》中，列米佐夫描写了生活在疯狂与绝望的世界中的女主人公。她们的人格本性常常被压制，常常因为男主人公而遭受苦难。她们是现实、社会、男主人公的牺牲品，是集柔弱与刚强、爱与恨、生与死于一身的颓废受难女性。

二、《教妹》中的堕落受难女性

20世纪初文学中女性形象的呈现是多义的，即使在同一流派框架之内也是如此。对于象征主义者来说，女性既是美丽的化身，又是不洁和黑暗的载体。“象征主义诗学中对女性态度的双重性，一方面可以解释为永恒的肉体诱惑，另一方面——天堂的纯洁和‘永恒女性’理想的无法接近”②。列米佐夫的女性形象也具有这一双重性。

19世纪在俄国文学关于“女性问题”的激烈讨论中首次提出了

① Куприн А.И., *Алексей Ремизов. Часы* // Современный мир, 1908(7): 126.

② Тырышкина Е.В., *«Крестовые сестры» А.М. Ремизова: Концепция и поэтика*, Новосибирск, 1997: 66.

“堕落女性”（падшая женщина）问题。女性解放是在彼得大帝改革之后开始的，但这也导致了许多卖淫女、妓女的出现，因为在父权制下，女性依然很少有机会接受教育或找到体面的工作，因此许多女性只能沦为妓女。关于“堕落女性”的定义，在Р.П. 罗戈日尼科娃（Р.П. Рогожникова）和Т.С. 卡尔斯卡娅（Т.С. Карская）编纂的《俄语旧词词典》（Словарь устаревших слов русского языка）中，“堕落女性是指由于不道德行为而丧失名誉的女性”①。

对于19世纪30—60年代的俄国文学作品而言，妓女是主要的同情对象，她们需要男人的救助。而从19世纪60年代开始，堕落女性自己开始扮演女救助者的角色。正如Н. 梅利尼科娃（Н. Мельникова）所言，“19—20世纪的俄罗斯作家创造了‘自己的’女性形象：她们是永恒女性、母亲、新娘形象，是妓女、诱惑的女人，作家们试图为妓女辩护，以恢复其妻子和母亲的形象”②。

陀思妥耶夫斯基也多次谈到“圣洁女人理想”和“荒淫女人理想”的结合，并且肯定了社会认为可耻的、堕落的女人也有天真和纯贞的本性。因此，对于这一类女主人公，可以用一个逆饰的定义——“堕落受难女性”（падшая мученица）来描述。这类女性经历了从妓女到修女或从修女到妓女的道路。列米佐夫在小说《教妹》中生动形象地刻画了堕落受难女性形象。

小说《教妹》中出现了许多女性形象，她们既是分散的，又是统一的。这些女主人公因为精神上的接近而联系在一起，她们都是背着

① Рогожникова Р.П., Карская Т.С., *Словарь устаревших слов русского языка. По произведениям русских писателей XVIII–XX вв.*, Изд. Дрофа, 2010: 486.

② Мельникова Н., *Образ падшей женщины в русской и испаноязычной литературе Латинской Америки XIX – XX веков* // Юность, 2008(8): 43.

十字架的姐妹。

通常，在人类社会中存在着两种亲近关系：血缘关系的亲人和意气相投的亲人。而教妹（крестовые сестры）——这是十字架姐妹，是互相交换十字架的姐妹。

十字架是一个具有多重象征意义的物品，对于某些人来说，它象征着死亡；对于某些人来说，它象征着生命。它被立放在墓地里，也被用来嘉奖功勋。而在列米佐夫的创作中，十字架的象征物常常具有受难色彩。十字架成为了屈从的象征，它是主人公苦难及其艰难命运的客观隐喻表达。这与基督教十字架崇拜的观念有关。“此时十字架水平轴的‘两只手’意味着基督教教义的两个基本观念：第一，宽恕与赎罪；第二，谴责与上帝惩罚。同时，组成十字架的两条相交的轴代表了救世主的双重本质：水平轴——他的尘世本质。垂直轴——他的神圣本质”[①]，如图所示：

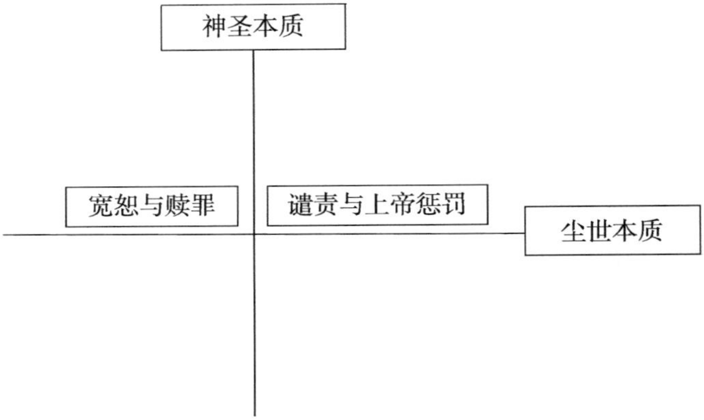

作家以日常生活资料为基础构建小说，展示了困境中女性的戏剧

① Смирнова И., *Тайная история креста*, Изд. Эксмо, 2006: 43.

性故事。她们背负了苦难的十字架，承担了他人的罪恶。正如E.B. 特蕾什金娜（E.B. Тырышкина）所说，“主人公是无家可归的人，是‘没有落脚处’的教妹，没有他人的信任，没有支持。难怪小说中说‘人与人是木头橛子’。尘世情欲的魔鬼学起源在列米佐夫的创作中被诠释为遭受暴力侵害的女性的悲剧，这在小说《教妹》中有所体现”[①]。

在《教妹》的整个故事中贯穿着堕落、被强暴的灵魂和肉体的主题，包括为了名誉而卖身的薇拉·伊万诺夫娜·威霍列娃，被男人折磨的受难女性叶甫根尼娅，以及被诅咒、被强暴的厨娘阿库莫芙娜。

薇拉·威霍列娃充满了仇恨，想为自己被践踏的感情复仇。她曾经是有钱的工厂主瓦库耶夫的情人，她与瓦库耶夫同居了一段时间，但很快瓦库耶夫就厌倦了她，把她送去了彼得堡戏剧学院学习。薇拉所做的一切都是为了证明——她将成为一名伟大的女演员，同时也为了报复瓦库耶夫对她的无情抛弃。她渴望变得富有，甚至不惜用自己的身体来挣钱，复仇的愿望没有给她带来任何好处，反而给她带来了更多苦难。小说中不断重复的句子“心里特别难受的时候，欲哭无泪！”是薇拉·威霍列娃痛苦内心的映照。

卖身以后，薇拉·威霍列娃身边总是出现“黄色”：

И какой-то всюду канареечный цвет: желтые подушки, желтые ширмы, все было желтое.

Маракулин, разыскавший наконец Верочку, в прихожей еще сообразил, что Верочка тут не по собственному выбору, а кто-то

① Тырышкина Е.В., *«Крестовые сестры» А.М. Ремизова: Концепция и поэтика*, Новосибирск, 1997: 68.

поселил ее в эту меблированную желтую квартиру.[①]

［译文：处处都是金丝鸟羽毛的颜色：黄色的靠垫、黄色的屏风，一切都是黄色的。

马拉库林终于找到了薇罗奇卡，在过道里还在想，薇罗奇卡住在这里并非出于自己的选择，而是别人安排她住到这套配备家具的黄色住宅里。］[②]

在当时的俄国文化传统中，黄色具有多种含义：首先，黄色是陀思妥耶夫斯基笔下浓雾弥漫的彼得堡的颜色；然后，它是“东方威胁”的标志，是黄色沙漠侵袭肥沃的田野和森林的标志，被解释为东方威胁的预兆，因此在薇拉·威霍列娃的形象中列米佐夫暗示了19—20世纪之交俄国面临的外来文化入侵危机；还有一个更重要的含义，黄色会让人联想到“妓女身份证”（желтый билет）。

在薇拉·威霍列娃身旁还有成堆的衣服，这些都是她当时的包养者——著名富商瓦里亚根斯基老头送给她的，她彻底地成为了男人的依附品：

И бросилась она показывать свои наряды, все комоды и гардероб отворила, – и всякие платья и белье ворохами, как попало, полетели к Маракулину, и уж один пестрый ворох шелковый и кружевной вырос между желтых диванов, как черная гора на Бельгийском дворе.[③]

---

① Ремизов А.М., *Собрание сочинений. Т. 4. Плачужная канава*, Русская книга, 2001: 160.

② 列米佐夫著，刁绍华译：《教妹》，沈阳：辽宁教育出版社，2001年，第79–80页。

③ Ремизов А.М., *Собрание сочинений. Т. 4. Плачужная канава*, Русская книга, 2001: 161.

［译文：她跑过去展示自己的衣服、抽屉橱和衣柜，——于是把各种各样的衣服纷纷扔出来，一堆一堆地堆在马拉库林面前，在两个黄色沙发中间，花花绿绿的丝绸衣服和花边衣服堆得越来越高，宛如比利时人大院里那座黑色的煤山。］[①]

越来越堕落的薇拉最终走向了死亡。小说的结尾充满了神秘色彩——薇拉·威霍列娃变成了幽灵，“永恒女性”的光芒照亮了尘世的混乱：

И вдруг он увидел на мусоре и кирпичах вдоль шкапчиков–ларьков от помойки и мусорной ямы к каретному сараю все зеленые березки, – весь Бурков двор уставлен был березками, – и зеленые такие, зеленые листики...

Уж ничего не видел он, только видел он березки, и вдоль березок, сама как березка, та Вера – Верушка – Верочка... и слипались ее руки с листьями, от листка к листку пробиралась она к сараю, будто по воздуху, и словно земля проваливалась по следу ее.[②]

［译文：他突然看到在从泔水池和垃圾堆到马车棚中间的货柜式摊床附近的垃圾和砖头上面全都是绿色的小白桦树，——整个布尔科夫大院都放着小白桦树，——嫩绿色的，嫩绿的叶子……

他已经看不见什么东西了，他只是看见了小白桦树，顺着小白桦树走着薇拉——薇鲁什卡——薇罗奇卡，她也跟小白桦树一样……她的双手跟树叶粘在一起了——她在树叶中间向着马车棚走去，仿佛是

① 列米佐夫著，刁绍华译：《教妹》，沈阳：辽宁教育出版社，2001年，第81页。

② Ремизов А.М., *Собрание сочинений. Т. 4. Плачужная канава*, Русская книга, 2001: 208.

在空中行走，大地在她走过之后仿佛是塌陷了。］[①]

薇拉·威霍列娃破碎的爱情和仇恨成为了她背上的十字架。面对羞辱和抛弃她无法妥协释怀，但是她的反抗给她带来的是更大的苦难——堕落和死亡。

不同于薇拉·威霍列娃，面对羞辱，叶甫根尼娅（小说主人公马拉库林的母亲）选择接受。热尼娅[②]多次成为暴力的受害者，但是她并没有因此而责怪任何人：

А делали они то, что хотели, не потому, что лежало плохо, они делали все, на что их, слепых, бросало.

Так сама Женя, не виня никого и только себя, все объяснила.[③]

［译文：他们对她为所欲为，并非因为心术不正，他们如此作为，是因为他们瞎了双眼。

热尼娅本人是这样解释的，她不怪罪任何人，只怪罪她自己。］[④]

她的悲剧在于女性对暴力的指控在当时的社会中被视为诽谤，因为大家都认为施暴者茨冈诺夫[⑤]是个好人。更可怕的是，热尼娅信任他，信任这个玷污、侮辱她的男人。热尼娅只怪罪自己，为了他人的罪恶而处决自己：

И она молилась со всею жгучестью ужаса, стыда и муки

① 列米佐夫著，刁绍华译：《教妹》，沈阳：辽宁教育出版社，2001年，第138-139页。

② 叶甫根尼娅的小名。

③ Ремизов А.М., *Собрание сочинений. Т. 4. Плачужная канава*, Русская книга, 2001: 169.

④ 列米佐夫著，刁绍华译：《教妹》，沈阳：辽宁教育出版社，2001年，第91页。

⑤ 工厂里一个年轻的技师，强暴了叶甫根尼娅。

самосудившего сердца, просила бога указать ей казнь.[①]

［译文：她怀着恐惧、羞耻、痛苦的心情进行自责，进行祈祷，祈求上帝给她指出一种处死自己的方法。］[②]

她的形象让人联想到抹大拉的玛利亚[③]形象。在她身上出现了某种神圣的东西，比如，她有着敏感的内心：

И все ее трогало и мучило, не было у ней равнодушия, и была необык–новенная жалостливость и сочувствие, каждому помочь готова была.[④]

［译文：她容易受感动，经常为一些事情而痛苦，她对什么都不能泰然处之，她异常富有同情心，随时都准备帮助每一个人。］[⑤]

正如E.B. 特蕾什金娜（E.B. Тырышкина）所说，“叶甫根尼娅——经历了净化灵魂的苦难，是自我牺牲的理想形象”[⑥]。

小说中最重要的一个女性形象是厨娘阿库莫芙娜。她是个典型的堕落受难女性，她的形象与苦难、屈辱、牺牲的主题有关。

当她还是个婴儿的时候，她就差点没命：

---

① Ремизов А.М., *Собрание сочинений. Т. 4. Плачужная канава*, Русская книга, 2001: 170.

② 列米佐夫著，刁绍华译：《教妹》，沈阳：辽宁教育出版社，2001年，第92页。

③ 抹大拉的玛利亚是耶稣门徒，悔罪得救的失足女子。她违犯教规后，耶稣从她身上赶走七鬼，使之得救。

④ Ремизов А.М., *Собрание сочинений. Т. 4. Плачужная канава*, Русская книга, 2001: 166.

⑤ 列米佐夫著，刁绍华译：《教妹》，沈阳：辽宁教育出版社，2001年，第88页。

⑥ Тырышкина Е.В., *«Крестовые сестры» А.М. Ремизова: Концепция и поэтика*, Новосибирск, 1997: 85.

Еще маленькой, правда, она убилась: спала она в люльке, ребятишки качали, люлька оборвалась, и она с люлькой об земь, кричала день и ночь, и ничем грудью ее не унять, а потом все прошло, потом совсем оправилась.①

［译文：诚然，她非常小的时候差一点儿没有死了：她躺在摇篮里睡觉，几个孩子摇晃，绳子断了，她在摇篮里摔到地上，叫唤了一天一夜，怎么也止不住哭，给奶吃也不行，后来好了，又过些时候完全好了。］②

她的父亲在临死前没有给她祝福，而是诅咒她四处漂泊——“在大千世界里四处游荡”：

Отец к девчонке: «Благословляю, – остановился, подумал, – коло белого света катучим камнем!» – скрипнул зубами и скончался.③

［译文：父亲朝着女儿说：“我给你祝福，”他停下来，想了想，“像块石头在大千世界里滚来滚去！”——咬紧了牙，就去世了。］④

后来嫂子也不让她好好生活：

Шести недель не выжила дома, а жила она на огороде. При отце худо ли, хорошо, терпи, а как умер отец, стала невестка лютее зверя,

---

① Ремизов А.М., *Собрание сочинений. Т. 4. Плачужная канава*, Русская книга, 2001: 124-125.

② 列米佐夫著，刁绍华译：《教妹》，沈阳：辽宁教育出版社，2001年，第36页。

③ Ремизов А.М., *Собрание сочинений. Т. 4. Плачужная канава*, Русская книга, 2001: 125.

④ 列米佐夫著，刁绍华译：《教妹》，沈阳：辽宁教育出版社，2001年，第37页。

гонит, поедом ест девчонку.[①]

［译文：她在家里没有过上六个星期，她住在菜园里。父亲在世的时候好也罢坏也罢，都得忍耐，可是父亲一死，嫂子就变得比野兽还凶，迫害她，折磨她。］[②]

阿库莫芙娜最美好的日子是在弯角村度过的，那里像伊甸园一样，她陪着布亚诺娃太太一起生活。作者用半多神教–半基督教仪式的风格描写了她们的生活和友谊，她们互相给对方戴花环，成为姐妹：

А барыня все одна и только с Акумовной, как с своею сестрицей. И всюду водила ее с собой, и в поле и в лес – в прутняк за грибами, в бор по ягоды. В бору на жарине на солнопеке ягода красная – любо брать ягоду, орехи щипали, собирали желуди, чтобы кофе делать, а то ляжет сама под сосною, а Акумовну пошлет за цветами. Вернется Акумовна с цветами, принесет много разных – синих, венок заплетет, а она лежит под сосною, плачет. Уберет ее Акумовна цветами разными – синими...[③]

［译文：太太总是孤单单的，只好跟阿库莫芙娜在一起，把她当成小妹妹。随时随地都离不开她，带着她到田地里去，到树林子里去，——到柳条林子里去采集蘑菇，到松树林子里去采集浆果。大热天经太阳暴晒，松树林子里的浆果红艳艳的——采集浆果可真开心，摘榛子，采集橡实，用来做咖啡，要么就是她躺在松树底下，打发阿

① Ремизов А.М., *Собрание сочинений. Т. 4. Плачужная канава*, Русская книга, 2001: 126.

② 列米佐夫著，刁绍华译：《教妹》，沈阳：辽宁教育出版社，2001年，第37页。

③ Ремизов А.М., *Собрание сочинений. Т. 4. Плачужная канава*, Русская книга, 2001: 126.

库莫芙娜去采花。阿库莫芙娜拿着花回来了，带来许多各种各样的花——有蓝色的，编一个花环，而她躺在松树底下哭。阿库莫芙娜用各种各样的——蓝色的花把她装饰起来……］[①]

但是清闲安逸的生活很短暂，太太的哥哥（少爷）强暴了阿库莫芙娜，伊甸园变成了地狱。她只能违背自己的意愿和少爷同居，这给她带来了痛苦，她甚至出现了自杀的念头：

И срам, и стыд, и позор, – стыдно было Акумовне, повеситься хотела...[②]

［译文：羞耻，屈辱，丢脸，——阿库莫芙娜感到耻辱，想要吊死……］[③]

阿库莫芙娜最大的幸福就是她的孩子和太太的孩子几乎同时出生，她们可以一起养育两个孩子。但是，由于她的罪恶（虽然是无辜的），她不得不付出代价——后来她的儿子和太太都死了：

...а осенью сына Акумовны в Турий Рог из Петербурга привезли, просил перед смертью, чтобы в Турий Рог привезли: чахотка была. И похоронили его в деревне на турийрогском погосте, а мундир и шапку Акумовне дали. А год не истек, померла и барыня.[④]

［译文：……阿库莫芙娜的儿子秋天从彼得堡给送回弯角村，他

① 列米佐夫著，刁绍华译：《教妹》，沈阳：辽宁教育出版社，2001年，第38页。

② Ремизов А.М., *Собрание сочинений. Т. 4. Плачужная канава*, Русская книга, 2001: 128.

③ 列米佐夫著，刁绍华译：《教妹》，沈阳：辽宁教育出版社，2001年，第40页。

④ Ремизов А.М., *Собрание сочинений. Т. 4. Плачужная канава*, Русская книга, 2001: 128.

要死了，要求把他送回弯角村：患上了肺痨。把他安葬在弯角村的墓地，把他的军服和帽子给了阿库莫芙娜。没过一年，太太也死了。］[1]

列米佐夫这样描述阿库莫芙娜孤独痛苦的心境：

И осталась она совсем одна. Плакать не плакала, – когда лихо, не плачут![2]

［译文：她完全孤苦伶仃了。哭都哭不出来了——心里特别难受的时候，欲哭无泪！］[3]

阿库莫芙娜最后被赶出了布亚诺夫家的庄园，她父亲的诅咒应验了——她没有栖身之地了。

来到布尔科夫大院后，所有人都觉得阿库莫芙娜是“虔诚的”，“像癫僧似的”，因为她常常做预言梦。在她的梦境中，她跌入地狱，经历了苦难的历程，这使她更接近于圣母的形象：

Акумовна – такой человек, что знает, что и на том свете деется. Так идет молва по Буркову двору.

Акумовна на том свете была, – на том свете ходила она по мукам.[4]

［译文：阿库莫芙娜也知道阴曹地府里什么样。布尔科夫大院里都这么说。

---

① 列米佐夫著，刁绍华译：《教妹》，沈阳：辽宁教育出版社，2001年，第40-41页。

② Ремизов А.М., *Собрание сочинений. Т. 4. Плачужная канава*, Русская книга, 2001: 128.

③ 列米佐夫著，刁绍华译：《教妹》，沈阳：辽宁教育出版社，2001年，第41页。

④ Ремизов А.М., *Собрание сочинений. Т. 4. Плачужная канава*, Русская книга, 2001: 123.

阿库莫芙娜游过阴曹地府——她在地府里经历了苦难的历程。］[①]

在对她的外貌描写中，她“癫僧似的”目光和温顺的个性也体现了神圣性：

Акумовна маленькая, черненькая, лицо очень смуглое – жук, а улыбается и поглядывает как–то по–юродивому не прямо, а из стороны, голову немножко набок, и кроткая – никогда ни на кого не осердится.[②]

［译文：阿库莫芙娜身材矮小，皮肤黝黑，脸非常黑——一只金龟子，笑起来和看人的时候有些像癫僧，不是直视，而是斜睨，头略略地歪向一侧，她很温顺——从来不生任何人的气。］[③]

因此，在阿库莫芙娜的形象中结合了罪恶与神圣。

薇拉·威霍列娃、叶甫根尼娅和阿库莫芙娜都是无辜的“堕落受难女性”。她们不想堕落，但是现实逼迫她们走上了罪恶之路，她们本身带有圣母本性，这一本性在阿库莫芙娜身上体现得尤为明显。列米佐夫作品中女性的命运极富戏剧性，对心灵和身体的暴力侵害事件是她们命运中的转折点。通常，男性、社会或者现实迫使女主人公走向堕落。但是尽管她们堕落了，却依然纯洁，具有内在的圣洁性和牺牲性。正如П. 弗拉基米罗娃（П. Владимирова）所说：“总的来说，除了极少数个例外，他[④]笔下的所有女性都带有神圣的光环，她们都接

---

① 列米佐夫著，刁绍华译：《教妹》，沈阳：辽宁教育出版社，2001年，第34页。

② Ремизов А.М., *Собрание сочинений. Т. 4. Плачужная канава*, Русская книга, 2001: 122.

③ 列米佐夫著，刁绍华译：《教妹》，沈阳：辽宁教育出版社，2001年，第33页。

④ 指列米佐夫。

近‘天上的永恒者’”[①]。只是这“天上的永恒者”来到人间历难，受压迫、被施暴、受折磨，为人类的罪恶赎罪。

本节分析了列米佐夫早期作品中的两类女性形象：颓废受难女性（赫里斯京娜、卡佳）和堕落受难女性（薇拉·威霍列娃、叶甫根尼娅、阿库莫芙娜）。她们都具有受难、牺牲的品质。在小说《钟表》中我们看到了带有颓废主义色彩的女性。这些女主人公的人格本性常常被压制，作者将这归咎于男性和社会。在《教妹》中作家描绘了集罪恶与神圣于一体的堕落受难女性，突显了永恒问题、女性形象的双重性和强化的象征意义。

对于列米佐夫而言，女性是精神起源，男性是肉体起源，作家将男性与女性视为肉体与精神对立起来，深化了他们之间的矛盾。这鲜明地体现在谢尔盖与赫里斯京娜、茨冈诺夫与叶甫根尼娅之间的关系中。在作家看来，救赎的可能不在于“天堂”与“尘世”的结合，而在于高举真正的信仰和否定本质上邪恶的男性本性。这也体现了列米佐夫的宗教哲学观。

① Владимирова П., *Рецензия на книгу Ремизова «Подорожие»* // Заветы, 1913(12): 187.

第二节　世纪之交“小人物”形象

“小人物”形象是俄国文学殿堂一道熠熠生辉的风景。普希金以《驿站长》（1830）中的维林形象开俄国文学史上描写“小人物”的先河，揭开了19世纪俄国社会灰暗的一角。至19世纪40年代，果戈理、陀思妥耶夫斯基等“自然派”作家完成了一系列以“小人物”形象为中心的优秀文学作品，如《外套》《穷人》《双重人格》等。19世纪后期，批判现实主义作家契诃夫将“小人物”形象发挥得淋漓尽致，使这一文学形象更加深入人心。因此，从普希金，到果戈理、陀思妥耶夫斯基，再到契诃夫，我们看到了俄国19世纪批判现实主义文学中贯穿的一条“小人物”形象塑造主线。到了19世纪末20世纪初，这条主线并没有中断，“小人物”形象仍然出现在白银时代作家的作品中。

19—20世纪之交的作家对“小人物”命运的关注并非偶然。在1907—1910年间，俄国知识分子试图思考第一次俄国革命（1905年革命）失败的原因，出现了这样的观点——失败是因为革命力量不足。“两个基本的概念范围需要重新思考：关于人（民族、人类）的根本属性和关于艺术在世界的地位……革命（及其‘执行者’）的力量不足再次使象征主义者注意到了一类人——19世纪被称为‘小人物’……”①

① Минц З.Г., Поэтика русского символизма, Изд. Искусство-СПБ, 2004: 210.

处于19—20世纪之交的列米佐夫也以“小人物”形象作为其众多作品中的主人公，如《钟表》中的钟表店丑孩子科斯佳、《不知疲倦的铃鼓》中的法院刑事司抄写员斯特拉季拉托夫、《教妹》中开票据的小官员马拉库林、《哭泣的水沟》（1914—1918）中的保险公司小职员布德林等。本节以列米佐夫小说《钟表》和《不知疲倦的铃鼓》中的主人公为例，分析19—20世纪之交“小人物”形象的特征，揭示列米佐夫“小人物”形象创作的特点。

一、去人格化的“小人物”形象——以《钟表》为例

关于“去人格化”（обезличивание）的概念，鲁德涅夫（В. Руднев）在《20世纪文化百科词典》（*Энциклопедический словарь культуры XX века*）中解释道：去人格化“或称精神麻醉，心理疏远，是一种意识错乱，表现为其他精神疾病（如癫痫、精神分裂、激动型精神变态，大多数的抑郁症）的伴随症状”[①]。这是一种混合性的错乱，从心理学的角度来看，去人格化是一种被改变的意识状态，意识的情感部分和理智部分都遭受一定程度的破坏，因此病人感觉不到平时在类似情况下可以感觉到的东西。

19世纪的现实主义篇章通过去人格化的手法产生了现代主义，形成了20世纪初俄国文学文本中的“去人格化”现象。在列米佐夫的创作初期，在以“小人物”为主题的作品中，作家特别关注“去人格化”问题。

① 鲁德涅夫著，杨明天、陈瑞静译：《20世纪文化百科词典》，上海：上海三联书店，2013年，第337页。

在长篇小说《钟表》中，除了赫里斯京娜和涅利多夫爱情故事的情节线，还有一条情节线——丑孩子科斯佳破坏大钟以示反抗的故事。科斯佳的目标是希望“不再有时间”并实现永恒。

科斯佳是钟表店老板的儿子，因为自己丑陋的外表（他有一个歪鼻子）而感到非常痛苦。“Костя, почему у тебя нос кривой?”[①]［译文：科斯佳，为什么你的鼻子是歪的？］（作者译）人们常常这样取笑他。科斯佳是一个带有部分自传性质的人物形象。在自传体作品《用矫正过的眼睛看》中列米佐夫提到了自己的歪鼻子：他在两岁玩耍时，从柜子上摔下来，鼻子撞到了玩具铁炉子并摔伤了鼻软骨。从那以后作家内心形成了一种自卑心理，但同时也意识到了自己的独特性。因此，他的许多自传式人物都有歪鼻子（比如《池塘》中的主人公尼古拉·菲诺格诺夫）。这一外貌特征成为作家许多作品的独特主题。

主人公科斯佳也具有自卑情结。为了逃避现实，使自己敏感的心免受误解和嘲笑的影响，他故意胡作非为，使周围人震惊，引起他们的嘲笑，激发他们恶的本能。与此同时，叙述者在叙述中极大地夸大了科斯佳的恶，他的形象逐渐变成了恶魔形象。在第一章中科斯佳的形象仅在表面上获得了魔鬼的特征，如小城的人们称他为“ворона”（乌鸦）、“дурак”（笨蛋）、“идиот носатый”（大鼻子的白痴）。后来科斯佳的丑陋逐渐具有了去人格化的恶的象征意义：他的内心深处是一座冰山，他狂妄自大，像魔鬼一样哈哈大笑：

...ходил он не так, как другие, а как–то боком, смеялся не так, как

① Ремизов А.М., *Собрание сочинений. Т. 4. Плачужная канава*, Русская книга, 2001: 7.

другие, а как–то срыву, все не так, не по–людски...[①]

［译文：……他走路的方式不像其他人，而是侧身走，他也不像其他人那样笑，而是猛的一下大笑，他的一切都不像是人类所为……］（作者译）

他之所以反抗是因为对死亡的恐惧，他在寻找一个问题的答案——“他为什么活着？”最终，科斯佳得出结论：如果让小城塔楼的大钟停止走动（而他的任务就是每天去塔楼给大钟上弦），那么就“不会再有时间了”——他将拥有无限的权力，那时将实现永恒。

在科斯佳的这一荒诞的反抗中，首先不难发现当时在俄国流行的尼采哲学思想——“权力意志”的概念，即凡是有生命的东西都力图统治和扩张；另一方面也能发现对民间亚文化中存在的俄国末世论思想的戏仿。主人公想将所有人封锁住，判处他们单独监禁：

...он всех в единичное запрячет. Пускай тараканьи шкурки считают.[②]

［译文：……他会将所有人囚禁起来。让他们去数蟑螂壳。］（作者译）

反抗的第一步，科斯佳把大钟往前拨了一个小时，但结果并没有发生任何实质上的变化，小城里的混乱生活仍在继续。在小说的最后，当科斯佳完全破坏了大钟后，小城的生活仍然没有发生变化，而他却彻底地发疯了，冲向了他心爱的姑娘丽达奇卡：

Изогнулся весь, нащупал присевшую Лидочку, вытянул ее и,

① Ремизов А.М., *Собрание сочинений. Т. 4. Плачужная канава*, Русская книга, 2001: 8.

② Ремизов А.М., *Собрание сочинений. Т. 4. Плачужная канава*, Русская книга, 2001: 16.

притянув к себе, впился губами и целовал в губы и щеки, целовал взасос, присвистывая, причмокивая, приговаривая и вдруг, широко разинув рот, закусил ее сахарно–выточенный носик...①

［译文：他弯下腰，发现了蹲着的丽达奇卡，将她拽出并把她拉到自己身上，将嘴唇吸在一起，亲吻她的嘴唇和脸颊，久亲不放，吹口哨，咂嘴，发出声音，然后突然，他张大嘴，咬住了她甜美的精雕细琢的小鼻子……］（作者译）

科斯佳试图通过毁了他心爱的姑娘的容貌、强奸她的身体和心灵来摆脱自卑感，但是这并没有给他带来满足感，反而是再一次带来了痛苦。

在小说《钟表》中生活的外部特征通过夸张的极富表现力的象征形象来体现，结果是周围的一切都充满了去人格化和注定的不幸结局。小说中极具表现力的象征形象包括“часы”（钟表）和“часовой механизм”（钟表机械）。在小说整个文本中，钟表形象出现了40余次。它们的动静，不断的嘀嗒声渗透到所有事物中，每一根表针的行走都体现了永恒的旋转和毫无目的性，这也体现了去人格化：

Шло время, откалывали часы миг за мигом в пучинную вечность без возврата, а может быть, чтоб повторить миллион миллионов раз одно и то же, Бог весть.②

［译文：时间流逝，钟表一瞬接一瞬地走向永恒的深渊不回头，也许，它就是为了无数次地重复同样的事情，天晓得。］（作者译）

---

① Ремизов А.М., *Собрание сочинений. Т. 4. Плачужная канава*, Русская книга, 2001: 88.

② Ремизов А.М., *Собрание сочинений. Т. 4. Плачужная канава*, Русская книга, 2001: 22.

二、双重人格的"小人物"形象——以《不知疲倦的铃鼓》为例[①]

在列米佐夫创作的这些"小人物"形象中，《不知疲倦的铃鼓》的主人公斯特拉季拉托夫最具代表性。列米佐夫将"小人物"斯特拉季拉托夫置于革命的动荡背景之下，小说中虽没有公开强调革命事件，但是对革命的影射多次出现。比如，小说最后查明办公室领导雷科夫秘书参与了革命运动：

Среди бела дня гимназистка Вербова, исполняя приговор местного революционного комитета, застрелила по ошибке, вместо губернатора, отставного полковника Аурицкого...[②]

［译文：光天化日之下，女中学生韦尔博娃在执行地方革命委员会枪杀省长的决定时错误地枪杀了退役上校阿乌里茨基……］（作者译）

在这之后，雷科夫被捕。再比如，叙述者在提到画家沙包达耶夫（斯特拉季拉托夫允许他住在自己的家里）时，说道：

Правда, места не пролежит, да ведь по нынешним временам всякого оторопь возьмет: а что если в портфелишке–то не картины, а разрывная бомба или какой–нибудь гремучий студень лежит?[③]

［译文：的确，他没有地方可住了，要知道现如今每个人都会紧张：如果在他的公文包里放着的不是画，而是炸弹或某种爆炸物怎么办？］（作者译）

---

① 本节部分内容发表于《俄罗斯文艺》2020年第2期。

② Ремизов А.М., *Избранные произведения*, Изд. Панорама, 1995: 295.

③ Ремизов А.М., *Избранные произведения*, Изд. Панорама, 1995: 271.

在恐慌的社会背景下，列米佐夫向读者展示了一个戴着面具的具有双重人格的“小人物”形象，以期体现社会转型过程中人性的矛盾心理。

根据研究者们的观察，小说《不知疲倦的铃鼓》的主人公斯特拉季拉托夫与以往的一系列“小人物”有关。“除了果戈理笔下的人物（巴什马奇金和《伊万·伊万诺维奇和伊万·尼基福罗维奇吵架的故事》里的主人公），在他的形象中还能令人感觉到陀思妥耶夫斯基笔下的主人公……谢德林笔下的尤都什卡·戈罗夫廖夫、契诃夫笔下的别里科夫以及索洛古勃笔下的佩列多诺夫的特点”[①]。

列米佐夫的主人公不仅继承了19世纪现实主义文学的“小人物”描写传统，而且还吸收了20世纪初现代主义文学表现人的矛盾意识的艺术经验。

俄国现代主义思潮兴起于20世纪初期，深受当时流行于心理学界和精神分析学界的“矛盾心理”（амбивалентность）的影响。20世纪初瑞士心理学家布洛伊勒提出了“矛盾心理”的概念，他认为矛盾心理是精神分裂症的主要特征，精神分裂症病人身上同时存在着对某个客体或人的矛盾感受。同时代心理学家弗洛伊德发展了这一概念，认为矛盾心理是人类固有的两种相反的深层冲动的共存。后来，矛盾心理原则被广泛应用于现代主义的文学艺术创作和审美领域。受矛盾心理的影响，俄国现代主义文学更加关注人的存在中的矛盾——“现代主义给世界文学带来了一类全新的主人公，这类主人公……超越了以前文学中的小人物，并且在矛盾心理和怪诞的原则上来体现当代的主

---

① 俄罗斯科学院高尔基世界文学研究所著，谷羽、王亚民等译：《俄罗斯白银时代文学史(1890年代—1920年代初）Ⅲ》，兰州：敦煌文艺出版社，2006年，第329页。

人公……”①

首先，列米佐夫让小说中的“小人物”——斯特拉季拉托夫感染了“地下室疾病”。“地下室人”是陀思妥耶夫斯基发明的术语，这类人包含了人性中最普遍的特点——矛盾，他们的矛盾体现在虽然生活在底层备受欺辱，但是有野心和自尊心，渴望感受到自己作为个体的价值。如《双重人格》中的主人公戈利亚德金宣称：“我并不因为自己是小人物而感到遗憾。甚至相反……因为我不是大人物，而是小人物，我甚至感到骄傲。我不是个阴谋家——我也对此感到骄傲。我做事从不鬼鬼祟祟，而是明来明去，不玩花样”②。“地下室人”的矛盾心理在《不知疲倦的铃鼓》中得到了深刻的发展。

从小说一开始叙述者就给读者下了一个指令——把主人公当作一个“贫穷的小官员”。首先，在主人公的肖像描写中可以识别出小官员的外部特征：秃顶，灰色的柳斯特林制的夹克。然后，从工作性质来看，他和许多其他的小官员一样，在外省小城的办公室里辛勤地工作着：

Двадцати лет начал он свою судейскую службу в длинной, низкой, закопченной канцелярии уголовного отделения, во втором этаже, и вот уже минуло сорок лет, много с тех пор сменилось секретарей, ...а он все сидел себе за большим, изрезанным ножами столом у окна, ...и переписывал бумаги.③

---

① Красильникова В.Г., *Металингвистика модернизма: М.М. Бахтин и Дж. Джойс* // Вопросы психолингвистики, 2010(11): 58.

② 陀思妥耶夫斯基著，臧仲伦译：《双重人格；地下室手记》，南京：译林出版社，2004年，第14页。

③ Ремизов А.М., *Избранные произведения*, Изд. Панорама, 1995: 245.

［译文：20岁时他就开始在又长又低的烟雾弥漫的刑事部进行法务工作，办公室在二楼，现在40年过去了，从那以后换了很多秘书，……而他仍然坐在那张靠窗的断腿大桌子旁，……抄写着文件。］（作者译）

他忠于领导，具有“小人物”的奴性特征：

Начальству он предан, страх перед ним знает, и чем выше начальство или, как говорится, иное какое усмотрительное лицо, тем страх сильнее: поджилки дрожат, ноги подкашиваются, ножки тараканьи вырастают и до слез обуяет трепет...[①]

［译文：在领导面前很恐惧，领导的级别越高，或者如他们所说的，一些谨慎的面孔，恐惧就越强烈：两膝发抖，两腿发软，蟑螂似的脚变肿变大，害怕得要哭出来……］（作者译）

年轻的官员们嘲笑他、挖苦他。他还是个节俭的人，还试图在办公室里节省糖，根据他的计算，得出结论，自己带糖更划算，而不是均摊。他的这些行为决定了小说中其他人物角色对这一艺术形象的接受：在同事眼中他就是一个贫穷的小官员。

然而这只是斯特拉季拉托夫形象的一面，他的另一面是他的野心、“地下室意识”的产物。这一副面孔成为了他自我意识的反映—— 一个被欺辱的人正在寻找机会展示他的力量。

首先，主人公对贵族尤为尊敬，为了展示自己的价值，他编造了一个关于自己贵族出身的故事。据叙述者所言，他的父亲是一个农奴，是地主奥别尔尼别索夫的管家，而斯特拉季拉托夫却声称“他是贵族的孩子”，在他看来，他的“在三俄里外都能看到的长鼻子”是

① Ремизов А.М., *Избранные произведения*, Изд. Панорама, 1995: 251.

他“贵族”出身的无可辩驳的证据。

在办公室里他省吃俭用，连糖也要精打细算，像足了一个贫穷的小官员，然而离开了办公室，他就变成了一个贪财奴。他靠着采购和倒卖古董攒了不少钱：

Еще в свои молодые годы занялся Иван Семенович промыслом – продажею старинных вещей. Купить удавалось ему всегда задешево..., пока другие зевали, брал без всяких проволочек облюбованную вещь, а затем сбывал ее за хорошую цену столичным скупщикам.[1]

［译文：早在年轻的时候伊万·谢苗诺维奇就开始倒卖古董。他总是设法以低价买入……，趁着其他人打哈欠的工夫，他毫不拖延地买走了相中的东西，然后再以不错的价格将它卖给首都的买家。］（作者译）

他一共积攒了一万卢布，金钱对于他来说是使自己超越别人、感受自己权力的机会。

如果说在领导和同事面前，斯特拉季拉托夫试图表现得像个贫穷的小官员，那么回到家里，他就变成了一个专制的霸主。他自认为是家里的“沙皇”。在他的客厅里有带有“皇室”象征的装饰品：墙壁上沙皇的肖像，皇椅，皇冠形状的墨水瓶。斯特拉季拉托夫还曾梦见自己仿佛坐在伊丽莎白·彼得罗夫娜女皇的金色马车里，穿着柳斯特林制的夹克，头上戴着皇冠……

此外，他还十分享受在他人面前展示自己的优越感，这体现在他对朋友——画家沙包达耶夫的态度中。这位画家在主人公的家里住了大约一年。列米佐夫写道：

---

① Ремизов А.М., *Избранные произведения*, Изд. Панорама, 1995: 250.

Гнать бы его тут в хвост и в голову вместе с его портфелем, но Иван Семенович не гнал, а держал при себе и большое находил удовольствие, затевая споры, выказать свое превосходство.[①]

［译文：本可以把他和他的公文包一起彻头彻尾地赶出去，但是伊万·谢苗诺维奇没有赶走他，而是把他留在了身边，和他争论，以表现自己的优越感，从而找到了极大的快乐。］（作者译）

斯特拉季拉托夫给沙包达耶夫“出考题”，问他一些关于俄国历史的问题，借此来嘲笑他，并且希望他的这位朋友能称呼他为霸主——“霸主伊万·谢苗诺维奇”。

于是乎，出现了主人公的两副面孔——“贫穷的小官员”和“贪财的霸主”。而产生这一结果的原因是什么？列米佐夫其实在小说中已经给出了答案——斯特拉季拉托夫宣称：

Умные люди всегда устроятся, дураки никогда не умеют![②]

［译文：聪明人总是会安排妥当，而傻子永远不会！］（作者译）

对于这一句话的理解可以分为两个层面。第一层，“安排妥当”一词暗含深意。斯特拉季拉托夫在上级面前卑躬屈膝，忍受同事的嘲笑，塑造了一个“贫穷的小官员”形象——这正是他“安排妥当”的结果，换言之，他是在上级和同事面前扮演“贫穷的小官员”这个角色。这是由于严酷的生存法则使然，主人公巴结上级，自我贬抑，其根本目的是要为自己开拓一席生存空间。第二层，主人公认为自己是个“聪明人”，他并不觉得自己“小”，这反映了他的自我意识——

① Ремизов А.М., *Избранные произведения*, Изд. Панорама, 1995: 270.

② Ремизов А.М., *Избранные произведения*, Изд. Панорама, 1995: 250.

他对自己很满意。

巴赫金在《陀思妥耶夫斯基创作问题》（*Проблемы творчества Достоевского*）中对“双重人格”这一诗学特征作了如此评价：“我关于我的意识总是在别人关于我的意识的背景下感受自我，‘我之自我’以‘我之于他’为背景。所以主人公的话语是在别人关于他的话语的不断影响下建立起来的”[①]。

斯特拉季拉托夫的这两副面孔，使用巴赫金的术语，那就是“我之自我”（я для себя）和“我之于他”（я для другого）。

“我之自我”——这是主人公的自我认知，对待自己的态度。“我之于他”则反映了其他人物角色对主人公的看法。在办公室里，列米佐夫的主人公戴着“贫穷的小官员”的面具，而在家里，他则变成了一个暴君，一个贪财奴。

斯特拉季拉托夫本性的矛盾还体现在——他既是一个虔诚的宗教徒，又是一个不知疲倦的色情狂。在小说的整体叙述中，多次出现了宗教与色情这种看起来不相容的结合。

小说的第二章描写了主人公从早晨到下班回来的日常生活，其中出现了这样一个场景：在回家途中主人公继续给同事讲述在办公室里还没讲完的情色故事，然而当路过教堂时，他中断了“他辞藻华丽的言语”：

...так как считал своим долгом, поравнявшись с церковью, обязательно помолиться, а молился Иван Семенович долго и усердно.[②]

［译文：……因为他认为这是他的义务，路过教堂时，必须祷

① Бахтин М.М., *Проблемы творчества Достоевского*, Изд. Алконост, 1994: 100.

② Ремизов А.М., *Избранные произведения*, Изд. Панорама, 1995: 253.

告，伊万·谢苗诺维奇虔诚地祈祷了很久。]（作者译）

宗教与情色的矛盾还体现在作者对斯特拉季拉托夫家客厅的描写中。客厅里除了那些裸体女人画，还摆着一些圣像，如救世主圣像、圣母圣像。

再或者，例如，这样一个事实：

...отстояв всенощную..., отправляется он на бульвар, с бульвара в...дома беззакония.①

［译文：……结束晚祷后……他去了街心花园，然后从街心花园去了……妓院。］（作者译）

甚至关于主人公自己的名字也不能单义地理解。“斯特拉季拉托夫”这个姓是为了纪念圣徒费奥多尔·斯特拉季拉特，而主人公的绰号却与他的姓相对立：抄写员阿德里安·尼古拉耶维奇称他为“不知疲倦的铃鼓”（неуемный бубен），这使人联想到北方民族古老的崇拜传统，联想到用铃鼓进行仪式舞蹈的萨满法师；秘书雷科夫称他是“肮脏的人”（грязный человек）；而他的邻居——古钱币收藏家塔拉克杰耶夫则完全不把他称为人，而是——“小鬼西西莫拉”（шишимора）。

主人公这种相互排斥、完全对立的人格出乎读者的意料。宗教禁欲主义世界和强烈的肉欲情色世界在小说文本中矛盾地交织在一起，展现了斯特拉季拉托夫极其矛盾的本性——集多神教与基督教、魔鬼与神圣、低俗与高尚于一身。然而，整个小说文本中带有讽刺意味的叙述腔调使读者对主人公看似“神圣”“高尚”的一面（对宗教的信仰）产生怀疑。这一点在小说结尾关于主人公死亡的描写中得到了

① Ремизов А.М., *Избранные произведения*, Изд. Панорама, 1995: 269.

证实：

...за минуту до смерти...перестал бредить, да вдруг как вскочит с койки, выпрямился, вытянулся на своих жилистых тонких ногах, инда утроба вся вздрогнула, стойкий, этак стал открыто плешью к солнцу, – сиделка уверяла, что Богородицу читать стал, а фельдшер Жохов хихикал, что вовсе не Богородицу, а будто стихи какие–то...[①]

［译文：……在他去世的前一分钟……他停止说胡话，但突然跳下床，站起来，伸直了两条干瘦细长的腿，整个肚子都在颤抖，坚定不移，秃头对着太阳的方向，——护士说他开始读圣母祈祷文，而医士若霍夫咯咯地笑，说那根本不是圣母祈祷文，而像是一些诗歌，——然后忽然倒下了……］（作者译）

根据上下文[②]，这里的“诗歌”是指普希金亵渎神灵的长诗《加百列颂》（Гаврилиада）[③]。

由此可见，低俗的激情伴随了主人公的一生，即使在死亡边缘也没有丢失。“低俗”在他的心里胜过了“高尚”和“圣洁”，这导致了他不和谐、有缺陷的人格，甚至乎他对娜杰日达的爱也是以充满激情的身体吸引为基础的。然而只有肉体的欲望，没有精神上的亲近，

---

① Ремизов А.М., *Избранные произведения*, Изд. Панорама, 1995: 299.

② 小说中提到斯特拉季拉托夫把普希金的诗歌《加百列颂》抄在笔记本里。

③ 1821年普希金完成了戏谑讽刺宗教的长诗——《加百列颂》。在这首诗中，诗人对圣经中的“圣灵感孕”情节进行了大胆的改造，主要内容为：上帝对希伯来美女玛利亚动了凡念，派遣天使长加百列充当信使，然而玛利亚却看中了加百列。上帝的世敌撒旦听说后，十分恼怒，化身美男子前来向玛利亚表白。最后，上帝也化身“白翅膀的鸽子”飞进玛利亚的屋里。在同一天里，玛利亚先后接待了魔鬼、天使和上帝，并生下了耶稣。这首诗被认为是普希金对亚历山大一世反动政策的抗议，对宗教以及伪善道德的揭露。

是不可能构建真正的幸福与和谐的，这实际上也注定了他的情人会离他而去。一个完全依靠肉欲生活的人，在道德上已经死了，所以肉体的死亡也只是时间问题了。

斯特拉季拉托夫人性中“宗教”与“色情”的矛盾结合是多元文化对立关系作用的结果——从根本上说是19—20世纪之交俄罗斯传统文化与现代文化相互碰撞、相互融合的结果。一方面，长期以来的宗教传统观念使他要求自己成为一个安分守己的、虔诚的宗教徒；另一方面，冷漠残酷的社会加剧了他对情感与温情的渴望，被压抑的私欲最终衍变成了不知疲倦的激情。同时，在这一组矛盾的背后也隐射了作家对19世纪下半叶俄国色情文学的批判——“列米佐夫通过斯特拉季拉托夫——《加百列颂》的赏识者和淫秽作品的收藏者——的形象提出了对于作者来说很重要的艺术中的底线问题”①。

综上所述，列米佐夫以19世纪现实主义“小人物”形象为模板，塑造了一个具有双重人格的“小人物”形象。作家的焦点是主人公的矛盾本性——他是一个集“贫穷的小官员”和“贪财的霸主”、“宗教徒”和“色情狂”于一身的矛盾集合体。他的矛盾本性有社会原因，也有自身人格缺陷的原因。作家通过斯特拉季拉托夫这一形象，展示了“世纪之交人的敏感性、多值性、多变性、力量与虚弱的交替、悲剧性的急剧变化”②。

---

① 俄罗斯科学院高尔基世界文学研究所著，谷羽、王亚民等译：《俄罗斯白银时代文学史（1890年代—1920年代初）Ⅲ》，兰州：敦煌文艺出版社，2006年，第330页。

② 阿格诺索夫主编，石国雄、王加兴译：《白银时代俄国文学》，南京：译林出版社，2001年，第12页。

本章小结

本章分析了列米佐夫新现实主义作品中最典型的两类人物形象——“永恒女性”形象和“小人物”形象。

列米佐夫的女性形象受俄国白银时代“永恒女性”学说的影响，具有神圣性，但是作家将“永恒女性”引入了尘世现实之中。他的“永恒女性”是坠入尘世与人类一同受罪的圣母，是有血有肉的女性，是处于绝望之中注定受难的“颓废受难女性”，是肉体被玷污但灵魂依然纯贞的“堕落受难女性”。

本章第一节以列米佐夫的两部新现实主义小说《钟表》和《教妹》为例，分析了小说中的“颓废受难女性”和“堕落受难女性”，她们都具有受难、牺牲的品质。

在长篇小说《钟表》中，列米佐夫描写了生活在疯狂与绝望世界中的女主人公——被丈夫抛弃、独自一人支撑、渴望摆脱困境的赫里斯京娜以及身患遗传性梅毒、注定死亡的小女孩卡佳。她们是带有颓废主义色彩的受难女性，是现实、社会、男主人公的牺牲品。

而在小说《教妹》中列米佐夫的女性形象具有双重性——永恒的肉体诱惑和纯洁的“永恒女性”。作家生动形象地刻画了“堕落受难女性”形象：为了名誉而卖身的薇拉·威霍列娃，被男人折磨却不责怪任何人只怪罪自己的受难女性叶甫根尼娅，以及被诅咒、被强暴却“虔诚”而具有“癫僧般”神圣目光的厨娘阿库莫芙娜。她们都是无辜的“堕落受难女性”，现实逼迫她们走上了罪恶之路。尽管她们堕落了，却依然纯洁，具有内在的圣洁和牺牲性。她们是天上的“永恒女性”，来到人间历难，受压迫、被施暴、受折磨，为人类的罪恶赎罪。

本章的第二节分析了列米佐夫笔下的世纪之交“小人物”形象——《钟表》中去人格化的“小人物”科斯佳和《不知疲倦的铃鼓》中具有双重人格的“小人物”斯特拉季拉托夫。

在列米佐夫创作初期以“小人物”为主题的作品中，作家特别关注“去人格化”问题。小说《钟表》中的主人公科斯佳外表丑陋，内心自卑。为了逃避现实，他胡作非为，破坏大钟，与时间抗争，最后彻底地疯了。他是生活在社会底层被嘲笑的、被误解的、自卑到心理扭曲而发疯的“去人格化”小人物。

而在小说《不知疲倦的铃鼓》中列米佐夫向读者展示了一个戴着面具的具有双重人格的“小人物”形象，体现了社会转型过程中人性的矛盾心理。主人公斯特拉季拉托夫有两副面孔：他是一个集“贫穷的小官员”和“贪财的霸主”、“宗教徒”和“色情狂”于一身的矛盾集合体。他的矛盾本性有社会原因，也有自身人格缺陷的原因。作者通过斯特拉季拉托夫这一形象展现了世纪之交矛盾的、敏感的、多变的“小人物”。

因此，本章通过分析列米佐夫笔下的两类人物形象——“永恒女性”形象和“小人物”形象揭示了作家形象体系创作的新现实主义特点。列米佐夫的女性形象，既借鉴了象征主义的“永恒女性”说，又发展了这一概念，将“永恒女性”变成了现实中的“永恒女性”。他的“小人物”形象既继承了19世纪俄国现实主义“小人物”描写传统，又体现了20世纪初现代主义的去人格化和矛盾心理。列米佐夫的形象体系创作体现了其作为新现实主义作家的过渡性和杂糅性特点。

第四章

列米佐夫作品中的口语体风格

在列米佐夫的语言创作中，口语体风格化是其显著特点。作家通过口语化的词法和句法手段，在文学文本中模拟自发、无准备的口语表达，从而形成鲜明的口语体风格效果。在语言创作上，列米佐夫既是一个修复者，又是一个创新者。他以民间口语元素为基础，创造了符合现代读者审美的口语体风格化作品。列米佐夫独特的语言风格，不仅丰富了文学表达的方式，也为新现实主义文学注入了新的活力。

19世纪末20世纪初，现实主义与现代主义积极地相互渗透使得俄国作家和艺术家们意识到，任何一种单一主导的发展路线在美学上都是不完整的，因此要尝试不同结构的综合。于是，世纪之交的俄国文学提出了艺术综合计划，其本质在于在传统与现代世界观有机结合的基础上消除两者之间的矛盾，新现实主义就是这种类似的综合现象。作为新现实主义流派的奠基人，列米佐夫的创作以古罗斯文学、民间故事和现实主义文学遗产等传统元素为基础，不断探索新的表现形式，这种形式体现在文本的各个层面，尤其是在语言创作层面。

在世纪之交，历史剧变之际，当熟悉的世界秩序及生活文化在对立和冲突中瓦解时，对于列米佐夫而言，唯一的支柱和唯一不会因为社会剧变而立刻覆灭的现实就只剩下语言了。语言可以积累并保存人民的历史经验，可以铭记民族的心理特点。“当一切都瓦解时，在作家的内心和周围的世界中，他依靠丰富的语言来生活，从而在四分五裂的世界中保留自己灵魂的完整，保留对未来的信仰——至少他还可以在语言中创造新的现实”[①]。这便是列米佐夫倾心于语言创作和文字游戏的原因。列米佐夫认为自己的写作任务是通过语言中的“俄罗斯味儿来复兴衰老的俄国小说文学”[②]，而这种“俄罗斯味儿”是彼得大帝之前的俄语，是生动的古代民俗口语体，是不受语法规范和标准化思想限制的自然生动的言语风格。

列米佐夫试图改变人们将俄语视为一种在严格规范范围内发挥作用的、静态的、固化的语言的看法。作家明确了一种实质上更为自

① Гривенная Е.Н., *Стилизация разговорной речи в художественной прозе: культурно-исторический и лингвостилистический аспекты (на материале произведений А. Ремизова)*, Кубанский гос. ун-т, 2005: 58.

② Кодрянская Н., *Алексей Ремизов*, Париж, 1959: 149.

由的语言运用方式，这种方式不仅脱离了规范语法，引入了新的词汇结构（口语词、俗语词、方言词、新词等），而且还在风格方面迈出了决定性的一步，在书面语中引入了一个完全不同的结构——口语体结构。

列米佐夫在口语体结构中看到了俄语原始的“正确性”——这是生动的、有声音的言语，不受严苛的语法限制。他的许多作品都是以故事体形式呈现，在这些作品中，民间口语体风格模拟常常与民间文学体裁相结合，共同构成文学文本言语布局的基础。比如，童话故事集《循着太阳运行的方向》就是这样的结合，作家在作品中对民间文学遗产（歌谣、传说、数数儿歌、游戏等）进行了独特加工。列米佐夫曾多次强调了该童话集的语言的实际来源：“有一天我做了一个实验：我回想起，必须触及土地，只有这样我才能复活。我借了一本方言词典。科学院第二所的版本（76卷，第五本），然后慢慢地逐字逐句地阅读，走遍了整个俄罗斯。就是从那里来的。我的《循着太阳运行的方向》——它不是凭空虚构的，也不是编写的——它是自然到来的，是俄罗斯土地的气息和色彩，是语言”[①]。

在谈到自己的文学活动时，列米佐夫指出：“所有我写的东西——都是我的自白。我想通过‘故事体’来表达，而不是书面语，因为自白不是靠写的，而是靠说的”[②]。在列米佐夫的整个创作历程中，作家坚定自己的立场——根据口语规则来组织书面语：“我想按我说话那样写作，按他们说话那样说话”[③]。“我留给俄罗斯人民的遗

① Ремизов А.М., *Иверень*, Berkeley, 1986: 25.

② Кодрянская Н., *Алексей Ремизов*, Париж, 1959: 127.

③ Ремизов А.М., *Иверень*, Berkeley, 1986: 17.

产是：用俄语书写”[①]——这是列米佐夫的语言信条。

因此，口语体风格化（стилизация разговорной речи）是列米佐夫语言创作的主要艺术动机，是其新现实主义创作的主要特征之一。列米佐夫的口语体风格是故事体叙述方式范围内的一种语言特征。为了实现口语体风格化，列米佐夫在作品中使用了各个层次的口语语言手段——从词法手段到句法手段，比如：积极采用带有口语俗语修辞色彩的词汇，成语短语的主观情态和情感评价性手段，方言词与新词的引入，指小表爱形式的广泛使用，句法结构的非完整性，各种重复结构、省略结构、述位前置结构，比书面语更自由的词序，还有广泛使用的“无组织”句子结构——各种类型的自我打断，补充、加确、自我解释，以及句法语义展开中的逻辑错误等。有意使用不同层次的口语手段表明，口语体风格化在列米佐夫作品中获得了美学范畴的地位。但需要强调的是，这些手段承受着不同的功能负荷。要想研究列米佐夫作品的口语体风格，需要详细地研究其作品中各层次语言手段在实现口语体风格化过程中的作用。本章以列米佐夫新现实主义作品为语言材料，分析其作品中的词法手段和句法手段对形成口语体风格化效果的作用，揭示作家语言创作的主要特点。

① Ремизов А.М., *Рабочая тетрадь (1950-е гг.) // Алексей Ремизов. Новые материалы (Вступительная заметка и публикация Аллы Грачевой) / Алексей Ремизов: исследования и материалы*, СПб., 1994: 213.

第一节　口语体风格化的词法手段

列米佐夫的文学作品是一种语言实现过程，通过俄语标准语口语变体的风格化来对语言进行系统而一致的重组，目的是让这种口语变体拥有等同于标准语的地位。词法手段作为一种旨在完成口语体风格化的有效元素，对于作家实现接近自发口语的目标而言具有重要意义。

词汇语法单位是模仿口语的有效手段，因为它们是完成各种交际任务的重要环节。它们作为最小化的语言单位，与其他语言单位相比，具有更大的表达潜力，奠定了以口语性为基础的叙事风格。在列米佐夫的文学作品中，带有典型口语俗语修辞色彩的各种词类、成语单位、方言词、新词和指小表爱形式作为口语体风格的强烈信号，在文本中具有很高的集中度。

一、实词与虚词

在列米佐夫的语言创作体系中，带有口语俗语修辞色彩的动词是实词词汇的主要组成部分。下面列举出一些列米佐夫作品中具有口语俗语修辞色彩的动词：

1）хорохориться：〈口〉显示威风，神气十足。

И все–таки до чего живуч человек: бросает его, бьет его, а он знай себе, как петух резаный, и без головы ходит, ровно бы и безголовый зерно ищет, **хорохорится**.[①]（《教妹》）

［译文：人的生命力毕竟是很顽强的：把他抛来抛去，殴打他，可是他却毫不在乎，像是一只被割掉了头的公鸡，没有头，照样行走，没有头，照样觅食，照样**摆出好斗的架势**。］[②]

2）ткнуться：〈口〉乱跑，乱钻。

Ткнулся туда, постучался сюда, – все закрыто, все заперто: не принимают.[③]（《教妹》）

［译文：东一头西一头，**到处乱撞**，——处处碰壁，到处吃闭门羹：不接见。］[④]

3）пичкать：〈口〉给吃（喝）得太多。

И за эти два дня никуда не выпускали Маракулина, ухаживали за ним, **пичкали** его, но дверь под замком держали.[⑤]（《教妹》）

［译文：这两天，不准马拉库林到外面去，**侍候他吃喝**，但把门上了锁。］[⑥]

---

① Ремизов А.М., *Собрание сочинений. Т. 4. Плачужная канава*, Русская книга, 2001: 193.

② 列米佐夫著，刁绍华译：《教妹》，沈阳：辽宁教育出版社，2001年，第119页。

③ Ремизов А.М., *Собрание сочинений. Т. 4. Плачужная канава*, Русская книга, 2001: 101.

④ 列米佐夫著，刁绍华译：《教妹》，沈阳：辽宁教育出版社，2001年，第6页。

⑤ Ремизов А.М., *Собрание сочинений. Т. 4. Плачужная канава*, Русская книга, 2001: 181.

⑥ 列米佐夫著，刁绍华译：《教妹》，沈阳：辽宁教育出版社，2001年，第105页。

4）заартачиться：〈口〉开始执拗起来，固执起来。

– Зайка! – **заартачились** разбойники: – Не отдадим мы тебе Зайку никогда![1]（《循着太阳运行的方向》）

［译文：——兔子！——强盗们**固执起来**：——我们永远不会把兔子还给你的！］（作者译）

5）обжиться：〈口〉住惯；обтерпеться：〈口〉忍受惯，习惯于。

А прожил неделю–другую, **обжился**, **обтерпелся**, оправился.[2]（《不知疲倦的铃鼓》）

［译文：他（指沙包达耶夫）住了一两个星期，**住习惯了**，**安顿下来**，恢复了健康。］（作者译）

除了使用这些字典中现有的口语俗语动词，受现代主义风格影响，作家还喜欢创造一些新的带有口语修辞色彩的动词，比如：

1）скоконуть：同скакать，表示“跳，跳跃”。

– **Скоконешь** и летишь, – говорила Акумовна[3]（《教妹》）

［译文：“我一**跳**就飞起来了，”阿库莫芙娜说］[4]

2）испроведывать：同доведаться, узнать，表示“打听到”。

Там катается по сеням последнее времечко, последний часок, там не свое житье–бытье **испроведовают**, там плачут по русой косе, там

---

① Ремизов А.М., *Избранные произведения*, Изд. Панорама, 1995: 90.

② Ремизов А.М., *Избранные произведения*, Изд. Панорама, 1995: 270.

③ Ремизов А.М., *Собрание сочинений. Т. 4. Плачужная канава*, Русская книга, 2001: 123.

④ 列米佐夫著，刁绍华译：《教妹》，沈阳：辽宁教育出版社，2001年，第34页。

воля, такой не дадут, там не можно думы раздумывать…[1]（《循着太阳运行的方向》）

［译文：在那里，最后的时光，最后一个小时绕着门厅打转，在那里他们**打听不到**自己的生活，他们在红褐色的发辫上哭泣，在那里不会有这样的意志，你无法考虑……］（作者译）

3）шаландать：同шалить，表示“顽皮，淘气，胡闹”。

Петька, мальчонка дотошный, **шаландать** куда гораздый, увязался за бабушкой на богомолье.[2]（《循着太阳运行的方向》）

［译文：好钻研的小男孩别奇卡喜欢**恶作剧**，缠着要跟奶奶一起去朝圣。］（作者译）

4）секнуть：同лопнуть，表示“破裂，裂开”。

Непокорного – палкой, так что **секнет** надвое кожа.[3]（《循着太阳运行的方向》）

［译文：不听话的人——用棍子伺候，然后皮肤就**裂**成两半了。］（作者译）

5）засвирить：同застонать，表示“呻吟起来”。

Засвирило все небо, красно, что жар.[4]（《循着太阳运行的方向》）

［译文：整个天空开始**呻吟起来**，一片通红，非常炎热。］（作者译）

① Ремизов А.М., *Избранные произведения*, Изд. Панорама, 1995: 46.

② Ремизов А.М., *Избранные произведения*, Изд. Панорама, 1995: 37.

③ Ремизов А.М., *Избранные произведения*, Изд. Панорама, 1995: 55.

④ Ремизов А.М., *Избранные произведения*, Изд. Панорама, 1995: 41.

上述动词скоконуть, испроведывать, шаландать, секнуть, засвирить在《达里详解词典》（*Толковый словарь Даля*）中都无法查到释义，属于作家个人创造的带有口语色彩的动词。这些新的动词虽然增加了文本的语义晦涩程度，但同时也扩大了俄语标准语中口语词汇的范围，对加强口语体风格化起到了推动作用。

除了列米佐夫经常使用的动词外，其他具有口语修辞色彩的实词词类在列米佐夫作品中所占的比例要少一些。比如，带有口语修辞色彩的名词在列米佐夫的作品中就相对没有那么常见，因为它们常常被代词替代或者在文本中根本不存在，即受语境影响而被省略。

列米佐夫作品中最常见的名词格形式是第一格。这是因为在口头言语中，句法结构各成分之间的词法关系被削弱，而且常常只是某些词汇单位的简单并列。这样的语境需要最不受句法依赖的基本词汇形式，而名词第一格就是这样的形式。口语的无拘束性导致连接关系和伴随联想关系的话语结构被广泛使用，因此带前置词的复杂结构比例降低，这削弱了名词间接格的作用，促进了第一格形式的使用，从而使得名词第一格具有多功能性。比如：

И потянулся народ – **белый мак** – по селу на жнивье.[①]（《循着太阳运行的方向》）

［译文：人们缓慢地行走——**穿过白色的罂粟**——沿着村庄来到收割过的庄稼地。］（作者译）

这里是一种并列结构，作者在结构中直接使用了名词第一格形式来表达间接格的意义（对比：народ потянулся **по белым макам**）。

除了名词，带有口语修辞色彩的形容词在列米佐夫的作品中也相

① Ремизов А.М., *Избранные произведения*, Изд. Панорама, 1995: 42.

对少见，因为在作家的文本中有很大一部分是代词，而它们无法被形容词修饰。

在列米佐夫的作品中，代词是建立口语交际并且完成语法功能的极具表现力的实词词类。作家大量使用带有口语修辞色彩的代词，比如：

1）...и житейского домека **у ней** не было.[①]（《教妹》）

［译文：……**她**在日常生活中根本不善于领会这种处世态度。］[②]

2）А так она никого не ест, только представляется: поймает своим желтеньким усиком мушку какую, либо букашку, пососет язычком медовые крылышки, а потом и выпустит, – **пускай их**![③]（《循着太阳运行的方向》）

［译文：因此她不吃任何生物，只是做做样子：她用自己黄色的触角捕捉苍蝇或小虫子，用舌头吮吸散发着蜜香的翅膀，然后放了它们，——**任凭它们去！**］（作者译）

пускай их (его, её)：〈口〉让，听凭，但愿。

3）...и сквозь звяк и рев свистит на ухо птица, свистит–пересвистывает, **экая** глупая![④]（《不知疲倦的铃鼓》）

［译文：……穿过叮当声和咆哮声，耳边传来了一只鸟的叫声，叽叽喳喳叫个不停，**多么**愚蠢的一只鸟！］（作者译）

---

① Ремизов А.М., *Собрание сочинений. Т. 4. Плачужная канава*, Русская книга, 2001: 166.

② 列米佐夫著，刁绍华译：《教妹》，沈阳：辽宁教育出版社，2001年，第87页。

③ Ремизов А.М., *Избранные произведения*, Изд. Панорама, 1995: 25.

④ Ремизов А.М., *Избранные произведения*, Изд. Панорама, 1995: 265.

экий：〈口〉（表示惊奇、遗憾、讽刺、嘲笑）真是……，好一个……，多么……

在列米佐夫作品口语体风格化的过程中，代词такой具有重要意义。列米佐夫笔下的代词такой具有多种使用方法，最典型的用法就是将такой用作限定代词，强调跟在它后面的形容词的特征程度，表示"如此，这么，那样，真是"，比如：

1）– Плеть обуха не перешибет, Борис Сергеевич! – сказал он срыву и громко, метя в Лыкова, чего никогда бы не позволил себе, не будь **такой сердечной** минуты.[①]（《不知疲倦的铃鼓》）

［译文：——胳膊拧不过大腿，鲍里斯·谢尔盖耶维奇！——他（指斯特拉季拉托夫）对着雷科夫大声说道，如果没有**如此热烈的**一刻，他将永远不会允许自己这么说。］（作者译）

2）Вера Николаевна худенькая, **такая худенькая** барышня, что страшно за нее становится и особенно, как просидит она ночь за книгою.[②]（《教妹》）

［译文：薇拉·尼古拉耶芙娜是一位瘦削的小姐，**如此瘦削**，简直让人替她担心，特别是看到她整夜读书。］[③]

与此同时，在列米佐夫的作品中，такой还作为指示代词被广泛使用，意为"这样的，那样的，这种的，那种的"，完成表示情感的定语功能，如：

---

① Ремизов А.М., *Избранные произведения*, Изд. Панорама, 1995: 280.

② Ремизов А.М., *Собрание сочинений. Т. 4. Плачужная канава*, Русская книга, 2001: 129.

③ 列米佐夫著，刁绍华译：《教妹》，沈阳：辽宁教育出版社，2001年，第42页。

– брехун и хвастун, за милую душу обойдет и в дураки поставит, и **такой** плут...[1]（《不知疲倦的铃鼓》）

［译文：——爱说谎的人和爱吹牛的人，他会欺骗善良的人，戏弄别人，**这样的**骗子……］（作者译）

除此之外，代词такой还可以表示不确定、属性模糊的含义，近似于不定代词какой-то，意为“某种，某一”，如：

Полюбился он члену суда – был **такой** пьянчушка, член в нашем суде...[2]（《不知疲倦的铃鼓》）

［译文：他很讨一位法院职员的喜欢——这人曾经是一个酒鬼，现在是我们法院的成员……］（作者译）

最后，在说话人找不到词语来结束句子中一系列同类列举时，常常使用代词такой来表示重复意义，表示与前面列举的情况相同，比如：

– А зато жив и здоров, – пояснял Стратилатов, – прожил шестьдесят лет, проживу и сотню, проживу сотню, дотяну до другой: в первые времена по пять сот благочестивые люди жили и все **такое**.[3]（《不知疲倦的铃鼓》）

［译文：——但是我活得很健康，——斯特拉季拉托夫解释说，——我活了六十年，我还将活一百年，再活一百年，然后再到达下一个一百年：早期虔诚的人活了五百年，所有的一切**都是这样的**。］（作者译）

这里的“все такое”暗指“все проживет сотню и дотянет до

① Ремизов А.М., *Избранные произведения*, Изд. Панорама, 1995: 270.

② Ремизов А.М., *Избранные произведения*, Изд. Панорама, 1995: 270.

③ Ремизов А.М., *Избранные произведения*, Изд. Панорама, 1995: 246.

другой”。

还需要注意的是，列米佐夫在使用实词词汇时偶尔会出现不符合语法规范的情况，其目的是在故事体叙事风格中增添口语色彩，毕竟在真实的口语交际中，尤其是在民间口语表达中，出现语法错误也是常见的事实。比如：

1）– Кукушка, кукушка, сколько **годов** мне осталось жить? ①（《循着太阳运行的方向》）

［译文：——布谷鸟，布谷鸟，我还能活几年？］（作者译）

这里的годов不符合俄语语法规范，正确形式应为сколько лет мне осталось жить?

2） – Не надо мне **игрушков**, – медведюшка мо–ой, какие вы все–е!②（《循着太阳运行的方向》）

［译文：——我不要玩具，——（我只要）我的小熊，你们都是些什么人！］（作者译）

игрушка的复数二格不是игрушков，而是**игрушек**。

以上便是列米佐夫口语体风格化过程中起主要作用的实词词类。

相较于实词，虚词类的使用更能体现出口头言语的自发性和无准备性的特征，尤其是语气词。在列米佐夫的口语词汇中，语气词占有重要位置。各种高频出现的语气词在功能意义上最大化地接近于真实的自发口语。在对真实交际情景进行艺术模仿时，语气词是重建口语综合系统的主要手段之一。大量使用语气词，与口头言语的这些基本特征有关：对话性（对话中通常会有语气词）、生动性和无准备性。

---

① Ремизов А.М., *Избранные произведения*, Изд. Панорама, 1995: 32.

② Ремизов А.М., *Избранные произведения*, Изд. Панорама, 1995: 62.

语气词不仅可以用来表达说话人的某些思想和情感，还可以作为一种帮助说话人组织言语的手段，填补说话人的停顿时间，即说话人寻找合适词汇的思考时间。

在列米佐夫的作品中，最常见的语气词有ну, уж, ли, себе, –таки，示例如下：

1）ну：〈语气〉表示结论、结局，“这样就，那么就”。

– А тебе меня не поймать!

– **Ну**, это еще посмотрим.①（《循着太阳运行的方向》）

［译文：——你抓不到我的！

——**那么**，我们拭目以待。］（作者译）

2）уж：〈语气〉加强语气，表示“已经，究竟”。

А я **уж** от радости не знаю, что и делать.②（《循着太阳运行的方向》）

［译文：而我**已经**高兴得不知道该做什么了。］（作者译）

3）ли：〈语气〉与某些词连用，表示怀疑、不肯定、无把握、反诘等语气。

– Да ты что, с ума, **что ли**, спятила? – всплеснула руками Алишка.③（《循着太阳运行的方向》）

［译文：——你怎么回事，**是不是**疯了？——阿莉什卡拍了拍手。］（作者译）

4）себе：〈语气〉自行（做某事），只管自己（行动）。

Ангел увидел, что цветочкам довольно водицы, махнул белым

① Ремизов А.М., *Избранные произведения*, Изд. Панорама, 1995: 28.

② Ремизов А.М., *Избранные произведения*, Изд. Панорама, 1995: 22.

③ Ремизов А.М., *Избранные произведения*, Изд. Панорама, 1995: 65.

крылышком, сказал тучке:

– Будет, тучка, **плыви себе**.[①]（《循着太阳运行的方向》）

［译文：天使看见小花朵上满是小水珠，挥了挥白色的小翅膀，对着小乌云说：

——够了，小乌云，**你就飘走吧**！］（作者译）

5）таки：〈语气〉依附于动词，可前置或后置，表示“确实，的确；毕竟，终究”。

Пощипали–**таки** его изрядно...[②]（《循着太阳运行的方向》）

［译文：它们**终究**还是非常用力地咬了它……］（作者译）

在列米佐夫的作品中，语气词–то的使用是最典型的，它赋予风格化的言语一种鲜明的口语色彩，常常突出所依附的词，强调它是被说明的对象，比如：

1）В монастыре хорошо, – мечтал Петька, – **ризы-то** какие золотые...[③]（《循着太阳运行的方向》）

［译文：在修道院里很好，——别奇卡幻想着，——会有金色的**袍子**……］（作者译）

2）Егор ему полтину – **деньги-то управляющего**! – да на радостях в трактир, выпил, обогрелся, **шапку-то** и потерял.[④]（《不知疲倦的铃鼓》）

［译文：叶戈尔给了他（指神甫）半卢布——这是**管家（指斯特拉季拉托夫的父亲）的钱**！——为了庆祝，他来到小酒馆，喝了酒，

① Ремизов А.М., *Избранные произведения*, Изд. Панорама, 1995: 24.

② Ремизов А.М., *Избранные произведения*, Изд. Панорама, 1995: 31.

③ Ремизов А.М., *Избранные произведения*, Изд. Панорама, 1995: 38.

④ Ремизов А.М., *Избранные произведения*, Изд. Панорама, 1995: 255.

暖了身子，然后把**帽子**落下了。］（作者译）

在某些情况下，语气词-то会增加一种不确定性、随意性：

1）Мне сказали, там **кто-то** пришел, в сенях стоит.[①]（《循着太阳运行的方向》）

［译文：有人告诉我，那儿来了**一个人**，站在前厅里。］（作者译）

2）Самого Буркова никто не видал, и только ходили слухи о **каком-то** его самоистреблении...[②]（《教妹》）

［译文：没有一个人见到过布尔科夫本人，只是流传着**一个**关于他自我残害的传说……］[③]

显然，语气词在表达思想间的关系时更加注重情绪，而不是逻辑。列米佐夫借助语气词来模仿口语，为叙事增添了口语色彩。

交际行为结构是语言和非语言手段的综合。因此，在口语体风格化的叙事中，广泛使用的言语手段背后常常隐藏着手势和表情元素，这些元素主要指向说话人。在构建故事的过程中，为了更准确地模仿口语，会对真实交际情景进行假设，这样的假设可以让读者感觉到是一个“真实的说话人”在叙述。这个说话人有同步的听众和类似真实交际时的视野。作者通过指示语气词和情态语气词（вон, вот, пускай, ну等）使读者产生对说话人手势、表情的联想，从而实现真正意义上的标准交际情景的预设——仿佛说话人与受话人正在面对面交流。因

① Ремизов А.М., *Избранные произведения*, Изд. Панорама, 1995: 22.

② Ремизов А.М., *Собрание сочинений. Т. 4. Плачужная канава*, Русская книга, 2001: 112.

③ 列米佐夫著，刁绍华译：《教妹》，沈阳：辽宁教育出版社，2001年，第20页。

此，这类语气词增强了文本的情感色彩，也暗示了手势和面部表情的参与。列米佐夫作品中有许多这样的例子：

1）**Вон** Адриан Николаевич, правда, волосу много...[①]（《不知疲倦的铃鼓》）

［译文：**那就是**阿德里安·尼古拉耶维奇，的确，他的头发很多……］（作者译）

2）...плешь во всю голову, от бровей до затылка, **вот** какая...[②]（《不知疲倦的铃鼓》）

［译文：……秃顶，从眉毛到颈背，**就是**这样……］（作者译）

3）Да рассердился за что–то отец и отказал. А Василью **вот** как нужно...[③]（《教妹》）

［译文：可是不知为什么父亲生气了，拒绝给他钱。而瓦西里**恰好**特别需要钱……］[④]

4）– Нет, – говорит, – сухарей больше, я все съел, а червяков, хочешь, я тебе собрал, **вот**![⑤]（《循着太阳运行的方向》）

［译文：别奇卡说——没有饼干了，我全部吃完了，但是如果你愿意的话，我给你抓了蠕虫，**看**！］（作者译）

5）– Мы с тобой, кошка, станем в середку, а они **пускай** за лапки держатся и **пускай** вокруг нас вертятся, я куда хочу, туда могу

---

① Ремизов А.М., *Избранные произведения*, Изд. Панорама, 1995: 246.

② Ремизов А.М., *Избранные произведения*, Изд. Панорама, 1995: 246.

③ Ремизов А.М., *Собрание сочинений. Т. 4. Плачужная канава*, Русская книга, 2001: 125.

④ 列米佐夫著，刁绍华译：《教妹》，沈阳：辽宁教育出版社，2001年，第36页。

⑤ Ремизов А.М., *Избранные произведения*, Изд. Панорама, 1995: 37.

выскочить, а тебе будет двое ворот, **вот** эти да эти, **ну**, раз, два, три – лови![1]（《循着太阳运行的方向》）

［译文：——猫，我和你站在中间，**让**它们牵着爪围着我们转圈，我想去哪里，就跳到哪里，然后在你面前有两扇门，**就**这一扇和这一扇，**现在**，一、二、三——开始抓！］（作者译）

上述例子通过语气词加强了言语的画面感，让读者感觉到人物角色仿佛活灵活现地就站在面前，面带表情比着手势说话。

因此，作家在文本中使用了大量带有典型口语俗语修辞色彩的实词和虚词，这些词语在功能意义上最大化地接近于真实的自发口语，赋予风格化的言语一种鲜明的口语色彩。

二、成语单位

分析口语体风格化的词法手段，就不得不提到成语的特殊作用。成语塑造了反映民间精神和民间文化的语言形象。在列米佐夫的作品中，带有口语俗语修辞色彩的成语单位占有特殊地位，是作家常用的一种赋予文学言语特殊表现力的手段，其使用频率仅次于语气词，有时在一个句子中能出现多个成语，比如：

Артамошка с Епифашкой **попали впросак** и в отместку Коту свои **козни строили**.[2]（《循着太阳运行的方向》）

［译文：阿尔塔莫什卡和耶皮法什卡**上当**了，然后**施诡计**来报复猫。］（作者译）

---

① Ремизов А.М., *Избранные произведения*, Изд. Панорама, 1995: 29.

② Ремизов А.М., *Избранные произведения*, Изд. Панорама, 1995: 91.

在列米佐夫的叙事中，为了达到自发口语的效果，成语单位除了完成描写功能，还完成另外两个功能：评价表达功能和情感表达功能。

成语的评价表达功能体现在，当叙述者对人物、情景、行为进行主观评价时，常常会出现成语，比如：

1）Все та же одна мысль о генеральше не выходила у него из головы, **поперек горла стала ему** эта несчастная генеральша.[①]（《教妹》）

［译文：关于将军夫人的想法一直萦绕在他的头脑里，这个不幸的将军夫人**对他来说如骨鲠在喉**。］[②]

поперек горла стать кому：令……厌恶。这里表达了叙述者对“将军夫人”的评价。

2）Разгорячается воображение, вылетают слова все игривее и забористее, да такое загнет, **небу жарко**.[③]（《不知疲倦的铃鼓》）

［译文：想象力升温，说出的话越发有趣，讨论得**热火朝天**。］（作者译）

небу жарко быть：十分热闹，热火朝天。这里是叙述者对情景的评价。

3）...а как умер отец, стала невестка лютее зверя, гонит, **поедом**

---

① Ремизов А.М., *Собрание сочинений. Т. 4. Плачужная канава*, Русская книга, 2001: 134.

② 列米佐夫著，刁绍华译：《教妹》，沈阳：辽宁教育出版社，2001年，第48页。

③ Ремизов А.М., *Избранные произведения*, Изд. Панорама, 1995: 252.

ест девчонку.[①]（《教妹》）

［译文：可是父亲一死，嫂子就变得比野兽还凶，**迫害她，折磨她**。］[②]

поедом есть кого：责骂不休。这里是叙述者对嫂子行为的评价。

除了评价表达功能，成语的另一功能——情感表达功能旨在反映说话人的整体情感状态，比如：

1）Появился этот Шабалдаев, или, **шут его знает**, как его по-настоящему...[③]（《不知疲倦的铃鼓》）

［译文：这位沙包达耶夫出现了，抑或者，**鬼知道**他实际上是谁……］（作者译）

шут его знает：鬼才知道。这里表达了叙述者“怀疑”“害怕”的情绪。

2）Одобрения и неодобрения начинают высказываться так громко и беззастенчиво, что **хоть караул кричи...**[④]（《不知疲倦的铃鼓》）

［译文：大家开始大声地、无耻地表达支持与反对，**简直要命**……］（作者译）

хоть караул кричи：简直要喊救命，真要命（指遭遇极大困难，无力摆脱困境）。这里表达了叙述者“不满”“失望”的情绪。

在上述分析的例子中，带口语俗语色彩的成语都是作为固定结构

---

① Ремизов А.М., *Собрание сочинений. Т. 4. Плачужная канава*, Русская книга, 2001: 126.

② 列米佐夫著，刁绍华译：《教妹》，沈阳：辽宁教育出版社，2001年，第37页。

③ Ремизов А.М., *Избранные произведения*, Изд. Панорама, 1995: 269.

④ Ремизов А.М., *Избранные произведения*, Изд. Панорама, 1995: 267.

形式来使用的。但是，在某些情况下，固定的成语结构会根据作者的意图而发生变化。比如，童话故事集《循着太阳运行的方向》的主要受众是儿童，因此作家为作品中许多带口语色彩的成语结构添加了指小表爱后缀，这在很大程度上增强了口语体风格化的效果：

1）Выйдут из подземелья двенадцать черных разбойников, ты слушай, что станут говорить разбойники, **заруби** их слова **себе на носике**...[①]（《循着太阳运行的方向》）

［译文：十二名黑强盗会从地牢里出来，你听听强盗们会说什么，把他们的话**记在心里**……］（作者译）

成语зарубить себе на **носу**中的нос变成了носик，表示“牢牢记住，牢记在心”。

2）Вскарабкалась, ждет – **навострила ушко**.[②]（《循着太阳运行的方向》）

［译文：（小兔子）爬到（树）上等着——**竖起耳朵来听**。］（作者译）

成语навострить **уши**中的уши变成了ушко，表示“竖起耳朵来听”。

为了使成语在文本中发挥出更强的艺术表现力，列米佐夫在词法和风格表达层面对成语进行转换。这意味着列米佐夫不是简单地在叙述言语和在人物言语中塞满成语单位，而是通过修辞手法来转换成语，以更新成语的语义，这些手法包括增词法、减词法、换词法和成语向自由词组转换法。

---

① Ремизов А.М., *Избранные произведения*, Изд. Панорама, 1995: 79.

② Ремизов А.М., *Избранные произведения*, Изд. Панорама, 1995: 80.

首先，列米佐夫通过增词法和减词法来打破成语单位的固定结构，比如在成语单位中引入新的成分，加强情感色彩和渲染程度：

1）И много еще всяких **заковырок и шпилек подпускалось** Стратилатову, но он, уж снова уткнувшись в переписку...[①]（《不知疲倦的铃鼓》）

［译文：还有许多人**向**斯特拉季拉托夫**说各种各样的挖苦话**，但是他又再一次埋头抄写……］（作者译）

原形是подпускать шпильки：向……说挖苦话。在这里增加了заковырка（阻碍，意外干扰）一词，变成了подпускать шпильки и заковырки，强调不管别人如何挖苦斯特拉季拉托夫，如何妨碍他，他都不受影响，继续抄写。

2）...а хотел знать для того, чтобы определенно сказать себе, еще стоит ли **всю канитель тянуть-терпеть**, чтобы только хоть как–нибудь прожить?[②]（《教妹》）

［译文：……他想要弄清楚，以便能够明确地对自己说，仅仅为了凑合活着，值得**干这种单调无聊的事**吗？］[③]

原形是тянуть канитель：做单调无聊的事，拖泥带水。这里通过增词法变成了тянуть–терпеть всю канитель，表示事情无聊到令人难以忍受，加强了渲染程度。

除了增词法，减词法也是列米佐夫使用成语时一种卓有成效的

---

① Ремизов А.М., *Избранные произведения*, Изд. Панорама, 1995: 279.

② Ремизов А.М., *Собрание сочинений. Т. 4. Плачужная канава*, Русская книга, 2001: 104.

③ 列米佐夫著，刁绍华译：《教妹》，沈阳：辽宁教育出版社，2001年，第10页。

手法，它使语言变得更简洁，更接近于自发口语。比如，在下列句子中，动词дать被省略：

И книжки у него отобрали, и его **по шапке**.[①]（《教妹》）

［译文：票据簿从他那里给拿走了，他本人被**解雇**了。］[②]

дать по шапке：赶走，撵走，解雇。

在列米佐夫的作品中，最常见的成语转换手法是换词法，即替换成语固定结构中的某个词汇成分，以便更好地将成语引入叙事语境中，并增强口语俗语色彩。比如：

– **Пес ее знает**! – оправлялась Алишка...[③]（《循着太阳运行的方向》）

［译文：——**鬼知道怎么回事！**——阿莉什卡整理了一下……］（作者译）

原形是бес его знает：鬼才知道。作者在这里将бес换成了同音异义词пес，加强了表达的口语色彩。

此外，用形容词短尾形式替换成语中的形容词长尾形式也可以增强成语的口语色彩，比如：

Ходили слухи, будто все дело Александр Иванович подстроил, его рук: подчислил Глотов приятеля своего, а сам **из воды сух вышел**.[④]（《教妹》）

---

① Ремизов А.М., *Собрание сочинений. Т. 4. Плачужная канава*, Русская книга, 2001: 100.

② 列米佐夫著，刁绍华译：《教妹》，沈阳：辽宁教育出版社，2001年，第5页。

③ Ремизов А.М., *Избранные произведения*, Изд. Панорама, 1995: 67.

④ Ремизов А.М., *Собрание сочинений. Т. 4. Плачужная канава*, Русская книга, 2001: 101.

［译文：人们风言风语地说，这都是亚历山大·伊万诺维奇给捣的鬼，出自他的手：格洛托夫暗算了自己的朋友，本人却把罪责**推得一干二净**。］[①]

原形是**выйти сухим из воды**：逃脱惩罚，摆脱得一干二净。这里把сухим换成了短尾形式сух。

在此，我们注意到，在进行成语换词时，其意义并不会发生巨大变化，在某些情况下可能只会产生更多的具有表现力的评价意义，比如：

1）Выронил Иван Семенович вилку, **как обухом** ударило его **по лысине**...[②]（《不知疲倦的铃鼓》）

［译文：伊万·谢苗诺维奇（吓得）叉子都掉了，**有如晴天霹雳**……］（作者译）

原形是как обухом по голове：有如晴天霹雳，如当头一棒。这里将голова换成了лысина，因为主人公伊万·谢苗诺维奇·斯特拉季拉托夫就是一个秃头，作者通过这一换词增添了表达的诙谐性和讽刺性。

2）...и он для кого-то, и бог знает из-за чего, **бревном в глазу** сидит[③]（《教妹》）

［译文：……他由于上帝才知道的不明不白的原因而被一些人视

① 列米佐夫著，刁绍华译：《教妹》，沈阳：辽宁教育出版社，2001年，第7页。

② Ремизов А.М., *Избранные произведения*, Изд. Панорама, 1995: 257.

③ Ремизов А.М., *Собрание сочинений. Т. 4. Плачужная канава*, Русская книга, 2001: 99.

为眼中钉］[1]

原形是как бельмо в глазу：如眼中钉。这里将单词бельмо换成了在语境上对作者来说更重要的词语бревно（木头），因为在下文中出现了小说的中心句“человек человеку бревно”（人与人是木头橛子）。

除了增词法、减词法和换词法以外，列米佐夫还广泛使用了成语向自由词组转换的手法。比如，在小说《不知疲倦的铃鼓》中，列米佐夫描写了两个看门人，想通过他们的视角来体现主人公斯特拉季拉托夫的性格特征。一个是看门人卢基扬，他左眼看不见；另一个是看门人戈尔布诺夫，关于他，作家这样描写道：

...Горбунов... такой же, как Лукьян, ветхий, и хоть **смотрит в оба**, а тоже перемены никакой не видит...[2]（《不知疲倦的铃鼓》）

［译文：……戈尔布诺夫……和卢基扬一样，是个老人，虽然他**两只眼睛都能看见**，但也没发现（斯特拉季拉托夫的）任何变化……］（作者译）

смотреть в оба：仔细观察，聚精会神地看。但显然，在当前的语境下，смотреть в оба是作为一个自由词组来使用的，而不是成语，采用的是它的原始意义，即直接意义，表示“双眼都能看见”，但同时也暗藏了它作为成语的隐喻意义——“聚精会神地看”，暗示“就算是聚精会神地看也看不出斯特拉季拉托夫的变化”。

这种转换方法是列米佐夫作品中常见的一种语言游戏。通过转换，成语的直义和转义都得到了表达，从而实现了语境的多义性。

---

① 列米佐夫著，刁绍华译：《教妹》，沈阳：辽宁教育出版社，2001年，第4页。

② Ремизов А.М., *Избранные произведения*, Изд. Панорама, 1995: 246.

综上，列米佐夫作品中成语单位的使用具有双重性。一方面，它是固定短语，是民俗文化的沉淀，塑造了一种民间口头叙事的气氛。另一方面，成语作为一种语言套词，它的使用会导致叙述无法实现个性化，因为成语所指明的不是具体的个人的经验或心理状态，而是语言实践中所记录的普遍情况。因此，列米佐夫强调作家作为独立的文字游戏者可以对成语单位进行转换。这样的转换让成语的使用不再生硬，而是更加生动，既保留了其口语俗语色彩，又突显了人物角色的性格特征。

三、方言词、随机词与指小表爱

除了上述分析的实词、虚词和成语单位，在列米佐夫的作品中还出现了一些方言词、随机词（新词）和指小表爱形式，它们都对作家文本的口语体风格模拟起到了重要作用。

1. 方言词

方言词是一种卓有成效的词汇层面的风格手法，它体现了列米佐夫对民间口语元素的偏爱，成为作家作品中又一创造特殊表现力和形象性的方法。为了在作品中更真实地反映民间生活，列米佐夫选取了一些方言中典型、生动的词语。关于作家作品中的方言词的释义，可以根据《俄语方言词典》（*Словарь русских народных говоров*，简称СРНГ）[①]来确定。比如，在列米佐夫的作品中出现了下列方言词：

1）выгубить：〈方〉破坏，毁坏，消灭（СРНГ，第五卷，第

① 具体参见https://iling.spb.ru/vocabula/srng/srng。

270页）。

...желание, о котором он высказывается лишь в трогательные минуты дружеских излияний и которое ничем не **выгубишь**: найти среди гуляющих такую молодую хозяйственную девицу, которая полюбит его бескорыстно.[①]（《不知疲倦的铃鼓》）

［译文：……有一个愿望，他只有在亲切友好的真情流露之际才会说出这个愿望，并且任何方式都无法**破坏**这个愿望：在行人中找到这样一个年轻节俭的会无私地爱着他的女孩。］（作者译）

2）гунявый：〈方〉不干净的，不整洁的（СРНГ，第七卷，第236页）。

...вид совсем не художественный, **гунявый** какой-то...[②]（《不知疲倦的铃鼓》）

［译文：……（沙包达耶夫）完全没有一副画家的样子，**脏兮兮的**……］（作者译）

3）домекнуться：〈方〉猜测，了解，理解（СРНГ，第八卷，第118页）。

...он забыл о Горбачеве, и о Марье Александровне, и о Лизавете Ивановне и об одном старался **домекнуться**, что такое устранить надо, чтобы успокоиться.[③]（《教妹》）

［译文：……他忘掉了戈尔巴乔夫，也忘掉了玛丽娅·亚历山德罗芙娜和莉扎威塔·伊万诺芙娜，尽量**领悟**一点，惟有消除它，才能

---

① Ремизов А.М., *Избранные произведения*, Изд. Панорама, 1995: 267.

② Ремизов А.М., *Избранные произведения*, Изд. Панорама, 1995: 269.

③ Ремизов А.М., *Собрание сочинений. Т. 4. Плачужная канава*, Русская книга, 2001: 133.

平静。］[1]

4）омлеть：〈方〉（身体局部）发麻，失去知觉（СРНГ，第二十三卷，第203页）。

Если по желобу влезать, рука может **омлеть**, а если по желобу спускаться и труба из рук не выскочит, то совсем легко...[2]（《教妹》）

［译文：要是顺着流水管往下滑，会把手**擦伤**，要是攀着流水管，手不松开管子，一步一步地下，那就很容易……］[3]

方言词在列米佐夫故事体叙事中起着重要的修辞作用。在文学文本中，方言词作为语言社会分层的产物，被认为是地方特色和社会文化环境的信号。它与民俗文化和民间文学有关，为文学文本注入了民间口语元素，增强了作品的口语体风格化效果。在列米佐夫对方言词的使用中，也体现了作家对民间语言的欣赏态度——民间语言是其语言财富的主要来源。

2. 随机词

在列米佐夫作品的词汇结构中，随机词作为一个特殊的词汇层具有非常重要的意义，它体现了作家出众的造词才华，也表达了口语体风格下的语言的不受约束性和无限的潜能。

列米佐夫的文学文本中存在着各种词汇语法属性的随机词——名

① 列米佐夫著，刁绍华译：《教妹》，沈阳：辽宁教育出版社，2001年，第47页。

② Ремизов А.М., *Собрание сочинений. Т. 4. Плачужная канава*, Русская книга, 2001: 206.

③ 列米佐夫著，刁绍华译：《教妹》，沈阳：辽宁教育出版社，2001年，第136页。

词、动词、副词、形容词等：

1）ушан：名词，表示“长着一双大耳朵的人”。

...уши большие – **ушан**, спору нет...[①]（《不知疲倦的铃鼓》）

［译文：……他（指斯特拉季拉托夫）有一双大耳朵——是个**大耳朵的人**，这一点毫无疑义……］（作者译）

2）зачайкать：动词，表示“喧哗起来，开始说话”。

...монашки, заглянув в корзинку, с ужасом узнали полицеймейстера, затабунились воронами, **зачайкали** да от страха и выпустили веревку...[②]（《不知疲倦的铃鼓》）

［译文：……尼姑们看了一眼篮筐，惊恐地认出了警察长官，乌鸦成群，她们害怕得**尖叫起来**，然后松开了绳索……］（作者译）

3）пустяковский：形容词，表示“不值一提的，很不重要的”，同пустяковый。

Или постиг он в Муркином мяуканье, в обреченности Мурки мяукать, какую-то высшую справедливость, кару за какой-то Муркин изначальный грех, неискупленный и незаглаженный и, может, **пустяковский**, да сказано...[③]（《教妹》）

［译文：要么就是他在穆尔卡的喵喵叫声中，在穆尔卡的注定灭亡中洞察到了某种最高的公正，认为那是对穆尔卡的原罪的惩罚，这原罪虽然**微不足道**，但没有经过赎罪而且也没有纠正，于是说

① Ремизов А.М., *Избранные произведения*, Изд. Панорама, 1995: 247.

② Ремизов А.М., *Избранные произведения*, Изд. Панорама, 1995: 294.

③ Ремизов А.М., *Собрание сочинений. Т. 4. Плачужная канава*, Русская книга, 2001: 110.

道……］[①]

4）внедомёк：副词，表示“想不到，没有料到”，同невдомёк。

Бабушке и **внедомек**...[②]（《循着太阳运行的方向》）

［译文：老奶奶也**没有料想到**……］（作者译）

如上述例子所示，这些随机词的使用，一方面体现了口语性、言语自发性的修辞功能；另一方面，也实现了表达功能，因为随机词通常具有比一般词汇更强的表现力。

需要强调的是，作家是在俄语中现有构词模型的基础上来创造新词的。比如列米佐夫作品中常见的随机词звяк（叮当声）与普通名词рык（号叫声）的构词模式相似：рыдать（号叫）— рык（号叫声）；звякать（发出叮当声）— звяк（叮当声）。列米佐夫常用的另一种构造新词方式是同根词构词法，比如随机词смертушка（死神）与普通名词смерть同根。

显然，作家构造新词的方法是多种多样的，但是这些方法并没有超出语言中现有模型的范围。Е.Н. 格里文纳娅（Е.Н. Гривенная）在讨论列米佐夫随机词的特点时说道：“作家在适度的范围内创造随机词，他创造的随机词在语义上具有透明性，即使在上下文之外，读者也容易理解”。[③]

因此，列米佐夫作品中的随机词并不是为了造词而造词，而是一

① 列米佐夫著，刁绍华译：《教妹》，沈阳：辽宁教育出版社，2001年，第17页。

② Ремизов А.М., *Избранные произведения*, Изд. Панорама, 1995: 46.

③ Гривенная Е.Н., *Стилизация разговорной речи в художественной прозе: культурно-исторический и лингвостилистический аспекты (на материале произведений А. Ремизова)*, Кубанский гос. ун-т, 2005: 108.

种风格手段。词语创造体现了语言的灵活性和不受约束性，使文学语言更接近于口头表达言语。

3. 指小表爱

在列米佐夫作品口语体风格化的过程中，带有功能标记的词汇元素——指小表爱形式起到了重要作用。

这些口语化的构词元素增强了语言的口语修辞色彩，并且传达了语言正面的（сынок, детушки, старичок）或负面的（солдатишко, старичище, мужичонка）情感色彩。

指小表爱的使用在某种程度上与民间故事传统有关，但最主要的还是与俄语口语传统有关。关于这一点，П. 霍赫里亚科夫（П. Хохряков）在《语言与心理学》（*Язык и психология*）一书中指出："俄语对话以其亲切的特质而著称，因此，除了专门的'亲切的话语'……它还包括了很重要的带有指小表爱词尾的名词、形容词甚至副词词汇层"。[①]这种词汇形式在列米佐夫童话故事集《循着太阳运行的方向》中特别典型，尤其是名词的指小表爱形式，比如：

1）Ангел увидел, что **цветочкам** довольно **водицы**, махнул белым **крылышком**, сказал **тучке**:

– Будет, **тучка**, плыви себе.[②]

［译文：天使看见**小花朵**上满是**小水珠**，挥了挥白色的**小翅膀**，对着**小乌云**说：

——够了，**小乌云**，你就飘走吧！］（作者译）

① Хохряков П., *Язык и психология*, Казань, 1889: 85.

② Ремизов А.М., *Избранные произведения*, Изд. Панорама, 1995: 24.

2）Любит Кострома попраздновать, **блинков** поесть да **кисельку** клюквенного со **сливочками** да с **пеночками**.[①]

［译文：科斯特罗马喜欢设宴庆祝，吃**小薄饼**和红莓**果子酱**，还有带**奶皮**的**奶油**。］（作者译）

3）Вьется **песенка**, перепархивает, голубым **жучком** со **цветка** по **травушке**, повевает **ветерком**, расплетает у **девочек коски**, машет **ленточками** и звенит–жужжит...[②]

［译文：一阵**歌声**缭绕，如蓝色**小虫**般从一朵**花儿**飞到另一棵**草儿**上，像一阵**微风**，吹散了**小姑娘**的**辫子**，绑辫子的**丝带**抖动着叮当作响……］（作者译）

该童话集中有许多故事文本的标题都是以名词的指小表爱形式命名，如：«**Монашек**», «**Красочки**», «**Кошки** и **мышки**», «**Снегурушка**», «**Медведюшка**», «**Морщинка**», «**Зайчик** Иваныч», «**Зайка**»。

除了名词的指小表爱形式外，童话集中还出现了一些形容词和副词的指小表爱形式，比如：

1）Маленький монашек, **беленький**.[③]

［译文：小和尚，**白白的**脸。］（作者译）

2）Изогнула сердито Котофеевна хвостик, надула брезгливо **красненький** ротик...[④]

［译文：科托费耶夫娜愤怒地弯着尾巴，厌恶地鼓起**红红的**小

① Ремизов А.М., *Избранные произведения*, Изд. Панорама, 1995: 25.

② Ремизов А.М., *Избранные произведения*, Изд. Панорама, 1995: 27.

③ Ремизов А.М., *Избранные произведения*, Изд. Панорама, 1995: 22.

④ Ремизов А.М., *Избранные произведения*, Изд. Панорама, 1995: 29.

嘴……］（作者译）

3）Гладят **тихонько** цветочки белые крылышки, дуют **тихонько** на перышки.[1]

［译文：白色的翅膀**静静地**抚摸着花朵，**轻柔地**拍打着羽毛。］（作者译）

4）Заберется Малечина в гибкий плетень, **тоненько** комариком песню заведет...[2]

［译文：马列钦纳钻入了柔软的篱笆里，像一只小蚊子一样**轻声地**歌唱……］（作者译）

关于《循着太阳运行的方向》中的指小表爱形式，一方面与作品的儿童受众有关，作为叙述者的作者在这里用孩子般的“矫正过的眼睛”来看待世界，通过指小表爱形式来仿效孩子的话语，拉近与儿童读者之间的距离。另一方面，指小表爱形式充当了口头表达的信号，是列米佐夫作品中实现口语体风格化的构词修辞材料。

以上便是对列米佐夫作品中常见的口语体风格化词法手段的分析。

① Ремизов А.М., *Избранные произведения*, Изд. Панорама, 1995: 23.

② Ремизов А.М., *Избранные произведения*, Изд. Панорама, 1995: 34.

第二节　口语体风格化的句法手段

列米佐夫作品中的句法结构带有很深的口语痕迹，这是因为作家广泛使用了口语类型的句法结构。口语类型的句法结构在释放口语化信号方面之所以有效，是因为它们能够传达无准备的、自发的言语结构的细节特征。

关于列米佐夫作品的句法结构特点，首先，它没有文学作品中常见的通顺性和流畅性，而是更具生动性和节奏性，不拘泥于句法模式和文学的陈词滥调，在句法结构的选择上享有更大的自由，但这种自由并不意味着没有系统性。列米佐夫透过每一个单词、每一个文本单位（短语、基本句法结构、段落等）看到了整个文本的空间。作家基于最微妙的节奏感，通过口语体句法手段来塑造形象，构建这一空间。

其次，列米佐夫的句子结构大多非常简短，在简洁压缩的句子中剔除了所有“辅助手段”：省略连接词、代词和修饰语，以及系统地引入省略句；大部分句子都只有主句，没有从句，逻辑关系并未直接显示，而是通过标点符号（冒号、破折号等）来表明；根据口语体规则来构建述位—主位句（关键成分放句首，次要成分放句末）；借助丰富的语调符号（如省略号、感叹号）和手势词语（вот, тут, это）来表达情感语义。

此外，列米佐夫作品中话语展开的主要原则是句子和词语的联想原则。言语联想原则表现为句子结构之间的各种逻辑偏离，叙述语言结构不连贯甚至破裂，从一个话题跳跃到另一个话题。这项原则帮助列米佐夫将叙述构建为生动的、无准备的言语，并且体现了语言句法结构在塑造文学作品风格时的特殊表现力。

总的来说，作家作品中句法层面的口语体元素是一种艺术手段，其本质是对真实交际行为的模拟。这种艺术手段能够创造一种即兴讲述的印象，并吸引听众（读者）进入故事体叙述的语境中来。下面介绍列米佐夫作品中一些常见的口语体句法结构。

一、常见口语体句法结构

1. 不定式结构

不定式结构是列米佐夫作品中口语体句法结构的主要基础。在列米佐夫的作品中，句法意义是通过词序和语调等句法联系手段来表达的，所以通过词形来传达句法意义的手段便被弱化了。也正因为这个原因，列米佐夫的作品中广泛地使用了动词词形变化表中无标记的成分——不定式：

1）«Поскорей бы **уехать**!» – томится Аленушка.① （《循着太阳运行的方向》）

［译文：“快点**走**！”——阿廖努什卡苦闷极了。］（作者译）

2）Хорошо медвежонку **прыгать** по пням и кочкам, хорошо ему

① Ремизов А.М., *Избранные произведения*, Изд. Панорама, 1995: 58.

сучья **ломать**, **наряжаться** цветами.[①]（《循着太阳运行的方向》）

［译文：小熊在树桩和土墩上**跳**来跳去，**折断**树枝，用花来**装扮自己**。］（作者译）

3）Обрадовалась Марья да опрометью на кухню **ставить** тесто.[②]（《循着太阳运行的方向》）

［译文：玛丽亚高兴极了，然后冲进厨房**发起面来**。］（作者译）

4）**Гнать** бы его тут в хвост и в голову вместе с его портфелем, но Иван Семенович не гнал, а держал при себе...[③]（《不知疲倦的铃鼓》）

［译文：本可以把他和他的公文包一起彻头彻尾地**赶出去**，但是伊万·谢苗诺维奇没有赶走他，而是把他留在了身边……］（作者译）

2. 重复结构

重复结构是列米佐夫作品中极具表现力的一种句法手段，具有突出语调节奏、加重语气、增强抒情性的功能。该结构主要表现为句法结构并列、词形序列同质、词汇位置重复等：

1）**Принарядилась** старая, и Морщинка **принарядилась**.[④]（《循着太阳运行的方向》）

［译文：老阿莉什卡（老鼠名）**打扮得漂漂亮亮**，小皱纹（另一老鼠名）也**打扮得漂漂亮亮**。］（作者译）

---

① Ремизов А.М., *Избранные произведения*, Изд. Панорама, 1995: 59.

② Ремизов А.М., *Избранные произведения*, Изд. Панорама, 1995: 73.

③ Ремизов А.М., *Избранные произведения*, Изд. Панорама, 1995: 270.

④ Ремизов А.М., *Избранные произведения*, Изд. Панорама, 1995: 65.

2）**Мышки** притихли, **мышки** согнулись.[①]（《循着太阳运行的方向》）

［译文：**老鼠**安静下来，**老鼠**蜷缩起来。］（作者译）

3）**Бежали** они, **бежали**, **бежали-бежали**, **прибежали** в норку **общипанные**, **обглоданные**, **облупленные**.[②]（《循着太阳运行的方向》）

［译文：它们**跑啊**，**跑啊**，**跑啊跑**，**跑到**了一个洞里，被**拔了毛**，**脱了壳**，**剥了皮**。］（作者译）

4）**Такие** веселые, **такие** проворные, **такие** бесстрашные – Дарья, Агафья и Марья.[③]（《循着太阳运行的方向》）

［译文：她们**如此**快乐，**如此**敏捷，**如此**无所畏惧——她们是达里娅，阿加菲娅，玛丽亚。］（作者译）

3. 省略句结构

列米佐夫作品中各种类型的省略句是口语体句法结构的一个典型特征。考虑到口头言语的自发性和无准备性特征，在风格模拟过程中，列米佐夫使用了许多省略句，省略了句子中某些在语法和语义上必须具备的成分，但是从风格意义上来说，这种省略是有理有据的。这些省略句结构具有鲜明的动态性、内容的丰富性和强烈的表现力，能够简化叙述，并使叙述变得更加生动。

在列米佐夫的作品中，省略句结构的主要类型是谓语省略句：

1）Парадный конец дома в переулок к казармам – квартиры

① Ремизов А.М., *Избранные произведения*, Изд. Панорама, 1995: 66.

② Ремизов А.М., *Избранные произведения*, Изд. Панорама, 1995: 68.

③ Ремизов А.М., *Избранные произведения*, Изд. Панорама, 1995: 69.

богатые.[①]（《教妹》）

［译文：大楼正面的一端朝着通往兵营的小巷——是有钱人的住宅。］[②]

2）Еще выше – Ошурковы муж с женою – десять комнат...[③]（《教妹》）

［译文：再往上，是奥舒尔科夫一家，丈夫和妻子，占用十个房间……］[④]

3）Черный конец дома – квартиры маленькие и жильцы средние, а больше мелкие.[⑤]（《教妹》）

［译文：大楼后面的一端——是一些面积小的住宅，住着中等房客，而更多的是下等房客。］[⑥]

4) В углу икона Божьей Матери – Всех скорбящих радости, между иконою и шкапом старинное оружие.[⑦]（《不知疲倦的铃鼓》）

［译文：在圣像角里有圣母圣像，在圣像与柜子之间是一把旧武器。］（作者译）

---

① Ремизов А.М., *Собрание сочинений. Т. 4. Плачужная канава*, Русская книга, 2001: 111.

② 列米佐夫著，刁绍华译：《教妹》，沈阳：辽宁教育出版社，2001年，第20页。

③ Ремизов А.М., *Собрание сочинений. Т. 4. Плачужная канава*, Русская книга, 2001: 111.

④ 列米佐夫著，刁绍华译：《教妹》，沈阳：辽宁教育出版社，2001年，第20页。

⑤ Ремизов А.М., *Собрание сочинений. Т. 4. Плачужная канава*, Русская книга, 2001: 112.

⑥ 列米佐夫著，刁绍华译：《教妹》，沈阳：辽宁教育出版社，2001年，第21页。

⑦ Ремизов А.М., *Избранные произведения*, Изд. Панорама, 1995: 262.

正是由于缺少谓语动词，这类省略句给人一种紧张感，它们的表达非常简短，但内容却很丰富，它们简洁而充实的特征最典型地体现了口语体风格。

此外，列米佐夫作品中还有主语省略句，但较之谓语省略句则不太常见：

1）Ночь Верочка не ночевала дома. А наутро, как вернулась, сейчас же за комнату принялась – за уборку.[①]（《教妹》）

［译文：薇罗奇卡没有在家里过夜。第二天早晨一回到家马上开始收拾房间。］[②]

这里第二个句子省略了主语она，应该为“А наутро, как она вернулась”。

2）Потирали руки от удовольствия: церковное пение у нас любят и регентами дорожат.[③]（《不知疲倦的铃鼓》）

［译文：人们高兴得直搓手：我们热爱教堂歌曲，我们珍惜教堂合唱指挥。］（作者译）

这里省略了主语они或все，应该为“Они / Все потирали руки от удовольствия”。

3. 述位前置结构

述位前置结构，即述位（未知信息）–主位（已知信息）结构，在风格上具有口语色彩，因为它们使人联想到言语行为的口语环境。在

---

① Ремизов А.М., *Собрание сочинений. Т. 4. Плачужная канава*, Русская книга, 2001: 142.

② 列米佐夫著，刁绍华译：《教妹》，沈阳：辽宁教育出版社，2001年，第57页。

③ Ремизов А.М., *Избранные произведения*, Изд. Панорама, 1995: 272.

口语环境下，将最重要的信息（新信息）前置是一大特点，比如：

1）**Как огня**, боялся Иван Семенович Лыкова...[①]（《不知疲倦的铃鼓》）

［译文：伊万·谢苗诺维奇怕雷科夫**就像怕火一样**……］（作者译）

2）**О законном отце своем** Стратилатов сам никогда не вспоминал...[②]（《不知疲倦的铃鼓》）

［译文：斯特拉季拉托夫本人从未记起过**自己的合法父亲**……］（作者译）

3）**Кричит** петух целые ночи, несет змеиные спорыши...[③]（《循着太阳运行的方向》）

［译文：公鸡整夜**啼叫**，下了带蛇纹的蛋……］（作者译）

4）**Лет пять** всего до Петербурга прожил он в провинции...[④]（《教妹》）

［译文：来彼得堡之前，他在外省住了**五年**……］[⑤]

5）**Погибший** он человек.[⑥]（《教妹》）

---

① Ремизов А.М., *Избранные произведения*, Изд. Панорама, 1995: 252.

② Ремизов А.М., *Избранные произведения*, Изд. Панорама, 1995: 255.

③ Ремизов А.М., *Избранные произведения*, Изд. Панорама, 1995: 35.

④ Ремизов А.М., *Собрание сочинений. Т. 4. Плачужная канава*, Русская книга, 2001: 165.

⑤ 列米佐夫著，刁绍华译：《教妹》，沈阳：辽宁教育出版社，2001年，第86页。

⑥ Ремизов А.М., *Собрание сочинений. Т. 4. Плачужная канава*, Русская книга, 2001: 103.

［译文：他是个**垮掉了的人**。］[①]

二、连接词句

并列连接词[②]а和и出现在独立句子的句首是模仿口语的一种句法手段。口头言语结构的无组织性和自发性表现为各种句法结构成分的自由排序。在句首使用连接词，借助连接词的语境意义，可以创建具有明显口语色彩的特定的节奏语调结构。Е.Н. 格里文纳娅（Е.Н. Гривенная）在研究列米佐夫语言创作特点时指出："并列连接词а和и具有对比转折意义并指示过渡到另一话题，经常使用它们会给叙述带来口语色彩并作为口头表达的一个信号出现"[③]。根据这种句法结构的功能和风格标记特点，Е.Н. 格里文纳娅用一个特殊的术语——"连接词句"（союз-предложение）来定义它们，其中以连接词а为句首的句子被称为"А连接词句"（А-предложение），以连接词и为句首的句子则为"И连接词句"（И-предложение）。

比如，在小说《教妹》中常常会遇到以连接词а为句首的句子：

А скоро и для Маракулина Поля стала Дуней. **А** произошло это знакомство вовсе не потому, что Маракулин бы этого добивался 〈...〉 **А** Маракулин покраснел весь ... 〈...〉 **А** у Маракулина не выходил из

---

① 列米佐夫著，刁绍华译：《教妹》，沈阳：辽宁教育出版社，2001年，第8页。

② 并列连接词连接在语法上处于同等地位的句子成分或句子。

③ Гривенная Е.Н., *Стилизация разговорной речи в художественной прозе: культурно-исторический и лингвостилистический аспекты (на материале произведений А. Ремизова)*, Кубанский гос. ун-т, 2005: 130.

головы Полянский...[1]（《教妹》）

［译文：而对于马拉库林来说，波莉娅也很快就成了杜妮娅。这次相识所以发生，根本不是因为马拉库林一定要这样……马拉库林脸刷的一下子红了……而马拉库林一直不能忘掉波梁斯基……］[2]

这个例子中的A连接词句就是表示从一个话题快速转入另一个话题，而这也是口语表达的一个典型特征。

并列连接词и也具有类似的模仿口头叙事的功能。首先，И连接词句常常是叙述者的插话，用来表达叙述者或其他角色对刚刚叙述的事件的看法。在大多数情况下，这样的И连接词句位于段落的第一行：

1）– Естество, – говорил дьякон, потягивая свою рыжую редкую бороденку, – такое естество, его же уставы попрать невозможно.

И, пожалуй, дьякон был прав.[3]（《不知疲倦的铃鼓》）

［译文：——自然，——执事握着自己稀疏的红胡须说，——这样的自然，就是法规也无法破坏它。

也许，执事是对的。］（作者译）

2）– Ты, Ульянушка, – говорит она Акумовне, говорит, словно бы слезы глотает, – ты наперво, Ульянушка, окуней вывари до изнеможения, а затем класть стерлядь, вкусная уха выйдет.

И правильно, вкусная варилась уха...[4]（《教妹》）

---

① Ремизов А.М., *Собрание сочинений. Т. 4. Плачужная канава*, Русская книга, 2001: 176.

② 列米佐夫著，刁绍华译：《教妹》，沈阳：辽宁教育出版社，2001年，第99–100页。

③ Ремизов А.М., *Избранные произведения*, Изд. Панорама, 1995: 248.

④ Ремизов А.М., *Собрание сочинений. Т. 4. Плачужная канава*, Русская книга, 2001: 118.

［译文："乌里雅努什卡，你首先把河鲈炖得稀烂，"她说道，好像是在咽口水，"然后再把鲟鱼放进去，炖出来的鱼汤鲜美极啦。"

的确，炖的鱼汤真鲜美……］[1]

以上这两个例子中的И连接词句都是叙述者的插话，表达了他对角色或事件的看法。

其次，И连接词句还可以引出人物角色的内心言语，这也属于口语体句法结构的一部分，比如：

...добрым словом ни разу не поминал он приятеля. **И** пусть лучше одни враги будут и ты один останешься посреди травы–крапивы, так было отчаялся Иван Семенович.[2]（《不知疲倦的铃鼓》）

［译文：……他（指斯特拉季拉托夫）从来没有记起过朋友的好。最好都是敌人，而你一个人留在荨麻草丛里，伊万·谢苗诺维奇感到绝望。］（作者译）

这里的И连接词句引出了主人公斯特拉季拉托夫的内心言语。

需要指出的是，А连接词句和И连接词句可以组合交替使用，这样的用法大大增强了口语效果，如《教妹》中的这一个片段：

И ночью, в эту семицкую ночь, приснилось Маракулину, будто сидит он у стола за самоваром...

А по соседству с ним, и он это с отвращением заметил, курносая, зубатая, голая и с нею еще кто–то в темном...

И в досаде, схватив стакан, он наметил пустой голый череп.

А она, курносая, зубатая, голая, поднялась да к двери...

---

① 列米佐夫著，刁绍华译：《教妹》，沈阳：辽宁教育出版社，2001年，第28页。

② Ремизов А.М., *Избранные произведения*, Изд. Панорама, 1995: 275.

А на дворе – полон двор...

И все глядят вверх к окну...

А Маракулин стоит будто в окне...

И в ответ ему шепчет будто весь Бурков двор в тоске смертельной...[1]（《教妹》）

［译文：夜里，在这个悼亡节之夜，马拉库林做了一个梦，梦见自己坐在桌子旁喝茶……

他怀着厌恶之情发现，挨着他的是一个长着翘鼻子和龇着牙的裸体女人，挨着她还有一个穿着深色衣服的……

他感到很烦闷，抓起杯子来，画了一个骷髅。

那个长着翘鼻子和龇着牙的裸体女人站起来，朝着门口走去……

院子里满满的人……

大家全都朝上面看窗户……

马拉库林好像是站在窗户上……

整个布尔科夫大院里的人都异常痛苦地小声说……］[2]

如此一来，连接词句作为列米佐夫作品中独特的口语体句法结构，在形成口语节奏语调时发挥了重要作用。

三、其他句法技巧

除了常见的口语体句法结构和作家独具个人特色的连接词句，列

---

① Ремизов А.М., *Собрание сочинений. Т. 4. Плачужная канава*, Русская книга, 2001: 196—197.

② 列米佐夫著，刁绍华译：《教妹》，沈阳：辽宁教育出版社，2001年，第123-125页。

米佐夫作品中还有其他产生口语化效果的句法技巧，如叙述者自我打断，补充、加确、解释，逻辑错误等。这些技巧能够反映口头言语的口述性、自发性、无准备性的特征。

1. 叙述者自我打断

叙述者自我打断是作家文学文本中口语体句法结构的重要元素。比如，在小说《不知疲倦的铃鼓》中有这么一段：

...вид совсем не художественный, гунявый какой–то, жалкий, **ну**, пиджачишка, **правда**, франтоватый **и** воротнички **и** малиновый бархатный жилет...[①]（《不知疲倦的铃鼓》）

［译文：……（沙包达耶夫）完全没有一副画家的样子，脏兮兮的，很可怜，**不过**，穿的夹克，**的确**，很讲究，**还有**衣领，**还有**深红色的天鹅绒的背心……］（作者译）

叙述者通过主观–情态语气词ну、插入语правда和重复的连接词и来进行自我打断，让读者感觉到这是即时口述的话语，而不是提前准备好的，这样的句子完全符合口语的自发性、无准备性特点。

2. 补充、加确、解释

这是口语体的固有特征，在列米佐夫的作品中被广泛使用。当叙述者在说话过程中记起各种细节并急于补充时，就会使用这一方法。此时文学作品中的说话人模仿真实交际情景中的说话人，一边说话一边回忆，然后补充、加确、解释，这种方法也体现了口头言语的自发性、无准备性。比如：

① Ремизов А.М., *Избранные произведения*, Изд. Панорама, 1995: 269.

1）И пойдет, выйдет во двор и прямо к **рябине – рябина у могильных крестов** – влезет на нее да сверху и станет спускаться вниз головою.[①]（《不知疲倦的铃鼓》）

［译文：然后他（指斯特拉季拉托夫）出发了，走到院子里，直奔**花楸树——花楸树在十字墓碑旁**——他爬到了树的顶端，然后头朝下倒栽着滑了下来。］（作者译）

2）У Стратилатова наследников не было, не оставил он и духовной, **и деньги – десять тысяч** – перешли в казну.[②]（《不知疲倦的铃鼓》）

［译文：斯特拉季拉托夫没有继承人，他也没有留下遗嘱，**他的钱——一万卢布**——都充公了。］（作者译）

在某些情况下，叙述者担心自己言语表达不够明确，害怕听众难以理解，再加上口语体固有的联想性特征，于是也会对已经说出的话语进行自我解释、自我更正。比如《教妹》中的这个例子：

Года три, **кажется**, назад Глотов жену свою законную с третьего этажа на мостовую выбросил, и у бедняжки череп пополам, **и не три года, нет, пожалуй, уж все четыре будет**, впрочем, все равно, дело совсем не в Глотове, а в Маракулине, о Маракулине Петре Алексеевиче речь.[③]

［译文：**好像是三年以前吧**，格洛托夫把自己合法的妻子从三层楼抛到人行道上去了，可怜的女人把头颅摔成两半，**不是三年，不**

---

① Ремизов А.М., *Избранные произведения*, Изд. Панорама, 1995: 282.

② Ремизов А.М., *Избранные произведения*, Изд. Панорама, 1995: 299.

③ Ремизов А.М., *Собрание сочинений. Т. 4. Плачужная канава*, Русская книга, 2001: 97.

对，恐怕已经是四年了，这倒无关紧要，这里要讲的事情完全不是发生在格洛托夫身上，而是发生在马拉库林身上，说的就是马拉库林，彼得·阿列克谢耶维奇。］[①]

3. 逻辑错误

这里的逻辑错误是指句法语义展开过程中的逻辑错误。作家通过逻辑链断裂和逻辑语序混乱的方法构建了一种言语逻辑错误和修辞错误的印象。需要强调的是，逻辑错误结构作为一种特殊的艺术手法，主要是为了追求语言的“口述性”。因为口语体风格要求在发声的同时组织言语，这是不能提前准备的言语，在这样的言语中存在一些逻辑错误是正常的现象。比如：

1）Горбачева все знают и не очень долюбливают, а Горбачев детей терпеть не может.[②]（《教妹》）

［译文：人人都了解戈尔巴乔夫，对他没有很大的好感，而戈尔巴乔夫对孩子们简直不能容忍。］[③]

在上述例子中，逻辑错误体现在对别连接词a的使用上，连接词a前面的内容和后面的内容并不构成对立和转折的关系，别人“对他没有很大的好感”和“戈尔巴乔夫对孩子们简直不能容忍”没有本质上的关联，这属于逻辑链断裂。除此之外，在句子成分的构造上也出现了异常，这个句子作为一个复合句，违反了主体一致的原则，前半

① 列米佐夫著，刁绍华译：《教妹》，沈阳：辽宁教育出版社，2001年，第2页。

② Ремизов А.М., *Собрание сочинений. Т. 4. Плачужная канава*, Русская книга, 2001: 113.

③ 列米佐夫著，刁绍华译：《教妹》，沈阳：辽宁教育出版社，2001年，第22页。

句的主体是все（人人），而后半句的主体却变成了Горбачев（戈尔巴乔夫），这样的语法错误也能体现出口头言语的自发性和无准备性特征。

2）...и варенье ставилось не заплесневелое, а то у Стратилатова варенья большой запас: которое заплесневеет, снимет плесень и расходует на угощение.[①]（《不知疲倦的铃鼓》）

［译文：……并且给（济马廖夫）呈上了没有发霉的果酱，当然斯特拉季拉托夫有很多果酱：它们发霉了，他把霉菌剔除后用来招待客人。］（作者译）

前面提到斯特拉季拉托夫给济马廖夫准备了没有发霉的果酱，但后来又说斯特拉季拉托夫常常剔除发霉的果酱上的霉菌来招待客人，因此读者会产生疑问：斯特拉季拉托夫给济马廖夫准备的到底是真的没有发霉的果酱还是发霉了但被他剔除了霉菌的果酱？根据上下文可知答案是后者。所以，这里出现了逻辑语序混乱，正确的逻辑语序应该是“……并且给（济马廖夫）呈上了没有发霉的果酱：它们发霉了，他把霉菌剔除后用来招待客人，当然斯特拉季拉托夫有很多果酱”。

根据上述对列米佐夫文学作品中口语体风格化语言手段的分析，可以得出下列结论：在词法层面上，带有口语俗语修辞色彩的词汇元素是叙述者情感状态、评价态度的具体体现。它们作为最小化的语言手段，奠定了以口语性为基础的叙事风格。在句法层面上，具有口语性特征的句法结构和句法技巧旨在模仿即兴展开的、正在进行的话语，模仿它的自发性和无准备性，突出节奏和语调。作家在作品中所使用的词法手段和句法手段具体归纳如下：

① Ремизов А.М., *Избранные произведения*, Изд. Панорама, 1995: 276.

词法手段	实词与虚词	动词	实词类中所占比例最大
		名词	所占比例相对较少，多采用第一格形式
		代词	使用多，尤其是代词такой的多功能使用
		语气词	使用最高频的词类，增强了言语的对话性，也暗示了手势和表情
	成语单位		使用高频，仅次于语气词；具有评价表达和情感表达功能；可以增词、减词、换词、向自由词组转换
	方言词		体现民间口头元素
	随机词		体现语言的灵活性、不受约束性和作家的造词才华
	指小表爱		表达语言的情感色彩，增强话语的亲切感，在童话故事集《循着太阳运行的方向》中最为典型
句法手段	常见口语体句法结构	不定式结构	是口语体风格化句法结构的主要基础
		重复结构	突出语调节奏，加重语气，增强抒情性
		省略句结构	使叙述更简洁、更生动、更具表现力，主要是谓语省略句，还有一部分主语省略句
		述位前置结构	将新信息前置，体现语言的口述性
	连接词句	А连接词句	是作家独特的句法结构，可组合使用，帮助形成口语节奏语调
		И连接词句	
	其他句法技巧	叙述者自我打断	模仿口语体的口述性、自发性、无准备性特征
		补充、加确、解释	
		逻辑错误	

因此，对列米佐夫新现实主义作品进行全面的语言风格分析使我们看到了文本范围内语言单位的相互作用是有目的的：文学文本的语言模型是作家经过深思熟虑后构建的，是有艺术动机的。列米佐夫积累了丰富的民俗文化知识和民间语言储备，并且希望重现被遗忘的、生动的民间口头言语，所以他制定了口语体风格化的方案。这种方案是列米佐夫大部分作品的语言布局基础，定义了作家的个性，也体现了新现实主义艺术综合的思想，并表达了作家的美学意识——他将口语体风格视为风格层面的基本美学概念，并努力在作品中最完整最高效地实现口语体风格化。

从另一个角度来看，也可以将列米佐夫作品中的口语体风格化过程视为一种语言游戏手段。它是作家的一种特殊言语行为，故意违反文学语言规范，创建非规范的语言形式和结构。这一语言游戏手段的主要目的是，让读者意识到语言手段及其使用方法的多样性，动摇植根于人们意识中达多个世纪之久的关于在艺术作品框架内规范用词的观点，揭示语言在风格上的无限潜能。因此，从这一角度来看，列米佐夫的口语体风格化体现了新现实主义语言创作的现代主义美学倾向。

本章小结

本章以列米佐夫新现实主义作品为语言材料，分析了其作品中的词法手段和句法手段对形成口语体风格化效果的作用，揭示了作家新现实主义语言创作的口语性特点。

20世纪初的俄国文学进程具有艺术综合性特征，民俗文化遗产与现代主义之间也产生了化学反应，彼此相互作用相互影响。在列米佐夫的作品中，那些古老的、被遗忘的民间口语词汇、短语、句子结构重新焕发了生机。列米佐夫借助口语性的词法手段和句法手段在文学文本中进行风格模拟，模拟自发的、无准备的口语表达，从而形成一种文体效果，即口语体风格化的效果。

本章第一节分析了列米佐夫作品中口语体风格化的词法手段。首先，作家在文本中使用了大量带有典型口语俗语修辞色彩的词语（实词和虚词），包括带有口语修辞色彩的动词、名词、代词和语气词。这些词语，尤其是语气词，在功能意义上最大化地接近于真实的自发口语，赋予风格化的言语一种鲜明的口语色彩。某些语气词还会使读者产生对说话人手势、表情的联想，增强言语的画面感。其次，带有口语俗语修辞色彩的成语单位在列米佐夫的作品中也占有很大比例。列米佐夫笔下的成语结构可以根据作者的意图而发生变化。为了使成语在文本中发挥出更强的艺术表现力，列米佐夫通过增词法、减词法、换词法和向自由词组转换等方法来更新成语的语义。成语作为民俗文化的沉淀与现代主义形式的文字游戏相结合——这是列米佐夫作为新现实主义者在语言层面的创新。最后，本节还介绍了作家在文本中引入的方言词、随机词和指小表爱形式，它们都对作家文学文本的口语体风格模拟起到了重要作用。

本章第二节分析了列米佐夫作品中口语体风格化的句法手段。首先介绍了列米佐夫作品中常见的四种口语体句法结构：不定式结构、重复结构、省略句结构和述位前置结构。这些句法结构的本质是对真实交际行为的模拟，创造一种即兴讲述的印象。除了这些常见的口语体句法结构，列米佐夫的作品中还有一种特殊的句法结构——将并列连接词а和и置于独立句子的句首的连接词句。连接词句作为作家独特的口语体句法结构，在形成口语节奏语调时发挥了重要作用。此外，作家还使用了其他产生口语化效果的句法技巧，如叙述者自我打断，补充、加确、解释，逻辑错误等。这些技巧是对口头言语口述性、自发性、无准备性特征的模拟。

因此，本章通过分析列米佐夫作品中口语体风格化的词法句法手段，揭示了作家语言创作的新现实主义特点——口语体风格化的特点。列米佐夫是一个语言的挖掘者，善于挖掘被遗忘的词语（民俗口语词、俗语词、方言词等）。他钟情于民间口语体风格，但对现代主义形式的风格探索也很感兴趣。面对民间口语俗语元素，他不仅仅是一个修复者，而且还是一个创造者，创造了符合现代读者审美的口语体风格化作品。因此，列米佐夫的语言风格体现了其作为新现实主义者的语言探索精神。

结　语

阿列克谢·米哈伊洛维奇·列米佐夫是俄罗斯学术界公认的“复杂的作家”“卓越的文体家”，俄国白银时代独树一帜的作家，他也是19—20世纪之交俄国新现实主义文学流派的奠基者。其作品极具个人特色和时代印记，重现了19—20世纪之交俄国生活文化的巨幅图景，是传统与创新、现实主义与现代主义相结合的产物。目前该作家在国内还鲜为人知，但在国外关于他的研究已经初具规模，他的很多作品也被译成法语、德语，吸引了世界各地大量读者和文学评论家的关注。

本书选取了列米佐夫移民前创作的五部作品——《循着太阳运行的方向》《钟表》《不知疲倦的铃鼓》《教妹》《第五种瘟疫》为研究对象，在新现实主义理论的背景下对列米佐夫作品中的主题系统、人物形象系统和语言风格系统进行了梳理，分析了作家作品中的“新现实”、新现实主义人物形象和口语体风格化的语言特征。本书在研究过程中所得出的结论主要归为以下几点：

1. 白银时代“新现实主义”是19—20世纪之交现实主义和现代主义两大思想艺术流派相融并存、相互影响的结果。新现实主义产生的哲学背景与生命哲学、直觉主义和俄国宇宙主义思想有关。“生命哲学”中所形成的普遍的生命热情和生命完整性思想使新现实主义者在新的价值范畴中定义“生命”的概念，肯定生命中的喜悦与苦难；柏格森直觉主义中的直觉认知让新现实主义者更加关注人的内心世界和心理状态；俄国宇宙主义阐释使新现实主义者对人与世界的关系的理解发生变化：人类更多地被视为宇宙的一部分，与周围所有的生物相等。关于新现实主义的发展历程，20世纪10年代，新现实主义作为一个文学流派诞生于《遗训》杂志内部列米佐夫领导的文学小组中。小组成员擅长描写日常生活现实，但对哲学和现代主义更感兴趣，他们想要更新古典现实主义，因此被评论家们称为“新现实主义者”。20世纪20年代，在第一批新现实主义作家的创作基础上，新现实主义理论最终形成，列米佐夫的学生、追随者扎米亚京成为了新现实主义的主要作家和理论家，他将“新现实主义”理解为一种“综合主义”，即现实主义与象征主义两个对立流派的综合。到了20世纪30年代，新现实主义逐渐退出历史舞台。从新现实主义出现至今，关于该流派的性质及其在20世纪初的文学艺术地位一直存有争论：Л.А. 斯米尔诺娃（Л.А. Смирнова）、С. 科甘（С. Коган）等人将新现实主义视为现实主义艺术意识发展的后一阶段，认为新现实主义的本质仍然是现实主义；新现实主义理论家扎米亚京和著名的文学评论家В.А. 凯尔德士（В.А. Келдыш）将新现实主义视为位于现实主义与现代主义之间一个独立流派；新现实主义的著名研究者Т.Т. 达维多娃（Т.Т. Давыдова）将新现实主义视为现代主义流派中的一个分支，强调现代主义意识形态和诗学特征才是新现实主义的主要标志。本书认为后两种观点都有可取之处，我们赞同新现实主义介于现实主义与现代主义之间的独立流派地位，但同时也强调现代主义意识形态对新现实主义者的影响更大。新现实主义作家在主题上不再局限于挖掘事件背后的社会意义，而是更多地从哲学层面关注一些世界性的问题。在这一时期新现实主义作家们也创造了一些独特的主人公类型，比如“义人”主人公、

“兽性人”主人公等。在体裁方面，出现了反体裁形式的创新作品，其中最典型的是反圣徒传体裁。除此之外，新现实主义者还喜欢采用故事体这一体裁来扩大小说的叙事可能性和民族特性。在语言方面，新现实主义者在作品中广泛地引入了方言词、行话、古词和自创新词，形成了一种独特的装饰故事体风格，创造了作品的语言丰富性。本书在新现实主义背景下对列米佐夫作品进行研究时，主要关注其作品中所呈现出的“新的”东西——“新的”现实，“新的”人物形象，“新的”语言风格。

2. 列米佐夫作品中的“新现实”主要表现为以灵魂救赎、苦难、忏悔、宽恕为主题的矛盾的颠倒的现实。在中篇小说《不知疲倦的铃鼓》中，列米佐夫关注宗教与性的矛盾现实，关注人类内心灵魂救赎与肉体欲望的斗争以及人类在肉欲罪恶中的忏悔。首先，作家在该小说文本中引用了大量基督教元素，包括基督教教义、祷文、圣像、修道院等，但同时又将这些元素置于与它们传统神圣含义相矛盾的语境中，使它们获得了亵渎性色彩，如小说主人公伪善的教徒行为、亵渎祷文、买卖圣物、修道院修女荒淫纵欲等。神圣与亵渎这一对矛盾体在小说文本中相互作用，形成了一个特殊的语义场。然后，作家戏仿圣徒传体裁形式，以宗教节日为时间背景，以十字架苦难为主题，结合救世主苦难的圣经故事与带有低俗文学体裁气息的小说主人公的爱情故事，展示了主人公思想中精神与肉体的矛盾斗争——既渴望获得灵魂的救赎，又渴望满足肉体的欲望。最后，耶稣受难被爱情的激情亵渎，常见的基督教价值观失去了神圣的意义，精神被肉体取代。在小说《教妹》和《第五种瘟疫》中，作家则关注了另外一种“新现实”——荒诞的、混乱的“反世界”现实。在这个“反世界”中，发生了许多荒诞离奇的、颠倒的事件，比如警察变成了暴力的代表，圣人变成了罪人，教书育人者变成了色情传播者。“反世界”中还出现了“活死人”，他们或没有灵魂，行尸走肉般穿梭在城市里，过着“虱子般的生活”；或鬼气缠身，宛如地狱居民。此外，在这个世界里还发生了天堂和地狱的位移，即天堂降临人间，地狱浮出人间——出现了“人间天堂”和“人间地狱”。在小说《教妹》中，列米佐夫借助主人公马拉库林的“大脑游戏”阐述了关于建立“人间天堂”的可能性思考，最后，作家从本质上推翻了所有可能建立“人间天堂”的方案，认为这些都是魔鬼的阴谋。作家坚信，历经苦难、坚定信仰才是真正的精神出路。在另一部小说《第五种瘟疫》中，列米佐夫则构建了一个“人间地狱”。在这个地狱里，没有同情，没有怜悯，人失去了自己的个性，被物化和魔鬼化。总而言之，在列米佐夫的“反世界”现实中，人与世界的自然关系被破坏，活人与死人混杂在一起，神圣的受难者与行走的木头人一起生存，“天堂”与“地狱”都出现在人间，这体现了20世纪初新现实主义作家对宗教哲学探索和矛盾现实的关注。

3．列米佐夫新现实主义作品中最典型的两类人物形象是新现实主义“永恒女性”形象和世纪之交的“小人物”形象。在19—20世纪之交的俄国象征主义诗学中，“永恒女性”是永恒的、神秘的、充满爱的形象，她不等同于任何一个尘世面孔，只存在于预感和希望之中。而新现实主义作家列米佐夫突破了传统的“永恒女性”概念，将“永恒女性”引入尘世现实之中。他的“永恒女性”是坠入尘世与人类一同受罪的圣母，是有血有肉的女性，是处于绝望之中注定受难的“颓废受难女性”，是肉体被玷污但灵魂依然纯贞的“堕落受难女性”。在长篇小说《钟表》中，列米佐夫描写了生活在疯狂与绝望世界中的女主人公——被丈夫抛弃、独自一人支撑、渴望摆脱困境的赫里斯京娜以及身患遗传性梅毒、注定死亡的小女孩卡佳。她们是带有颓废主义色彩的受难女性，是现实、社会、男主人公的牺牲品。而在小说《教妹》中，作家生动形象地刻画了堕落受难女性形象：为了名誉而卖身的薇拉·威霍列娃，被男人折磨却不责怪任何人只怪罪自己的受难女性叶甫根尼娅，以及被诅咒、被强暴却“虔诚”而具有“癫僧般”神圣目光的厨娘阿库莫芙娜。她们都是无辜的“堕落受难女性”，是现实逼迫她们走上了罪恶之路。除了女性形象，列米佐夫还特别关注世纪之交的“小人物”形象。作家不仅继承了19世纪现实主义文学的“小人物”描写传统，还吸收了20世纪初现代主义的美学思想。小说《钟表》中的主人公科斯佳外表丑陋，内心自卑。为了逃避现实，他胡作非为，破坏大钟，与时间抗争，最后彻底地疯了。他是生活在社会底层被嘲笑的、被误解的、自卑到心理扭曲而发疯的“去人格化”小人物。而在小说《不知疲倦的铃鼓》中，列米佐夫向读者展示了一个戴着面具的具有双重人格的“小人物”形象。主人公斯特拉季拉托夫具有两副面孔：他是一个集“贫穷的小官员”和“贪财的霸主”、“宗教徒”和“色情狂”于一身的矛盾集合体。他的矛盾本性有社会原因，也有自身人格缺陷的原因。作者通过斯特拉季拉托夫这一形象展现了世纪之交矛盾的、敏感的、多变的“小人物”。

4．列米佐夫的语言创作具有口语体风格化的特征。作家借助口语性的词法手段和句法手段在文学文本中进行风格模拟，模拟自发的、无准备的口语表达，从而形成一种文体效果，即口语体风格化的效果。在词法层面上，首先，作家在文本中使用了大量带有典型口语俗语修辞色彩的词语（实词和虚词），包括带有口语修辞色彩的动词、名词、代词和语气词。这些词语，尤其是语气词，在功能意义上最大化地接近于真实的自发口语，赋予风格化的言语一种鲜明的口语色彩。某些语气词还会使读者产生对说话人手势、表情的联想，增强言语的画面感。其次，带有口语俗语修辞色彩的成语单位在列米佐夫的作品中也占有很大比例。列米佐夫笔下的成语结构可以根据作者意图而发生变化。为了使成语在文本中发挥出更强的艺术表现力，列米佐夫通过增词法、减词法、换词法和向自由词组转换等方法来更新成语的语义。成语作为民俗文化的沉淀与现代主义形式的文字游戏相结合——这是列米佐夫作为新现实主义者在语言层面的创新。最后，作家还在文本中引入了方言词、随机词和指小表爱形式，它们都对作家文学文本的口语体风格模拟起到了重要作用。在句法层面，不定式结构、重复结构、省略句结构和述位前置结构是列米佐夫作品中常出现的口语体句法结构。它们的本质是对真实交际行为的模拟，创造一种即兴讲述的印象。除了这些常见的口语体句法结构，列米佐夫的作品中还有一种特殊的句法结构——将并列连接词а和и置于独立句子的句首的连接词句。连接词句在形成口语节奏语调时发挥了重要作用。此外，作家还使用了其他产生口语化效果的句法技巧，如叙述者自我打断，补充、加确、解释，逻辑错误等。这些技巧是对口头言语的口述性、自发性、无准备性特征的模拟。因此，在语言创作上，列米佐夫既是一个修复者，又是一个创新者，他以民间口语俗语元素为基础，创造了符合现代读者审美的口语体风格化作品。

在新现实主义视野下对列米佐夫的创作进行研究，梳理作家作品中的主题内容、人物形象和语言风格，总结作家的艺术创作手法是一个十分新颖的角度。通过对列米佐夫作品的分析，可以看出作家作品中主题内容、人物形象和语言风格都具有综合性和承前启后的过渡性特征。列米佐夫的创作，尤其是他在语言风格领域的实践对20世纪前

20年许多年轻作家产生了巨大影响。他复兴古罗斯文学，丰富文学词汇，将诗歌、民间故事的隐喻意义引入小说中，寻找文学语言词汇句法的新的可能性——所有这些都对扎米亚京、“谢拉皮翁兄弟”和Л.列昂诺夫（Л. Леонов）的早期作品产生了影响。

但是，应该指出的是，本书还存在着许多不足之处，需要在今后的研究中进一步完善。比如，除了本书分析的列米佐夫作品的主题层、形象层和语言层的新现实主义特征之外，作家作品中还存在着其他方面的新现实主义特征，如情节布局的片段性和连续性特征、民俗传统与象征主义的结合、梦境与现实的结合等等，这些内容都具有较大的学术探究价值，但由于本书篇幅所限，并且这些特征与本书的主题关联性不是太大，所以没有在书中进行探讨，希望能在后续的研究中完成。

最后，本书希望能为国内的列米佐夫研究提供一些参考，更期待在不久的将来，会有更多优秀的关于列米佐夫的研究成果出现。

参考文献

［1］Geib K. Stilstudien A.M. Remizov［M］. Munich, 1970.

［2］Jackson R. Dostoevsky's Underground Man in Russian Literature［J］. Hague and Paris: Mouton, 1958, p.117-119.

［3］Sinany H. Alexis Remizov Bibliographic // под ред. Т.А. Осоргиной［M］. Paris, 1978.

［4］Абишева У.К. Неореализм в русской литературе 1900-10-х годов［M］. Изд. Моск. ун-та, 2005.

［5］Алексей Михайлович Ремизов［Автобиографии］// Лица,［M］. СПб., Вып.3, 1993.

［6］Андреев Ю. Пути и перепутья Алексея Ремизова［J］. Вопр. лит., 1977, С.216-242.

［7］Анисимова И.И. Горький и советские писатели. Неизданная переписка. Литературное наследство, Т. 70［M］. Изд. АН СССР, 1963.

［8］Анохин П.К. Теория отражения и современная наука о мозге［M］. 1970.

［9］Ахундов М.Д. Концепции пространства и времени: истоки, эволюция, перспективы［M］. Наука, 1982.

［10］Бахматова Г.Н. Концептуальность орнаментального стиля русской прозы первой четверти XX века［J］. Филологические науки, 1989. №5, С.10-18.

［11］Бахтин М.М. Вопросы литературы и эстетики. Исследования разных лет［M］. Худож. лит., 1975.

［12］Бахтин М.М. Проблемы творчества Достоевского［M］. Изд. Алконост, 1994.

［13］Белый А. На рубеже двух столетий［M］. Худож. лит., 1989.

［14］Белый А. О смысле познания［M］. Минск, 1991.

［15］Белый А. Символизм и современное русское искусство // Белый А. Символизм как миропонимание［M］. 1994.

［16］Блищ Н.Л. А.М. Ремизов и русская литература XIX–XX вв.: рецепция, рефлексия, авторефлексия［D］. Минск, 2014.

［17］Бондарко В. О писателе русского зарубежья Алексее Ремизове［J］. Север, 1991, С.64-66.

［18］Буевич О.В. Лирическая книга А.М. Ремизова «Посолонь»: структурные формы художественного целого［D］. Омск, 2013.

［19］Василенко Л.И. Космизм и эволюционизм в русской религиозно-философской традиции // Русский космизм и современность［M］. 1990.

［20］Веселовский А.Н. Историческая поэтика［M］. 1989.

［21］Визгин В.П. Жизнь как ценность: опыт Ницше // Жизнь как ценность［M］. 2000.

［22］Владимирова П. Рецензия на книгу Ремизова «Подорожие»［J］. // Заветы, 1913(12).

［23］Волошин М. Лики творчества［M］.1988.

［24］Гайденко П.П. Владимир Соловьев и философия Серебряного века［M］. 2001.

［25］Гальперин И.Р. Текст как объект лингвистического исследования［M］. КомКнига, 2007.

［26］Гинзбург Л.Я. Литература в поисках реальности［M］. Л., 1987.

［27］Горный Е. Заметки о поэтике Ремизова: «Часы»［Текст］// В честь 70-летия профессора Ю.М. Лотмана［C］. Тарту, 1992.

［28］Горшков А.И. Лекции по русской стилистике［M］. Изд. Лит. ин-т им. А. М. Горького, 2000.

［29］Горький М. Собр.соч.: в 30 Т. // Письмо к К.П. Пятницкому, 17 апр. 1908 г.［M］. Т. 29, 1955.

［30］Гранжан Франк. Революция в философии. Учение Анри Бергсона / Пер. с франц. М.Д. Нагловской.［M］. 1913.

［31］Грачева А. Древнерусские повести в пересказках А.М. Ремизова［J］. // Русская литература, 1988 (3).

［32］Грачева А. Судьба России в литературе 1910-х гг. (повесть А. Ремизова «Пятая язва») // Литература и история (Исторический процесс в творческом сознании русских писателей XVIII-XX вв.),［M］. СПб., Вып.1, 1992.

［33］Грачева А. Алексей Ремизов: Исследования и материалы［C］. СПб.: Дм. Буланин, 1994.

［34］Грачева А. Алексей Ремизов и древнерусская культура［M］. СПб.: Дм. Буланин, 2000.

［35］Грачева А. Жанр романа и творчество Алексея Ремизова (1910-1950-е годы)［M］. СПб.: Издательство «Пушкинский Дом», 2010.

［36］Гривенная Е.Н. Стилизация разговорной речи в художественной прозе: культурно-исторический и лингвостилистич еский аспекты (на материале произведений А. Ремизова)［D］. Кубанский гос. ун-т, 2005.

［37］Громова А.В. Неореализм в русской литературе конца XIX-первой трети XX века［C］. МГПУ, 2011.

［38］Давыдова Т.Т. Русский неореализм: идеология, поэтика, творческая эволюция［M］. Флинта: наука, 2006.

［39］Данилевский А.А. Mutato nomine de te fabula narrator // А. Блок и основные тенденции развития литературы начала XX века［C］. Изд. Уч. Зап. Тарт. гос. ун-та, 1986.

［40］Данилова И.Ф. Литературная сказка А.М. Ремизова (1900-1920-е годы)［D］. Санкт-Петербург, 2008.

［41］Доценко Сергей Проблемы поэтики А.М. Ремизова. Автобиографизм как конструктивный принцип творчества［M］. Tallinn, 2000.

［42］Есин А.Б. Принципы и приёмы анализа литературного произведения［M］. Изд. Флинта, Наука, 2000.

［43］Завгородняя Г. Алексей Ремизов. Стиль сказочной прозы［M］. Ярославль: Литер, 2004.

［44］Замятин Е.И. Сочинения. Т.4［M］. Мюнхен: Найманис, 1988.

［45］Застрожнова Е.М. «Маленький человек» в свете христианской традиции (от Гоголя к Достоевскому)［M］. Изд. ТЕИС, 2004.

［46］Захарова В.Т. Неореализм в русской прозе XX века: типология художественного сознания в аспекте исторической поэтики［M］. Новгород: Мининский университет, 2014.

［47］Зверинский В.В. Преобразования старых учреждения новых монастырей с 1764 - 95 по 1 июня 1890 год［M］. СПб., 1890.

［48］Зимирева К.И. Экзистенциальная проблематика в творчестве А.М. Ремизова［D］. Пермский гос. ун-т, 2007.

［49］Иванов-Разумник Р.В. О смысле жизни (Ф. Сологуб, Л. Андреев, Л. Шестов). СПб.,［M］. 1910. Изд.2.

［50］Иванов-Разумник Р.В. Творчество А. Ремизова // Иванов-Разумник Р.В. Творчество и критика. П2., Т.2［M］. 1922.

［51］Ильин И.А. Собрание сочинений: В 10 т. Т. 6. Кн. 1: О тьме и просветлении. Книга художественной критики. Бунин - Ремизов - Шмелев / И.А. Ильин; Ред. тома: Т.И. Киреева, В.Н. Шмельков [M] . Русская книга, 1996.

[52] Кацис Л. Русская эсхатология и русская литература [M] . Изд. ОГИ, 2000.

[53] Келдыш В.А. Русский реализм начала XX века [M] . Издательство «Наука», 1975.

[54] Кодрянская Н. Алексей Ремизов [Текст] // Н. Кодрянская. [M] . Париж, 1959.

[55] Колтоновская Е.А. Сергеев-Ценский [Рец. на собр. Соч. С.Н. Сергеева-Ценского] // Рус. Мысль. [M] , 1913.

[56] Коробейникова О.Ю. Стилистика «романов» А.М. Ремизова [M] . СПб.: Изд-во С.-Петерб. ун-та, 2001.

[57] Красильникова В.Г. Металингвистика модернизма: М.М. Бахтин и Дж. Джойс [J] . // Вопросы психолингвистики, 2010(11).

[58] Куприн А.И. Алексей Ремизов. Часы [J] . // Современный мир, 1908(7).

[59] Лихачёв Д.С. Поэтика древнерусской литературы [M] . 1979.

[60] Лосский Н. История русской философии [M] . 1991.

[61] Лотман Ю. Структура художественного текста [M] . Искусство, 1970.

[62] Лотман Ю.М. Семиосфера [M] . СПб., Искусство, 2000.

[63] Мельникова Н. Образ падшей женщины в русской и испаноязычной литературе Латинской Америки XIX – XX веков [J] . // Юность, 2008(8).

[64] Мережковский Д.С. Грядущий хам // Мережковский Д.С. Больная Россия [M] . Изд. ЛГУ, 1991.

［65］Минералова И.Г. Русская литература серебряного века. Поэтика символизма［M］. Флинта, 2008.

［66］Минц З.Г. О некоторых «неомифологических» текстах в творчестве русских символистов［M］. Уч. Зап. Тартус. гос. ун-та, 1979.

［67］Минц З.Г. Поэтика русского символизма［M］. Изд. Искусство-СПБ, 2004.

［68］Мочульский К.В. О творчестве Алексея Ремизова［Текст］// К.В. Мочульский Кризис воображения. Статьи. Эссе. Портреты［M］. Томск: Водолей, 1999.

［69］Муратова К.Д. История русской литературы. Литература конца XIX – начала XX в. (1881–1917). Т. 4.［M］. Ленинград: Наука, 1983.

［70］Нагорная Н.А. Виртуальная реальность сновидения в творчестве А.М. Ремизова［M］. Барнаул, 2000.

［71］Обатнина Е.Р. Царь Асыка и его подданные. Обезьянья Великая и Вольная Палата А.М. Ремизова в лицах и документах［M］. СПб.: Изд-во Ивана Лимбаха, 2001.

［72］Обатнина Е.Р. Алексей Ремизов: Личность и творческие практики писателя［M］. Новое литературное обозрение, 2008.

［73］Обатнина Е.Р., Вахненко Е.Е. Алексей Михайлович Ремизов: Библиография (1902-2013)［M］. СПб.: Изд. Пушкинский Дом, 2016.

［74］Пришвин М.М. Дневники. 1914-1925［M］. Кн.3, 1995.

［75］Ремизов А.М. По поводу книги Л. Шестова «Апофеоз беспочвенности»［J］. // Вопросы жизни, 1905 (7).

［76］Ремизов А.М. Иверень［M］. Berkeley, 1986.

［77］Ремизов А.М. Огонь вещей［M］. Изд. Сов. Россия, 1989.

［78］Ремизов А.М. Рабочая тетрадь (1950-е гг.) // Алексей Ремизов. Новые материалы (Вступительная заметка и публикация Аллы Грачевой) /

Алексей Ремизов: исследования и материалы [C] . СПб., 1994.

[79] Ремизов А.М. Избранные произведения [M] . Изд. Панорама, 1995.

[80] Ремизов А.М. Собрание сочинений. Т. 8. Подстрижёнными глазами [M] . Русская книга, 2000.

[81] Ремизов А.М. Собрание сочинений. Т. 4. Плачужная канава [M] . Русская книга, 2001.

[82] Рогожникова Р.П., Карская Т.С. Словарь устаревших слов русского языка. По произведениям русских писателей XVIII–XX вв. [M] . Изд. Дрофа, 2010.

[83] Розанов В.В. Люди лунного света Т. 2. [M] . Изд. Правда, 1990.

[84] Розанов Ю.В. А.М. Ремизов и народная культура [M] . Вологда: ВГПУ, 2011.

[85] Румянцева Т.Г. Дильтей // Философия. XX век [M] . Минск, 2002.

[86] Рыжова Н.А. Цикл произведений А.М. Ремизова о святом Николае Угоднике («Николины притчи», «Три серпа»): вопросы истории текста: автореф. дисс. канд. филол. наук [D] . Вологда, 2005.

[87] Рыстенко А.В. Заметки о сочинениях Алексея Ремизова: Тт. I - VIII [M] . Изд. «Экономическая» типография, 1913.

[88] Рязановский Ф.А. Демонология в древнерусской литературе [M] . Москва: Печатня А.И. Снегиревой, 1915.

[89] Сахаров В. Апокрифические и легендарные сказания о Пресвятой Деве Марии, особенно распространенные в древней Руси [M] . СПб., 1888.

[90] Сергеев О.В. А. Ремизов - узник снов: Поэтика сновидений в

прозе А. Ремизова 1900-1910-х гг. [M] . МПУ, 2002.

[91] Сёке Каталин Судьба без судьбы: Проблемы поэтики Алексея Ремизова [M] . Budapest, 2006.

[92] Силантьев И.В. Поэтика мотива [M] . Языки славянской культуры, 2004.

[93] Слобин Г.Н. Проза Ремизова 1900-1921 [M] . Изд. Академический проект, 1997.

[94] Смирнов И.П. Художественный смысл и эволюция поэтических систем [M] . 1977.

[95] Смирнова И. Тайная история креста [M] . Изд. Эксмо, 2006.

[96] Соколов А.Г. История русской литературы конца XIX — начала XX века [M] . Москва, 2000.

[97] Солганик Г.Я. Стилистика русского языка [M] . Флинта, 2018.

[98] Томашевский Б.В. Теория литературы. Поэтика [M] . Изд.: Аспект Пресс, 1999.

[99] Тынянов Ю.Н. Поэтика. История литературы. Кино [M] . 1977.

[100] Тырышкина Е.В. «Крестовые сестры» А.М. Ремизова: Концепция и поэтика [M] . Новосибирск, 1997.

[101] Флоренский П.А. Макрокосм и микрокосм // Оправдание космоса [M] . СПб., 1994.

[102] Хохряков П. Язык и психология [M] . Казань, 1889.

[103] Чернухина И.Я. Общие особенности поэтического текста [M] . Воронеж, 1987.

[104] Шестов Л.И. Творчество из ничего (А.П. Чехов) [J] . // Вопросы жизни, 1905 (3).

[105] Эйхенбаум Б.М. Сквозь литературу. Сборник статей [M] . Изд: Academia, Л., 1924.

［106］Эренбург И. Люди, годы, жизнь // Собр. соч.: в 9 Т.［Текст］// И. Эренбург［M］. Т.8, 1966.

［107］［俄］阿格诺索夫主编．白银时代俄国文学［M］．石国雄，王加兴，译．南京：译林出版社，2001．

［108］［俄］阿格诺索夫．俄罗斯侨民文学史［M］．刘文飞、陈方，译．北京：人民文学出版社，2004．

［109］白春仁．文学修辞学［M］．吉林：吉林教育出版社，1993．

［110］白春仁．融通之旅：白春仁文集［M］．哈尔滨：黑龙江人民出版社，2007．

［111］戴卓萌，郝斌，刘锟．俄罗斯文学之存在主义传统［M］．北京：中央编译出版社，2014．

［112］杜文娟．诠释象征：别雷象征艺术论［M］．北京：中国传媒大学出版社，2006．

［113］［俄］俄罗斯科学院高尔基世界文学研究所．俄罗斯白银时代文学史［M］．谷羽、王亚民 等译．兰州：敦煌文艺出版社，2006．

［114］［俄］高尔基世界文学研究所．世界文学史［M］．上海：上海文艺出版社，2013．

［115］韩秋红，庞立生，王艳华．西方哲学的现代转向［M］.长春：吉林人民出版社，2006．

［116］郝斌．现代主义框架下的俄罗斯“象征主义”［J］．郑州大学学报（哲学社会科学版），2006（1）．

［117］黎华．普希金诗画集［M］．成都：四川人民出版社，2006．

［118］李明滨．俄罗斯二十世纪非主潮文学［M］．太原：北岳文艺出版社，1998．

［119］李兰宜．索洛古勃象征主义小说中假定性形式的诗学特征［M］．广州：世界图书出版广东有限公司，2010．

［120］李志强．索洛古勃小说创作中的宗教神话主题［M］．成都：

四川大学出版社，2010.

［121］［俄］列米佐夫. 教妹［M］. 刁绍华，译. 沈阳：辽宁教育出版社，2001.

［122］刘冉. 列米佐夫创作中的存在主义思想［D］. 上海外国语大学，2018.

［123］［俄］鲁德涅夫. 20世纪文化百科词典［M］. 杨明天，陈瑞静，译. 上海：上海三联书店，2013.

［124］童庆炳. 文学理论教程［M］. 北京：高等教育出版社，2015.

［125］［俄］陀思妥耶夫斯基著. 双重人格；地下室手记［M］.臧仲伦，译. 南京：译林出版社，2004.

［126］汪介之. 现代俄罗斯文学史纲［M］. 南京：南京出版社，1995.

［127］汪介之. 远逝的光华：白银时代的俄罗斯文学与文化［M］. 福州：福建教育出版社，2015.

［128］王璐瑶. 列米佐夫小说中梦境的神话潜文本分析：以《教妹》为例［J］. 攀枝花学院学报，2019（4）.

［129］王璐瑶，郑文东. “小人物”长廊中的后来者：列米佐夫小说《不知疲倦的铃鼓》中的人物形象［J］. 俄罗斯文艺，2020（2）.

［130］王璐瑶. 试论情节布局连续统的特征：以列米佐夫童话集《循着太阳运行的方向》为例［J］. 欧亚人文研究（中俄文），2021（4）.

［131］王璐瑶. 现实中的“永恒女性”：评列米佐夫小说《钟表》和《教妹》中的女性形象［J］. 重庆交通大学学报（社会科学版），2022（3）.

［132］王树福. 当代俄罗斯新现实主义的兴起［J］. 外国文学研究，2018（3）.

［133］谢春艳. 列米佐夫创作中彼得堡的现代神话意蕴［J］. 俄罗

斯文艺，2013（1）.

［134］余献勤. 象征主义视野下的勃洛克戏剧研究［M］. 广州：世界图书出版广东有限公司，2014.

［135］张传开，等. 西方哲学通论［M］. 合肥：安徽大学出版社，2003.

［136］张杰，等. 20世纪俄苏文学批评理论史［M］. 北京：北京大学出版社，2017.

［137］张捷. 俄罗斯文学界关于新现实主义的讨论［J］. 文艺理论与批评，2009（3）.

［138］张煦. 20世纪俄罗斯“文化神话”的终结之链：从列米佐夫的“猿猴议会”到“谢拉皮翁兄弟”［J］. 俄罗斯文艺，2017（3）.

［139］杨立元. 世纪之交语境中的新现实主义小说研究［M］.北京：中国文史出版社，2016.

［140］［俄］扎米亚京. 明天［M］. 闫洪波，译. 北京：东方出版社，2000.

［141］郑体武. 俄罗斯文学辞典：作家与作品［M］. 上海：复旦大学出版社，2013.

［142］郑文东. 符号域的空间结构：洛特曼文化符号学研究视角［J］. 解放军外国语学院学报，2006（1）.

［143］郑文东. 文化符号域理论研究［M］. 武汉：武汉大学出版社，2007.

［144］郑文东. 文化拓扑结构中神话思维的作用：洛特曼文化符号学视角观察［J］. 中国俄语教学，2008（2）.

［145］周启超. 俄国象征派文学研究［M］. 北京：社会科学文献出版社，1993.

［146］周启超. 对话与建构［M］. 合肥：安徽文艺出版社，2004.

［147］周卫忠. 双重性·对话·存在：巴赫金狂欢诗学的存在论解读

[M]. 西安：陕西人民出版社，2007.

[148] 朱宾忠. 欧美文艺思潮及文学批评 [M]. 武汉：武汉大学出版社，2016.

[149] 朱立元. 当代西方文艺理论 [M]. 上海：华东师范大学出版社，2014.

[150] http://www.godcom.net/（基督教圣经在线阅读搜索）

[151] https://iling.spb.ru/vocabula/srng/srng（Словарь русских народных говоров 俄语方言词典在线查询）

致 谢

谨以此书向那些在学术道路上给予我无私帮助和支持的人们致以深深的谢意。

感谢我的恩师郑文东教授。您不仅是我学术上的导师，更是我人生的引路人。

感谢我的家人。在我追求学术梦想的旅程中，你们给予了我无尽的理解和支持。你们始终是我坚强的后盾，让我能够无畏前行。

感谢我的宝贝女儿。尽管你现在只有一岁多，但你的笑声和童真为我的生活带来了无尽的快乐。你是妈妈最大的骄傲和动力，愿你健康快乐地成长。

最后，感谢所有参与本书出版的编辑和工作人员。你们的专业和努力使这本书得以顺利面世，我对你们的帮助和支持深表感谢！